寵物女孩 10

Kadokawa Fantastic Novels

某天成了大人以後……

如果回想起在櫻花莊所度過的時光，會有什麼感覺呢？

會傻眼地覺得大家都是笨蛋嗎？

還是會對熱鬧又快樂的日子感到懷念呢？

如果兩者皆是，就無可挑剔。

因為，在這裡的每一天確實是最棒的。

第一章 幸福的每一天

1

這一天，空太因為莫名的窒息感醒來。

微微張開眼睛。白皙豐腴的圓潤隆起，在早晨的假寐中看來朦朧不清。

「……小光，又是你嗎？」

空太以為是貓咪而不以為意地伸手試圖推開。

「嗯哼……」

耳邊傳來不高興的聲音。這聲音不管怎麼聽，都不是白貓小光會發出的聲音。用手推的觸感完全不像貓毛，Q彈柔嫩的溫暖肌膚，也沒有動物特有的味道，微帶熱度的香甜氣味刺激著鼻腔。

空太揉著惺忪睡眼，確認自己所處的狀況。

這裡是水明藝術大學附屬高校……通稱水高的學生宿舍——櫻花莊，是聚集了學校問題學生的特別宿舍。空太在一般宿舍偷養撿來的貓咪一事被發現，因此在一年級的夏天被流放到這裡來。一路歷經了許多風波，現在已經是三年級的秋天，無論晴天或雨天，空太都是在這三坪大……櫻花莊１０１號室裡醒來而開始一天的生活。

而今天也不例外，空太在自己的房間床上迎接新的早晨。

然而，卻與平常熟悉的早晨狀況不太一樣。平常空太幾乎都是被增加到十隻的貓咪們吵著要吃早餐而醒來，總少不了臉被踐踏、被屁股磨蹭或成為貓拳的沙包，而嚷嚷著「我的青春實在太悲慘了」。

但是，現在空太的視野裡卻不是十隻貓咪的身影，而是女孩子的白皙肌膚，感受到的是女孩子的體溫。

「……」

空太一時之間說不出話。

「嗯……」

相反的，睡在身旁的女孩子發出了含糊的聲音。

臉蛋有一半埋在枕頭裡的女孩子名叫椎名真白，住在櫻花莊２０２號室。雖然以天才畫家的身分受到全世界矚目，卻在去年春天為了成為漫畫家而從英國漂洋過海來到日本。現在已經漂亮地出道，並在月刊少女漫畫雜誌上連載漫畫，最近人氣似乎也越來越高了。

她帶有不食人間煙火的纖細氣質，彷彿易碎物品般夢幻飄渺，並擁有走到哪裡都能吸引目光的不可思議存在感，在學校的評價也是長得很可愛。

真白之所以會在空太的房裡睡覺，是因為兩人正在交往。

「我的青春……真是充實得教人害怕啊。」

然而，從開始交往一直到迎接今天的早晨，這條道路絕非平坦順遂，劃下了漫長而艱辛的戰役痕跡……

第二次接吻的水明藝術大學招生博覽會當天……憑著一股衝動曾一度進展到可以更進一步，卻因為被打擾，終究沒能跨越那條線，還被真白以「今天不行了」這句話拒絕。從那天起，這件事就一直處於暫緩的狀態。

一旦打開了開關，就難以靠理智來抑制自己內心的企圖。只要在房裡與真白兩人獨處，無論如何就是會意識到這件事。

真白似乎也感受到了空太的態度，當空太鼓起僅剩不多的勇氣握住她的手時……

「空太的眼神好可怕。」

她這麼說了。

當空太放手一搏摟住她的肩膀時……

「空太呼吸好急促。」

她又如此指謫。

在美好的氣氛下吻她之後……

「空太，今天只能接吻喔。」

她便如此勸戒。

「原來空太是覬覦我的身體。」

還曾這麼說著生起氣來。

「空太只是想做而已吧。」

最後還被這種話給予致命一擊。她到底是從哪學來的？大概是被在英國時的好友麗塔給洗腦了吧。

回過神來，從大學招生博覽會以來一整個月的期間，空太持續過著落空的每一天。

發展至此，各方面的感覺也逐漸麻痺，已經開始變得不知該如何是好了。因此，空太昨天也並非一開始就有勝算，真白在深夜跑到自己的房間來，倒也不是什麼特別的事。

空太在床上確認遊戲製作的日程表，真白在旁邊用素描簿畫著分鏡稿，兩人肩膀互相輕碰。隨著時間過去，真白靠到了空太身上，空太的腦袋開始變得無法工作。

「真白，我說妳啊……」

「什麼事？」

「要是妳靠我這麼近，我就會想貼得更緊密。」

「……」

真白大概是想到了什麼，緩緩站起身，硬是把身體塞進了滿臉問號的空太兩腿之間。剛才還肩並肩的空太與真白，現在則呈現縱向排列——雙人雪橇狀態。

「那個～～真白小姐？」

「什麼事？」

真白看起來毫不在意的樣子，繼續畫著分鏡稿，而且還把空太當靠背……

「為什麼會變成這樣？」

「讓你貼得更緊密。」

真白帶著一臉什麼也沒搞懂的天真表情轉過頭來。輕飄飄搖曳的長髮散發出香氣，刺激著空太的本能。

「我不行了！」

空太再也按捺不住，用雙手環住真白的纖腰，從後方緊緊抱住她。

「空太。」

「什麼事？」

「……不行。」

真白的聲音隱約帶著羞澀。

「不行喔。」

「我才快要不行了！」

「今天不行。」

「為什麼？」

「內褲……不可愛，所以不行。」

真白難為情地別開視線。

「沒關係啦！」

「我還沒洗澡，所以不行。」

「好，那洗完澡換了內褲就可以了吧？」

「空太真是拚命呢。」

「不可以嗎！」

走到了這一步就會開始自暴自棄。

「……」

真白將闔上的素描簿抱在胸前。從後方窺探她的側臉，看來帶有些許猶豫。

「這麼想做嗎？」

「那當然！」

「只是想做而已？」

「怎、怎麼可能！我、我是因為喜歡真白才會這麼想！絕對不是……那個……只是想做那種行為而已！」

辯解也激動了起來。真的很拚命，拚命到難看的地步。

「……」

空太面對真白冷漠的視線。

「我、我最喜歡真白了！」

「我的身體？」

「全部啦，是全部！我最喜歡真白的全部了！」

「真的嗎？」

「真的啦！」

「……」

真白的表情看來顯然還在等待些什麼。

「……」

視線往上凝視著空太。大概是希望他再說一次。

「我真的最喜歡真白了。」

空太緩緩並確切地帶著感情說出口。

「……嗯。」

真白有些難為情似的露出了笑容。

「空太，放開我。」

「咦？」

「我去洗澡。」

真白小聲說完後，便小跑步離開了房間。

經歷了這些對話的結果，空太終於得以與真白一起迎接早晨。這一個月以來大概已經丟盡這輩子的臉了吧。尤其回想起昨晚的事，空太忍不住對自己的窩囊露出乾笑。

不過，這也很快就能忘記，因為現在真白正與自己睡在同一張床上。

「呼……」

發出安穩鼾聲的真白雙臂緊緊環住空太的脖子，而且因為蜷著身子，呈現將空太的頭抱在胸前的姿勢。多虧如此，柔軟的胸部就在眼前，臉頰幾乎都要碰上了。

這樣下去，一大早就會難以克制興奮。

空太試圖鬆開環抱在脖子上的雙手。

於是，真白微微繃起原本安穩的睡臉。

「唔……」

不滿似的皺起眉頭。

真白一度鬆開的手臂為了取暖而再度伸向空太。

「好冷。」

真白以睡昏頭的聲音訴說。

「還不是因為妳睡得那麼豪邁。」

空太把靠過來的真白額頭推回去想叫醒她。

「唔……」

終於，真白睜開了雙眼，睜大眼眸看著空太。

「好冷。」

很遺憾，即使叫醒她，狀況仍無進展。真白又想將身子往空太磨蹭靠近過來。

「既、既然這樣，就穿睡衣啊！為什麼妳會光著身子啊！」

「都是空太害的。」

責備的視線刺了過來。

「喔，理由說來聽聽。」

「是空太脫掉的。」

「咳！咳！」

空太激烈地猛咳了起來。

「空太，感冒了嗎？」

「才不是！還不是因為妳說了莫名其妙的話！」

「我說的是事實。」

「確、確實是那樣沒錯，不過，我在睡前有要妳穿上睡衣吧？」

「我有聽到。」

「既然這樣，妳為什麼還是一副剛出生的狀態？」

「我找不到內褲。」

「啥？呃，應該有吧，就在那邊……」

「是空太脫掉的。」

「對啦，沒錯！最後碰內褲的人的確是我啦！」

空太在床上蠢動摸索被窩，首先挖出了睡衣的上衣，接著是褲子與襯衣。空太繼續伸手尋找。然而，不知為何遍尋不著內褲。

「空太，內褲呢？」

「下落不明……」

「好過分。」

「就算我過分，總之妳先穿上睡衣啦。」

「我很喜歡那一件耶。」

「我等一下再找啦！」

空太把找到的襯衣與睡衣遞給真白。

「我要換衣服，你轉向那邊。」

「事到如今還需要害羞嗎……」

昨晚明明做了……更驚人的事……

「空太好色。」

真白鼓起雙頰，瞪著空太。

「是、是。」

空太坐起身子，離開被窩，在床邊坐下。

後方傳來穿衣服的窸窣聲。

「……」

「……」

光是等待對心靈健康實在不太好，莫名的沉默讓人坐立難安。

「那、那個，真白。」

空太背對著真白出聲。

「什麼事？」

衣服的窸窣聲停了下來。

「呃、那個……不要緊吧？」

「什麼東西？」

不用回頭也知道真白正在發愣。

「身、身體之類的……那、那個，對啦，就是身體。」

「身體？」

「我、我是說，有沒有哪裡怪怪的，或、或者哪裡會痛之類的啦！」

為了掩飾難為情，空太滔滔不絕一口氣說完。

「身體……」

「喔、喔，怎麼樣？」

「好像……」

真白陷入思考般，中途停下話語。

等了整整十秒左右——

「有種怪怪的感覺。」

接著這麼說了。

「噗——！」

「空太，在模仿豬嗎？」

「最好是啦！都是因為妳講了會讓人嚇一跳的話，害我嚇一跳，嚇了一大跳啦！」

空太大聲吐槽並回過頭。

「空太嚇個不停耶。」

「……我說妳！」

教人驚訝的是，真白現在還是全裸，癱坐在床上。

「不可以看。」

與空太視線對上，真白羞澀地將被單拉到胸前。受到從窗簾縫隙射入的朝陽照耀的臉頰微微染上紅暈。

「妳、妳為什麼還沒穿衣服！」

空太再度轉向背對真白。

大概是被看到肌膚而感到不滿，真白丟了某個東西過來。蓋在空太頭上的絲滑衣服是襯衣。

「可不可以回答我的問題啊！」

「沒有內褲。」

「所以？」

「沒穿內褲就穿睡衣的話，會讓人靜不下來。」

「我認為至少比全裸好吧？」

空太轉過頭去抗議，真白立刻又把睡衣跟睡褲扔過來，單手緊緊抓著被單護住胸前。

「不可以看。」

「是、是。」

第三次轉過身背對真白的同時，空太「嘿咻」一聲站起身來。

「妳等一下，我去妳房間拿內褲過來。」

「我很期待。」

雖然好像聽到了奇怪的回應，不過空太決定不去在意。要一一指正的話，恐怕不知哪時才能去拿內褲了。才正這麼想，真白便趴在床上。

「算我拜託妳，妳可別睡喔。」

今天是平日，不能蹺掉學校的課。正因為是這樣的日子，更應該確實準時去上學——空太心中萌生了謎樣的使命感。要是不小心兩個人都遲到了，一定會被班導小春毫不留情地玩弄。前幾天遲到，還被說了「一定是一大早就跟椎名同學調情親熱，才沒注意到時間吧」，而且是在早上的班會時間……當時班上同學的視線實在讓人感到刺痛無比。

「……我不會睡的。」

很遺憾，真白的回應已經睡了一大半。

看來得趁早到真白房間去拿內褲才行。

「話雖如此……」

原本準備趕快走出房間的空太握住門把時，乍然停下動作。

「必須謹慎採取行動啊……」

櫻花莊是學生宿舍。在同一個屋簷下還住了空太的同學赤坂龍之介、音樂科一年級生姬宮伊織、普通科一年級生長谷栞奈，以及以留學名義遠從英國而來的麗塔・愛因茲渥司，甚至還有住在管理人室的舍監老師千石千尋。

要是跟真白一起迎接早晨的事被發現，那可就完了。

空太戒慎恐懼地把門打開約一顆頭的寬度，從門縫探出頭，試圖偷看走廊上的狀況，卻倒楣地與其中一名住宿生視線對上。

「呃！」

是住在２０１號室的一年級生，長谷栞奈。

似乎正好從二樓走下來的樣子。她已經換好制服，完成上學的準備，肩上還背著書包。雖然還很早，不過看來已經準備去上學了。

栞奈透過眼鏡鏡片，冷淡地直盯著明顯受到驚嚇的空太。

「為什麼一看到別人的臉就是那副態度？」

微瞇起眼的栞奈視線的溫度不斷往下掉。

「啊、呃，沒事。」

聲音完全變調了。

「既然這樣，是不是該調整一下那種不自然的姿勢？」

空太非常可疑地只從門縫探出頭來。

「真、真的沒事啦。」

額頭開始冒汗的空太一點說服力也沒有，彷彿在說明絕對有什麼事。證據就是，栞奈露骨地露出了傻眼的表情。

「椎名學姊在裡面吧？」

「連這點都看穿了？」

「果然。」

栞奈嘆了口氣。看來是被套出話了。

啞口無言的空太背後傳來真白的呼喚：

「空太，怎麼了？」

「喂！妳能不能先安靜一下！」

現在才叮嚀這一點已經太遲了。但還是不得不說。

真白歪著腦袋，露出不解的表情。

栞奈的視線理所當然地從門縫探入房內。她的視野應該已經捕捉到了趴在床上的真白身影。真白因為把頭抬起來，蓋在身上的被單滑落，露出肩膀到上臂的白皙肌膚，胸前也隱約可見。真白一絲不掛這件事一目了然。

「呃～～妳、妳聽我解釋，栞奈學妹！」

空太的聲音無謂地變大，並戰戰兢兢地轉向栞奈。雖然拚命找藉口，卻什麼也想不出來，腦袋一片空白。

對方可是資優生栞奈。要是被她目擊這種場面，不知道會被說些什麼，大概是多如繁星的臭罵吧。一定會遭受到彷彿看著垃圾般的輕蔑眼神。

空太這麼想著並做好心理準備，沒想到結果卻與預期的迥然不同。

「……」

栞奈雖然一瞬間露出驚愕的樣子，但馬上就恢復了平常凜然的表情，不發一語地從玄關走了出去，就像要逃離現場一般……

「咦、咦？」

已經做好心理準備的空太撲了個空。

不過，他立刻改變主意，從背後呼喚栞奈。

「等一下啊，栞奈學妹！」

他把手背在後面關上房門，追到了玄關。這個問題不能置之不理，得趁早解決才行。

「拜託妳，聽我解釋啊！」

空太殷切的拚死呼喚徒勞無功，很快便不見栞奈的背影。空太伸向玄關的手什麼也沒抓到。

「唉……」

「為什麼一大早就嘆氣啊？」

「！」

空太發出近乎慘叫的驚愕聲，緩緩回過頭去。

身穿制服的麗塔正要從飯廳走出來。扣上所有鈕釦的外套胸前顯得緊繃。

「哇！麗塔！」

麗塔以調皮的眼神看著空太。那是察覺到什麼的眼神。

「昨晚還開心嗎？」

「什麼！」

空太試圖辯解之際，這次則是千尋從管理人室走了出來。

「幹嘛啊，神田，一大早就幹勁十足的。」

「我才沒有！」

「啊，是昨晚的事吧。」

千尋忍著呵欠這麼說了。

「等一下！老師！」

該不會已經被發現了吧。

彷彿要對動搖的空太落井下石，１０２號室房門打開了。

「吵死人了，神田。」

出現的人是龍之介，一如往常板著一張臉。就某種意義來說，因為他有張撲克臉，所以難以從表情判斷他在想些什麼。

接著，伊織也從最內側的１０３號室衝了出來。

「大家早安～～！」

相對於龍之介，伊織則是一臉悠哉的笑容，鳥巢般的頭髮上戴著耳機。看來伊織還沒發現——唯獨這點能抱持自信。

然而，現在卻是最糟的狀況。明明不想遇到任何人，卻與住在櫻花莊的所有人碰個正著。這到底是什麼樣的運氣……該不會是受到詛咒了吧。

「……饒了我吧。」

空太自然而然脫口而出。

「咦？空太學長，你怎麼了嗎？看起來沒什麼精神耶。」

伊織一臉天真無邪地詢問。

「沒事……」

才這麼回答完，１０１號室房門從裡面被打開了。

「空太，內褲還沒拿來嗎？」

從門縫探出頭的人，正是以被單裹著身子的真白……

「妳最不應該跑出來啦！」

然而，事到如今才說這些也為時已晚。

2

早晨的慌亂過後，空太讓真白換上制服，匆忙吃完早餐，跟麗塔與伊織四人一起上學去了。

空太與美術科的真白和麗塔，以及音樂科的伊織在學校出入口分手後，一個人前往普通科教室。就在這時……

「空太。」

有人叫住了他。

「什麼事？」

空太一邊回應一邊轉過頭，只有真白還留在原地輕輕揮著手，帶著開心與羞澀參半、往上望的眼神。

空太也微微舉手回應。

「放學後再見。」

「嗯。」

真白淡淡微笑後，朝麗塔的背影追了過去。

「嗚哇，簡直就是典型的恩愛甜蜜耶！」

旁邊傳來激烈的鼻息聲。

不知何時，真白與麗塔的同班同學深谷志穗就站在旁邊，竊笑著偷看空太的表情。空太每次見到她都會湧起一股衝動想扯她綁成兩邊的低馬尾，不過今天他也只是看著，忍住沒有動手。

「早安，深谷同學。」

「看來昨晚很開心吧？」

這梗麗塔已經用過了。

「早安，深谷同學。」

空太無視她的話，再次打招呼。

「啊，嗯，早安，神田同學。」

「那麼，再見。」

「咦？咦？就只有這樣～～？」

空太不理會她撒嬌般的聲音，迅速往教室前進。

空太到的時候，三年一班的教室裡已經有一半左右的同學都到了。他們全都穿著制服。在暑假前還會有穿著體育服來參加社團晨練的同學身影，現在已經一個也沒有了。

第二學期剛開始的時候，對於幾乎只看過身穿體育服模樣的同學穿著制服來上課，總覺得有些不舒服。不過，十月過了大半之後，也沒什麼不協調的感覺了。隨著時間流逝，不光是天空的顏色與街景，就連人的心境也會跟著轉變。空太敏感地感受到升上三年級之後，教室內氣氛的變化。高中生活的最後一年。考試與志願、社團活動引退……有許多不容分說便逐漸轉變的事物。

然而，唯獨今天沒有心情去在意班上同學們的氛圍。

「唉……一大早就直冒冷汗。」

空太一坐下便無力地趴在桌上。身體好沉重，筋疲力盡。主要的疲累是來自精神上的打擊。

「這是自作自受吧。」

絲毫不同情空太的人正是已經先到校、坐在後面的赤坂龍之介。桌上放著筆記型電腦，喀噠喀噠地敲著鍵盤。

「雖然就像赤坂你所說的，可是……唉……」

就連挺起身子的力氣都沒了。

「神田同學，你怎麼了？」

這道聲音來自右邊。空太的身體反射性緊張了一下。即使沒看到身影，也知道對方是誰。櫻花莊的前住宿生，同時也是同班同學——坐在隔壁的青山七海。大大的馬尾是她的特徵。

空太一抬起頭，就看到七海從書包裡拿出課本，收到桌子抽屜裡。

「發生什麼事了嗎？」

「啊、呃，那個……」

因為事情與真白大有關係，實在無法對七海說出口。空太原本想隨便撒點謊，不過腦袋裡卻一片空白。

「神田好像正在煩惱那些貓要怎麼辦。」

這時，龍之介對一時語塞的空太伸出了援手，工作的手也沒停過，現在仍輕快地敲著鍵盤。

「啊，對喔。畢業後就得搬離櫻花莊，那就沒辦法養十隻貓咪了。」

「喔、嗯，就是這樣。」

空太向龍之介送出表示「謝了」的眼神。龍之介只是瞥了空太一眼，視線立刻又回到筆電螢幕上。

「如果要找願意養貓的飼主，我倒是可以幫忙。」

「啊，嗯。如果有需要再拜託妳了。」

教育旅行結束後已經過了將近五個月。隨著時間流逝，空太現在已經能很自然地跟七海說話了。不過，那都是有龍之介在旁邊，三個人自然而然一起聊天才能這樣，兩人獨處時就不行了。空太感覺得到七海小心翼翼地避免兩人一對一的狀況，而空太在無意識間也有不少這種想法。

——如果能恢復到從前那樣就好了。

雖然七海離開櫻花莊時曾經這麼說過，但空太卻一天比一天更強烈地感覺到其中的困難。七海向空太告白；空太無法回應她的情感……要不去在意這些事，到頭來還是不可能，就是會不自覺意識到不要去在意。

「神田同學？」

「嗯？啊，抱歉。剛好在想一些事……」

「什麼事？」

「……雖然得考慮貓咪的事，不過也得先想想畢業後自己要住哪裡。」

之後要念水明藝術大學，因此沒有要離開這個城鎮的打算。

「我在想那會是什麼樣的感覺。」

這次將會是不同於一般宿舍或櫻花莊這種學生宿舍的環境。

「大概會是一個人住吧？像我就是這麼打算。」

七海將來同樣是要念水明藝術大學，戲劇學系。

「我想也是。不過，這麼一來會有點麻煩。」

「有點麻煩？」

空太不經意看向龍之介。

希望遊戲製作的團隊能盡可能住在附近。現在的……像櫻花莊這樣共同生活的環境對遊戲開發作業而言很方便，有什麼感到在意或煩惱的地方，隨時都能面對面輕鬆地討論，就連逐漸完成遊戲的感覺也能全部的人一起共享。

這一點在現在是理所當然的事。然而，當所有人各自搬到其他地方，情況就會有所不同。必須彼此聯絡、特地集合在一起，導致無法及時討論。無論就效率或製作的樂趣來看，感覺開發環境都會變差。這就是麻煩的地方。

雖然有想到一個解決對策，但不是空太一個人能決定的事。

「既然無法使用櫻花莊，就必須準備一個能夠集合所有成員的開發室吧。」

龍之介代替陷入思考的空太回答七海的疑問。

「啊，原來是這麼回事。」

「欸，赤坂，關於所謂的開發室，我有個提案。」

「什麼提案？」

「高中畢業後要不要一起住？」

「咦！」

發出驚愕聲的人是七海。附近的同學們似乎聽到了對話，也露出訝異的樣子。

「原來如此，確實是最有效率的想法。好吧。」

龍之介爽快地答應了。

「這、這麼乾脆？」

「妳很吵耶，綁馬尾的。妳一個人在激動個什麼勁？」

「我還是糾正一下，奇怪的可是你們兩個喔。」

七海一副受不了的口吻喃喃說著，來回看向空太與龍之介。

「那就這麼決定了。」

「我會讓女僕去找適合居住兼開發室的地點。」

「那就拜託你了……」

「看來遊戲製作進行得很順利呢。」

露出溫柔笑容的七海看來很開心。

「沒那回事，我跟赤坂在內容設計上意見不合，很常吵架耶。」

「那是因為神田想追加基礎設計上沒有的構想。」

「不過雖然抱怨了那麼多，赤坂還不是會在隔天就做出來給我？像前陣子也是……」

空太翻起舊帳，七海忍不住噗嗤笑了出來。

「青山？」

「啊哈哈……抱、抱歉，總覺得你們看起來真的很開心。」

兩人面面相覷後，龍之介不自在地別開視線。

「嗯，要說開心是很開心沒錯。現在真的做得很愉快。」

雖然曾經因為伊織骨折，讓團隊一度面臨解散的危機。然而，克服那次的事件後，確實更拉近了與龍之介之間的距離，有想說的話，彼此也能毫無顧忌地說出來。雖然也因為這樣導致爭執變多，不過藉由討論能確實提升遊戲可玩度。也正因為進行熱絡的意見交流，才有一起製作遊戲的意義。

最重要的是競爭。因為競爭能轉換成幹勁這股強大的能量。

「大概是因為有赤坂、伊織和麗塔在，就連美咲學姊也有幫忙，所以才這麼開心吧。當然遊戲製作本身也很有趣，不過跟誰一起做也非常重要——我現在能理解這件事了。」

「那當然。要是跟無法信任的對象一起工作，只會徒增無謂的壓力。」

「喔～～這麼說來，赤坂同學很信任神田同學囉。」

七海裝出壞心眼的樣子。

「他還有很多有待改善的空間。」

「看來你也有很多不滿嘛……」

總覺得能笑著說這些話，是因為自己已經獲得龍之介相當程度的信賴。空太了解龍之介正是因為有所期待與信賴，才會對他說「意識不夠、想像力不足、應該更用心工作」這樣的話。如果是認為講了也是白講的對象，龍之介會採取明確的態度，一開始就什麼也不會說，也不會想扯上關係。所以，他還會抱怨就表示沒問題。空太有了已經與他建立起良好關係的實感。

多虧如此，這一個月以來，遊戲製作感覺比以往更開心了。一天轉眼間就結束；一個星期就這樣過去了。也常有以為是幾天前發生的事，卻已經是兩週前的事這樣的情況。

光是放學後的時間完全不夠用，上課時也在構思關卡設計，把想到的點子以電子郵件寄給龍之介。上個星期日與真白約會的時候，腦中突然閃過頭目怪物的設計點子，便趁著還沒忘記打電話給龍之介。當然，真白的心情因此變很差，當天不得不無條件接受她所有任性的要求，比平常更慘烈……

現在空太就能理解龍之介不惜蹺課，也要把時間花費在工作上的原因了。可以的話，空太也很想跟進。

話雖如此，好不容易獲得了直升推薦，要是被取消就麻煩了，所以空太還是每天去學校……畢竟也得照顧真白的生活起居……

「青山呢？新的訓練班如何？」

應該是從十月就開始上課了。

「一想到又開始了……每天都覺得很緊張。」

正因為過得很充實才會說出這樣的話。

七海大概是覺得難為情，便笑著帶過。

「這樣啊……啊，對了，我看了美咲學姊的動畫喔。」

雖說只是單館上映，但還是在電影院公開的作品，正依序在東京、大阪、名古屋、福岡、札幌巡迴上映。上週開始在名古屋播映了。

「青山的演技獲得很高的評價呢。」

「因為是美咲學姊的新作品，我只是沾光而已。」

「為什麼在聲優名單上要匿名？」

片尾的工作人員名單上並沒有七海的名字。也因為這樣，「女主角是誰配音的？」在網路上造成一股話題。

「你知道最受到好評的是哪一幕嗎？」

「告白的那一段吧？」

在電影院觀看時，連空太都為之心跳加速。呼吸的氣息、聲音的顫抖，包含中間微妙的停頓，全都展現出了真實的臨場感。

「那個其實是在甄選會上錄下來的聲音。」

「咦？」

「因為當時影片已經製作完成，所以甄選會是在當作正式演出的前提下進行的。」

「……」

空太還清楚記得那天發生了什麼事。不可能忘記。

「然後，在正式錄音之後，美咲學姊問我想用哪一個……」

「原來是這樣。」

「雖然一般不可能提出這種問題，不過聽完比較後就知道原因了。」

「……」

在甄選會之前，七海向空太表白了心意。

——人家亂喜歡神田同學的。

「所以，我覺得那稱不上演技。」

「這樣啊。」

該說她太認真還是個性容易吃虧……七海為了叮嚀自己，沒將名字列在工作人員名單上。嚴以律己、抬頭挺胸的生存方式，實在很像七海的作風。

對話中斷的這個時候，空太想起了一件重要的事。

「對了，赤坂。」

「什麼事？」

「昨天晚上戶塚先生寄來了一封信。」

戶塚是Game Camp的負責人。

「赤坂你的契約書還沒交還給他吧？」

「……啊，是啊。」

難得看到龍之介含糊其辭的樣子。

「戶塚先生好像被負責契約的部門追殺，說希望你能多少有點進度。」

「……明白了。我會再跟老家那邊確認。」

未成年的空太等人契約書上頭需要有父母蓋章。空太在暑假期間已經向父親說明，提交契約書了。

「對了，赤坂同學好像完全沒回老家吧？」

這麼說來，確實如此。就空太的記憶當中，好像一次也沒回去過。一年級的暑假跟寒假、二年級的春假、暑假跟寒假，還有三年級的春假跟暑假，都沒聽說龍之介有回家鄉。

七海大概只是隨口提到，然而，龍之介的表情卻明顯變得憂鬱。

「赤坂？」

「我有沒有回去應該不重要吧。」

「你該不會跟家人關係不好吧？」

之前與父親關係一直不好的七海追問，口氣聽起來是希望他能與家人好好談一談。

「……」

龍之介什麼也沒說，只是露出有些嫌麻煩的樣子。大概是不想觸及家人的話題吧。

「啊，老師來了。」

早一步發現的七海轉向前方坐好。

「好了，請大家趕快回座位～」

隨著拖長的聲音，導師白山小春走進教室。

與朋友聊開的同學們回到座位上。等所有人就座後，小春再度開口：

「今天想跟大家介紹一個人。」

平常她總是會說「不在的人舉個手」這種話隨意地點名，今天卻不一樣。

小春對於學生們疑惑的反應似乎感到很滿意，嘴角浮現調皮的笑容。她維持這樣的表情，將視線轉向教室門口。

就這情況看來，該不會是轉學生吧。話說回來，現在三年級的第二學期差不多也過了一半，時間點未免太不恰當。雖然有麗塔這個例子，倒也不能說完全不可能……

就在想著這些事的時候，教室門口出現了一名穿套裝的女性。

「喔喔！」教室裡喧鬧了起來。

年齡大約二十歲左右吧。自然的妝感配上凜然端正的五官，微開的上衣前襟散發出同年級女孩所沒有的成熟魅力。雖然是端莊的服裝，卻奇妙地給人一種華麗的印象。身形纖瘦，個子高䠷，彷彿時尚模特兒一般，就連走路的方式也很像。無可挑剔的美女，就連周圍的空氣看起來都閃閃發亮。

她走到講桌前，面向空太等學生們的方向，用手撥動及肩的烏黑亮麗長髮，一度散開來的髮絲又翩然優美地回到原位。

接著放鬆凜然的表情，只有嘴角露出淺淺的微笑。

班上所有同學的意識全都集中在一點上。「唔哇——」各處傳出這種幾乎不成聲的讚嘆，所有人都看得出神了。

其中唯獨空太正在想別的事。

總覺得她長得很像某個人。

「好，那麼，請跟大家打招呼。」

在小春的催促之下，黑髮女性用白色粉筆在黑板上寫下名字。

每當她的名字一字又一字出現時……

「咦？」

「不會吧……」

班上同學發出驚愕的聲音。

黑板上以漂亮的字體寫著「赤坂百合子」。

教室裡的氣氛一下子變了。因為美女登場而鬧哄哄只是幾秒鐘前的事……現在則集中在一個疑問上。

針對空太後方的座位——赤坂龍之介的疑問……

「我是從今天開始要跟大家在同一班上課的赤坂百合子，負責所有國語課程。雖然時間很短，還請大家多多指教。」

「其實原本不應該把三年級交待給教育實習生啦……」

「是我拜託校長跟副校長，才讓我負責這個班級的。」

「那兩個人對年輕的美女很沒抵抗力嘛。」

小春一臉無趣的樣子。

這兩個人的對話完全沒進到空太耳裡，還有其他更令人在意的事。「赤坂」這個姓氏。總覺得不是單純的偶然，證據就是空太的視野當中，龍之介的臉色逐漸變得鐵青。而他的視線正朝向站在講桌後的百合子。

「好，那麼班會時間就到此為止。」

小春很快就結束班會時間。這時鐘聲正好響起。

「值日生？」

「起立……敬禮！」

高崎繭口齒不清地喊出口令。

然而，全班同學沒有人有動作，只有小春自言自語說著「今天中午該吃什麼好呢～～」走出教室。百合子沒跟上，反而朝教室裡面……空太的方向接近。

「噫！」

後方座位傳來龍之介短促的慘叫聲。

這時，百合子已經經過空太旁邊，絲毫沒減速便衝向龍之介。是飛撲。

「討厭啦～～龍之介，我好想你喔～～」

教室內動搖的喧鬧聲沸騰了起來。

就在班上同學的注目之下，百合子摟住了龍之介的頭，磨蹭臉頰，甚至還在他的臉頰上親吻，盡情亂來。以龍之介的角度而言，則是任憑百合子亂來，意識完全不知飛到哪去了。

「哇～～赤坂，振作點！」

甚至對空太的呼喚也沒回應，只聽到他口中冒出喘息的怪聲。

「啊，對了、對了，有件事我忘了說。」

折回來的小春在教室門口探出頭來。

「赤坂百合子老師是赤坂同學的親姊姊。」

多虧了眼前姊弟間濃烈的肌膚之親，小春事到如今才做的說明已經沒能傳到任何人耳裡。

理所當然的，這天突然出現的教育實習生……龍之介的姊姊赤坂百合子的話題，受到大家熱烈討論。

不但是個大美人，還似乎有重度戀弟情結。

光是這樣就已經話題十足。

每當休息時間一到，百合子就被充滿好奇心的學生們包圍。這樣的光景，就連在放學後的掃地時間也仍持續著。

與百合子同樣成為話題中心人物的龍之介，在第一堂課開始前就早退了。

「身體不舒服……我先回去了……」

他以沙啞的聲音跟空太這麼說了之後，書包也沒拿就踩著蹣跚的腳步離開教室。

結束了掃地值日工作後，空太也拿著龍之介的書包來到走廊上。還得先到美術教室去接真白才行。

不過，在邁出腳步時立刻被叫住了。

「神田同學。」

是開朗雀躍的聲音。

轉過頭一看，百合子正笑容可掬地站在那邊，距離大約五公尺。如果要站著說話，這距離稍嫌遠了點。

「……」

「……」

由於對方沒有要靠近的意思，空太於是折回教室門口。

「有什麼事嗎？」

走近一問，百合子突然把臉湊過來。炯炯有神的大眼睛；直挺的鼻梁；豐潤的嘴唇，越看越覺得是張美麗的臉蛋。香水的香甜味道刺激著鼻腔。

百合子開始上下其手摸起空太的身體。

「嗚哇、等一下！」

摸了肩膀、摸了上臂，接著往下撫摸腰際。

「嗯～～很普通？」

然後並不太有興趣似的嘀咕。

「謝謝妳的稱讚。」

「這種狀況不該道謝吧。」

不知為何，百合子抓住了空太的制服袖口。這實在教人坐立難安。空太太過在意這部分，無法專注對話。

「不然一般在這種情況下該說什麼？」

「更正，你不普通，而是個有意思的孩子。」

百合子天真爛漫地笑了。雖然帶著與龍之介相似的氣質，表情卻很豐富，這轉變成一股強烈的不協調感朝空太襲來。

「謝謝妳的稱讚。」

「真的很有意思。」

「這樣啊……」

空太搞不清楚狀況，只能含糊地搭腔。

到底找我有什麼事呢？

空太正準備開口詢問時……

「空太。」

卻被來自後方的聲音打斷了。不用確認也知道是真白的聲音。似乎是因為空太沒去接她，所以就自己過來了。

真白清澈的眼眸在空太與百合子之間游移……這時——

「那個女人是誰？」

她這麼問了。

「是負責我們班的教育實習生！」

空太確實地說明事實。

「我叫赤坂百合子。」

百合子立刻插話介紹自己。

「聽說是赤坂的姊姊。」

「這樣啊。」

真白似乎理解了，點了點頭。

「妳明白了嗎？」

「也就是說，這是……」

真白的視線朝向空太被百合子抓住的袖口。

「外遇。」

「完全不對啦！妳到底是怎麼聽我說明的？為什麼事情會變成這樣！」

真白抓住空太的手肘，用力拉扯。

「喔哇！妳、妳幹嘛啦？」

百合子的手放開了空太的袖口。真白看起來很滿足的樣子。

這次輪到百合子來回看著空太與真白。

「她該不會是你的女朋友吧？」

「嗯，算是。」

「哼。」

從站在身旁的真白身上感受到一股異樣的壓力。

莫非是對這說法有所不滿嗎？

「她確實是我如假包換、傾注所有心神的女朋友。」

「沒錯。」

真白露出得意的神情。

「你真的很有意思耶。我認同你做龍之介的朋友。」

百合子用手指點了點空太的鼻子。

「謝、謝謝妳的稱讚。那麼，找我有什麼事嗎？」

「這個。」

百合子從抱在胸前的檔案夾當中拿出了一疊資料。資料用兩支釘書針裝訂，上頭還仔細地黏貼了紙張。

「啊。」

空太看過這個東西。是寫了艱澀文字的「Game Camp」契約書。上面有像是龍之介父親的名字，也確實蓋了章。

空太伸出手去拿。

然而，就在即將抓到的瞬間，百合子迅速地收回契約書。空太的手撲了個空。

「……」

他朝百合子投以疑問的視線。

「你可以轉達給龍之介嗎？告訴他想要契約書的話，就到我這裡來拿。」

百合子一說完這件事便揮揮手，瀟灑地走向教職員室的方向。空太只能茫然看著她離開。

「剛剛那位就是傳聞中龍之介的姊姊吧。」

突然間，麗塔的臉從旁邊探了過來。

「嗚喔！妳從哪冒出來的？」

「長得好漂亮耶。」

「是啊。」

「空太，是外遇嗎？」

「我只是就一般來說！」

「你對我哪裡不滿？」

真白微微鼓起臉頰，由下往上望。

「硬要說的話，就是完全不信任我這一點啦！」

「哼。」

真白發出低吟。麗塔則在她身邊陷入沉思。

「……我知道了。」

似乎是突然想通了什麼，麗塔一副很希望空太提問的樣子看著他。看來還是乖乖開口詢問比較好吧。

「妳知道了什麼？」

「我終於知道為什麼一直以來，像我這樣的美女這麼積極主動，龍之介卻一點也不動心！」

「能把自己歸類為美女，實在很厲害耶。」

當然，麗塔毫無疑問是個美人胚子……

「就是因為有那麼漂亮的姊姊，龍之介的審美觀平均值才會變得不正常。」

「嗯，會是這樣嗎？話說回來，麗塔妳還沒放棄赤坂啊？」

上個月，麗塔向龍之介告白，但很遺憾地被甩了。

「為什麼我要放棄？」

「呃，妳不在意的話就沒關係。」

「如果空太在意我的事，就請你也幫一下忙吧。」

「幫什麼忙？」

「像是若無其事地向龍之介說說我的魅力啊。」

「我認為龍之介已經很充分了解妳的魅力了啦。」

「我打算下次親手做料理，你覺得如何？」

「嗯～～不太建議。」

空太不經意望向真白。她曾說過想為空太做料理，但空太無法毫無顧忌地感到開心。

「……既然這樣，剩下的手段就是……生米煮成熟飯，要龍之介負起責任了。」

「千萬別這樣！」

「不然，你認為我應該怎麼辦？」

連僅有的點子都被否決的麗塔顯然一臉不開心的表情。

「我想想……就赤坂的情況來說，我覺得讓他看到妳認真面對繪畫的樣子應該比較有效。當然，製作遊戲的工作也可以。」

「這種事就可以了嗎？」

「該怎麼說呢，赤坂不是很關切妳的繪畫還有遊戲製作，並且認同妳的能力嗎？」

「確實是這樣……」

雖然麗塔表示理解，但看向空太的視線卻是一副感到很意外的樣子。

「妳那是什麼眼神？」

「你真的很了解龍之介耶。」

「空太，外遇？」

「真白小姐，請不要多嘴。」

「才不是多嘴，是很重要的事。」

「是、是……」

「我決定了。」

麗塔則是下定了決心。

「決定什麼？」

「先聽空太你的建議，專注在遊戲製作上。」

「要是行不通可別恨我喔。」

「這我沒辦法保證。」

「不能保證嗎！」

「常聽人說死纏爛打不行的話，就要試試看欲擒故縱。」

麗塔嫣然微笑。看到她的笑容就會希望事情能夠順利。然而，空太也完全搞不懂龍之介究竟是怎麼看待麗塔的。下次姑且問看看吧。雖然在那之前想先問清楚百合子的事……一旦牽扯上Game Camp的契約書，就不能當作事不關己。

「那麼，我們回家吧。」

「還不行喔，空太。」

「嗯？幹嘛啊？」

「空太的外遇問題還沒解決。」

「一開始根本就沒發生過這個問題啦！」

「真的嗎？」

「我只喜歡真白妳啦！」

竟然在學校走廊上大吼這種話。附近的同年級生一臉「那是在幹什麼啊」地竊笑。

「空太。」

「我原諒你。」

「有何貴事？」

「那可真是謝謝妳啊……」

在隨意回應的空太身旁，真白左顧右盼地注意四周。正好奇她在做什麼的時候，她便踮起腳尖，輕吻空太的臉頰。

「啥！」

空太因為出奇不意的攻擊而發出窩囊的聲音。

「和好之吻。」

低著頭的真白看來有點靦腆。

「我說妳啊，要是被別人看到……」

「沒問題，我已經先確認過了。」

看來剛剛是為了這個才左右張望。

「可是，那個啊……麗塔就在旁邊看耶。」

「兩位看起來終於像情侶了。」

看著空太與真白互動的麗塔露出滿足的神情。

「託您的福……」

被這樣面對面說出來實在教人很難為情。麗塔不理會空太，牽起真白的手跨出腳步。

空太無可奈何，也追向兩人的背影。

途中從走廊的窗戶往外看，在出入口到校門的直線路上發現了熟悉的背影。是栞奈。

早上的事還沒能解釋清楚。

「回家後得向她道歉才行……」

突然讓栞奈看到驚人的場面，她一定嚇了一大跳，甚至還忘了責罵空太就那樣跑走了。

在栞奈的身後，有個小小人影跑著靠近過去。空太對那小跳步般的跑法很有印象，即使想忘也忘不了。

是妹妹優子。

還差一步就要追上栞奈了……就在這時，她絆到了腳，使出一記漂亮的前撲滑壘，書包裡的東西散落一地。

見到眼前彷彿漫畫中才會出現的事件，周遭放學回家的學生們全都看傻了呆站在原地。

只有栞奈走過去向優子伸出援手，幫她站起身來，也把東西收回書包裡。

站起身的優子手舞足蹈，很開心似的說話。然而，栞奈只是簡短地回應幾句，便再度走向校門口離去。優子失望地垂頭喪氣。大概是放學後的邀約被拒絕了吧。

空太正這麼想的時候，口袋裡的手機響了起來。

畫面上顯示「優子」。

往她那邊一看，她也正把手機壓在耳朵上。

「被栞奈學妹甩了嗎？」

『咦！你怎麼會知道？果然優子跟哥哥心靈相通呢！』

跟她一來一往也很麻煩，空太決定當作沒聽到剛剛那段話。

「妳可別給她添太多麻煩。」

『班上朋友要一起去ＫＴＶ趴，所以也邀了栞奈，不過她說她另外有事。』

「有事的話也沒辦法吧。」

『昨天的睡衣趴她也說有事，前天的讀書趴也說有事，上星期的逛街趴也有事，更之前的大頭貼趴也說有事啦！』

聲音實在很吵，空太將手機拿遠一些。

「我只知道了現在一年級之間很流行什麼什麼趴的。」

『才沒有流行那種東西啦！哥哥，請認真聽我說！』

「我就是認真聽妳說完，才會這麼覺得啦！」

『栞奈那麼忙碌沒問題嗎？會不會因為過勞而累倒了？』

優子似乎是真的擔心她。

她所謂的「有事」，恐怕只是拒絕邀約的藉口而已。昨天、前天、上週還有更之前……一直以來都是這樣，栞奈總是直接回到櫻花莊，之後也沒再外出，也沒有特別忙碌的樣子。

由於她身為小說家已經發表了出道作品，所以需要出門去開會討論內容，但頻率也不過是每個月一兩次而已，看起來也沒有窩在房裡埋首於執筆小說。

『仔細回想，我從來沒跟栞奈一起出去玩過耶！哥哥，你不覺得這對前宿舍友而言是很嚴重的事嗎？』

「該不會是她討厭妳吧？」

『真的是這樣的話該怎麼辦！啊，不過她說她也沒跟班上同學出去玩過喔！』

確實，栞奈不管是放學後或假日，大部分都乖乖待在櫻花莊度過。明明在學校午休或換教室的時候，常在餐廳或走廊上看到她跟同班的女孩子在一起，為什麼會這樣呢？

總覺得栞奈是刻意與周圍保持距離，有時會感覺到有莫名的防護牆存在。雖然有逐漸好轉的跡象，但她對櫻花莊的每個人也是如此，總是帶著窒息般的陰沉感。

當然，倒也不是說任何事都攤在陽光下就好……

反倒是空太，說不定暴露出太多東西了。

空太再度想起今天早上的事，開始認真地反省。在回到家之前得想好該怎麼解釋才行。

「我要回家了，先掛電話囉。」

『咦！話才說到一半吧？優子還要跟哥哥……』

在優子講完之前，空太便掛掉電話。

要是再繼續聊下去，一臉不滿地等著的真白一定又會說些奇怪的話。接著，果然不出所料。

「空太真是偷吃成性耶。」

「剛剛的電話是優子打來的啦！」

手機再度響起，不過空太假裝沒聽到，踏上了歸途。

3

「我們回來了～」

打開大門，走進櫻花莊。

「你們回來啦～～學弟，小真白，還有小麗塔！」

出來迎接的人是隔壁鄰居人妻女大學生——三鷹美咲。舊姓上井草，原櫻花莊201號室的住宿生，同時也是水高的畢業生，現在就讀於水明藝術大學影像學系一年級。即使在她畢業之後，在櫻花莊遇到她的機率也非常高。早餐與晚餐幾乎每天都一起吃，甚至還光明正大地使用浴室。栞奈常被她帶進浴室，然後「我、我自己洗就好了，請、請不要亂摸奇怪的地方！」之類的慘叫聲就連在房間裡也聽得到。

「來，學弟，這給你。」

美咲將原本夾在腋下的扁平大郵包遞了過來。是可以輕易塞進A4大小物品的尺寸。空太反射性收下，看了上面的聯單，得知收件人是栞奈。

「咦？栞奈學妹呢？」

看了一下，玄關並沒有她的鞋子，只有龍之介脫下後亂丟的鞋子。麗塔若無其事地把他的鞋子擺整齊，一心展現自己的優點。

「光屁股還沒回來喔。」

美咲猛然伸出手指說道。

今天的「有事」，說不定是真的有事。

「因為我一直埋伏在玄關，錯不了。」

「美咲學姊，妳很閒嗎？」

「那麼，我要出門去大學的動態擷取工作室了～掰啦～～！」

美咲口中哼著音效，以幾乎要破壞玄關大門的氣勢打開門。

「啊，對了，學弟。」

「是？」

「頭目的3D模型資料，我已經丟進伺服器的素材資料夾了，等一下你再確認看看囉！」

「啊，好的。」

美咲不待回應便從玄關飛奔出去。即使成了大學生，她的氣勢依然無人可擋，簡直就是一場風暴。

遠方傳來「呀喝～～」的吆喝聲，接著轟隆作響的汽車引擎聲逐漸遠去。

「好，我也要回去工作了。」

空太在玄關與真白和麗塔分開後，走進101號室。

先把電腦及開發機材的電源打開。等待啟動的同時，空太迅速脫下制服，換上居家服，在廁所洗手、漱口。

回到書桌前，電腦及機材正好已經啟動完畢。

打開開發用的遊戲引擎以及聊天軟體。

確認聊天畫面，在朋友欄位上發現了龍之介的名字。

——赤坂，你還好嗎？

由於今天發生了讓人不禁想懷疑自己眼睛的事件，實在教人擔心。龍之介的姊姊以教育實習生之姿出現，不但抱了龍之介，貼著他的臉，甚至還親了他的臉頰。多虧如此，龍之介的意識不知飛到哪去了……

——一點都不好。

過了一會，聊天畫面上顯示出這樣的訊息。

龍之介罕見地說了洩氣話。

——我幫你把書包拿回來了。

——讓你費心了。

——然後，你姊姊要我幫她傳話。

過了好一段時間都沒收到回應。空太不以為意，繼續敲著鍵盤。

——她說「想要契約書的話，就到我這裡來拿」。

——這樣啊。那就沒辦法了。

——嗯，雖然會很辛苦，你還是忍耐著去拿回來吧。

否則開發作業就無法繼續下去。

——看來我的遊戲製作就到此為止了。

——你所謂沒辦法，指的是這個意思嗎！

——這是令人苦惱的抉擇。希望你能諒解。

「諒解個頭啦！」

空太猛然轉過頭去，對著龍之介的房間１０２號室咆哮。

順便還敲了敲隔開兩間房間的牆壁。

「喂～～赤坂！你是開玩笑的吧？不是認真的吧？」

空太忍不住認真詢問，因為他很清楚龍之介不是會在這種情況下開玩笑的個性。

「……」

很遺憾，隔壁房間沒有回應。

空太急忙回到書桌前，在聊天畫面敲打訊息。

——喂～～赤坂～～！

——請容女僕代替陷入虛脱狀態的龍之介大人與您對話。

——女僕，龍之介還好吧？

——就算說得保守一點，也完全不行呢……整個人癱軟無力。

——得趕快想個辦法！

——因為他想起了心靈創傷，目前極度消沉。

原因絕對與親姊姊百合子脫不了關係。

——赤坂與他姊姊之間到底發生過什麼事？

——很久很久以前，在某個地方有位名叫赤坂龍馬的青年。沒錯，他也就是後來龍之介大人的父親。

似乎開始說起故事了。

——為什麼聽起來好像傳說故事？

——這是一種表演效果。我想要夾雜一些虛構故事獻給您。

——拜託妳務必以真實故事的方式進行！

要怎麼判斷才知道是真實或虛構的呢？

——如果只是聊天，說不定空太大人會忍不住打起瞌睡來。

——會是這麼冗長又無聊的故事嗎？話說回來，我只想知道他姊姊的事而已。

——龍馬大人是就職於通訊公司的上班族，職務是工程師。他不抽菸、不喝酒、不賭博，也不玩女人，是位認真又耿直的人。

——無視我的問題嗎？這樣啊？

——要說每天的樂趣，就是收集家電量販店的點數，然後看著心想「收集到好多了呢～～」

而已……

——妳是不是瞧不起我？

——要說煩惱，就是難以入睡這件事……

——這資訊有很重要嗎？

——某天，這樣的龍馬大人遇見了命運的邂逅。

——就是母親登場吧。

——龍馬大人發現非常好睡的枕頭，改善了難以入睡的問題。

——那可真是太好了啊！

——翌日，龍馬大人為了收集點數而來到家電量販店……

女僕似乎連不重要的設定都打算確實用上。

實在是完成度極高的自動郵件回信程式ＡＩ，已經成長到比人類擁有更高的性能。

——在賣場裡，他遇到了一位向店員客訴「我本來想用在這裡買的傳真機寄錢出去，沒想到竟然不能用！」的女性。

——畢竟傳真機又不是瞬間轉移裝置！

——這位女性，就是後來的夫人瑠璃子。

——喔喔。

看來似乎是一位很有個性的母親。前提是如果這故事不是虛構的……

——瑠璃子夫人是一位很美麗，非常美麗，美麗到令人嘆息的女性。龍馬大人對她一見鍾情，為之傾心。他不斷提出約會的邀請卻遭到拒絕或突然被取消，之後邀夫人約會然後求婚，兩人終於結為連理。

——重要的部分倒是進展神速！

可有可無的段落明明就很冗長……

——由於是獻上適合所有年齡層的版本，敬請見諒。

——是還有成人版的意思嗎？

——空太大人，您這是性騷擾嗎？是性騷擾吧。真討厭～～

——才不是！

「空太，是性騷擾。」

空太轉過頭去，發現不知何時真白已經在房間裡。就連麗塔也出現在她身旁，專心地探頭看著螢幕。

「空太，請趕快讓我們繼續看下去。」

「是、是。」

——女僕，是不是差不多該進入主題了？

——龍馬大人與瑠璃子夫人終於結為夫妻，不久也生下了孩子——堇子小姐、蘭子小姐、百合子小姐……然後，龍之介大人也誕生了。四個孩子長得像瑠璃子夫人，都很美麗，總之就是很美麗，是美麗到讓人會不禁迷戀上的小姐們。

——赤坂可是男的啊！

——雖然是這樣華麗的家庭，但瑠璃子夫人在婚前曾向龍馬大人提出一項條件。

——條件？

——她說了「要我跟你結婚也行，不過家裡所有事情都要由你來做」回應求婚。這可是女性都會想說個一次看看的台詞呢。

是這樣嗎？

「空太。」

「我現在在忙。」

「我的所有事都要由空太來做喔。」

「我已經在做了啦！」

——如同兩人所約定的，龍馬大人包辦了赤坂家所有家事，並且將四個孩子教養長大，而且是繼續上班兼職家庭主夫。受到這樣嚴重的影響，龍之介大人一直到小學高年級為止，都以為所有家事一般都該由父親來做。

「誤解的龍之介感覺有點可愛呢。」

大概是想像了龍之介幼小的模樣，麗塔露出了微笑。

——女王瑠璃子夫人擁有莫大的權力，在赤坂家中，女性的地位壓倒性地崇高。對於瑠璃子夫人的發言，龍馬大人能夠做的回應只有「是」或「Yes」或「Oui」或「Ja」而已。

——意思還不都一樣！

日文、英文、法文與德語。大概是吧。

——當然，看著這樣的父母長大的長女堇子小姐、次女蘭子小姐、三女百合子小姐也完全成長為第二、第三個瑠璃子夫人。如果有男性約吃飯，就會說「我有想去的店」，然後提出預約需要等半年的人氣店家，讓對方傷透腦筋；或者說出「如果是吃法國米其林三星餐廳，我就奉陪」來考驗愛情。簡直就是利用美貌，將世間眾男性玩弄於股掌間的魔性大姊姊們。

——真是駭人的故事耶。

「這種程度的話我也會說喔。」

麗塔露出一副理所當然的樣子。總覺得能理解在女孩子之中，龍之介特別不擅長應付麗塔的原因了。

——然後，回家後互相報告當天約會的感想已經是赤坂家姊姊們每天的功課。這種時候，「對話好沒品味」、「跟他在一起實在很無趣」、「還不如自己一個人吃飯」之類會讓身為男性的空太大人想摀住耳朵的麻辣評價四起，龍之介大人幾乎每晚都被迫聆聽這些內容。

——原、原來如此。

——終於，切身充分領教了女性可怕之處的龍之介大人，開始變得無法信任女性，因而成長為徹底討厭女性的人。

——可是，我看百合子小姐似乎很喜歡他啊。

——不只是百合子小姐，對瑠璃子夫人來說，龍之介大人也是期盼已久的男孩子，因此受到相當的溺愛。菫子小姐還有蘭子小姐也一樣，每天都為了誰要跟龍之介大人一起睡而幾乎要打起來了……

乍看之下很讓人羨慕，然而一旦對方是有血緣關係的家人，就無關乎是不是美女了。也能理解被對方那樣熱情地表達出心意就會感到厭惡，尤其是在權力關係明確的情況下更是如此。

——這個故事給我們的教訓就是「跟高攀不上的女性結為連理的話，男性會吃很多苦頭」，龍之介會來報考有學生宿舍的水高，說不定原因也在這裡。

——為什麼要對我說？

——想說您應該有這種經驗。

是吧？空太大人（愛心）

才不是什麼有經驗，根本就是現在進行式。

越來越不覺得事不關己。

空太不經意望向真白。

「真辛苦呢。」

她卻不帶感情地如此喃喃說著。真教人洩氣。

「事情就像你們聽到的。」

聲音來自房門口。手撐著牆壁的龍之介看起來憔悴不堪。

大概了解狀況了。然而，空太還是覺得他好歹該忍耐一下，去見姊姊。

就龍之介憔悴的模樣看來，應該是連這一點都不想做吧……

「看來這裡似乎輪到我上場了。」

麗塔露出得意洋洋的笑容向前跨出腳步，拉近兩人之間的距離，龍之介也確實往後退了相當的距離。

「龍之介，跟我一起進行特訓，治療討厭女性的症狀吧。」

如此宣言的麗塔眼眸彷彿星空般閃耀不已，簡直就像是期待這樣的事態已久。

「我為什麼要做那種事？」

「沒辦法跟空太一起製作遊戲也無所謂嗎？」

「……唔！」

龍之介一時語塞。

「再度失去團隊製作的機會也無所謂嗎？」

「這……」

「說不定再也沒有下一次機會了喔。」

麗塔真是壞心眼。

「……」

龍之介一臉不愉快地陷入苦思。雖然兩者都不想要，卻非得選擇其中之一。現在就是這樣的狀況。

「不然就由我……」

空太正準備開口說「由我跟你一起去見姊姊」，卻因為被麗塔瞪而把話吞了回去。麗塔施壓要空太別多嘴。

「呃，沒事……」

這時也許可以幫一下麗塔，畢竟她已經這麼努力了……要是能治好龍之介討厭女人的問題就再好不過了。製作團隊未來也可能會有女性成員加入。

「這麼願意幫龍之介的女孩子，大概只有我囉。」

「……好吧。」

龍之介心不甘情不願地擠出聲音。

「什麼？」

麗塔把手放在耳邊，擺出沒聽清楚的手勢。

龍之介似乎連回嘴的力氣也沒了，乖乖地重覆：

「好吧。」

麗塔露出滿意的微笑。

「趁這個機會，我可以盡情地跟龍之介做各種我一直想做的事了。」

還打著壞主意如此喃喃自語。

交給麗塔真的不要緊嗎？

這時，空太內心充滿了不安。

晚餐後，空太把龍之介交給麗塔，便專注在遊戲製作的工作上。放進伊織做好的曲子，完成一開始的關卡。

這麼一來，全部八大關當中已經有兩大關可以玩了。每一大關都由三個小關卡構成，一開始是追求爽快感與練習新曲子的嘍囉區，接下來是不使用特殊技便難以進行的中間區，最後則是將在前面兩區所學到的技巧全部用上的頭目區。

雖然頭目製作還不夠成熟，所幸多虧了龍之介準備的遊戲引擎，得以輕鬆做出能確實動作的東西，可以在短時間內重覆組合、測試、調整，依照玩家的感覺設計出關卡。

「啊～～」

工作告一段落後，空太用力將身子靠在椅背上。

時鐘的指針指向十一點。

「不會吧，已經這麼晚了嗎……」

空太一邊打呵欠一邊伸懶腰，眼前的世界上下顛倒。在上下顛倒的視野當中，床上……以空太來看是床下，有回家時美咲託付要給栞奈的東西。

「糟糕，我忘了。」

空太坐起身子站起來。如果是有時效性的東西就不妙了，最好在今天之內交給她。空太抓起信封，走出房間。

來到二樓，在201號室前停下腳步。

「咦？」

沒有光從門縫透出來。裡頭的燈是關著的。

「已經睡了嗎……」

要叫醒她也於心不忍，空太於是放棄，來到一樓。

回房間前順便去確認大門有沒有關好。已經上鎖了。然而，空太停下腳步時覺得不太對勁。

「……」

沒看到栞奈的樂福鞋，也不在鞋櫃裡。

「嗯？她該不會還沒回來吧？」

「我說你啊，一個人自言自語很噁心耶。你腦袋沒問題吧？」

從飯廳走出來的人，是一手拿著啤酒的千尋。

「栞奈學妹好像還沒回來。」

「……哎呀。」

連千尋也不禁繃起臉。

「神田，打她的手機聯絡一下。」

「是，是。」

還是不要叫她自己打好了。

空太正準備回房間拿手機時，玄關大門開始喀噠喀噠地微微晃動。外面有人正在開門鎖。空太停下腳步觀察了一下，接著門被小心翼翼、不出聲響地打開了。

空太與回來的栞奈視線對上。

「妳回來啦。」

「啊、那個……很抱歉這麼晚才回來。」

琹奈尷尬地撇開視線。

「如果妳自己也知道做錯了，以後就要多留意，至少也該聯絡一下，因為神田會擔心。」

千尋單方面說完便立刻回到管理人室，嘴裡還唸著：

「晚上也越來越冷了呢～～」

雖然空太心想不要喝冰啤酒不就好了，不過這大概是未成年人的想法吧。

玄關只剩下空太與琹奈兩人。

「那個……很抱歉讓你擔心了。」

「是討論小說的事嗎？」

「咦？啊……是的。」

感覺得出她在說謊。不過因為抬不起頭的琹奈散發出希望別再追問下去的氣息，空太便決定現在先不問。

「這個，是要給琹奈學妹妳的東西。」

他將拿在手上的信封遞過去。

「謝謝你……」

從空太手中收下東西後，琹奈便逃也似的衝上樓梯。天花板傳來腳步聲，接著很快就聽到

「砰」的關門聲。

漂亮地避開了。顯然是受到今天早上的事件影響。

明天之後再解釋吧。

呆站在玄關也不是辦法，空太決定回房間去。

來到房門前，走廊深處廁所的門打開了。

走出來的人是真白。她穿著睡衣。從頭髮已經確實吹乾看來，應該是跟麗塔一起洗澡了吧。

廁所裡傳來使用吹風機的聲音，顯示裡頭還有人。

「享受完泡澡了嗎？」

「享受完了。」

「那真是太好了。」

兩人簡短對話後，空太走進房間。

不知為何，真白也跟了進來。

「空太，我決定了。」

「很好，沒有任何開場白跟討論，妳是做了什麼決定？」

只有不祥的預感。

「從今天起要在這裡睡覺。」

真白手指的地方正是空太的床，現在也被十隻貓咪占據。不知是否聽懂了真白說的話，貓咪抬起頭看著事情發展。其中一隻……白色的小不點小櫻從床上一躍而下，用身體磨蹭真白的腳。

「……妳剛剛是說從今天起要在這裡睡覺嗎？」

「我是說了。」

「妳說什麼！」

「同居。」

「這不叫同居吧。」

「同床？」

「就是這樣吧！不對！幹嘛突然說出這種不檢點的話！」

「只是一起睡而已。」

「喔。」

「不發生關係。」

「我認為這樣也會讓我精神崩潰，不是嗎？」

「不讓你發生關係。」

真白說得這麼堅決，真是教人沮喪。

「跟您說明一下喔，真白小姐。這裡是學生宿舍，怎麼可能允許男女每天同房過夜這種淫亂的生活！」

「沒問題，我會在櫻花莊會議上取得許可。」

「請絕對不要做這種事！會遭部分住宿生白眼啦！」

況且今天早上才剛被櫻花莊的幾個人撞見驚人場面，事情鬧得很大。

「那麼，就這麼決定了。」

真白的視線鎖定了床。

「怎麼可能這樣決定！」

「空太，討厭跟我在一起嗎？」

「當然不討厭！」

這是作夢般的生活，幸福得令人不禁擔心腦袋是不是會融掉。不過，還是希望保有學生該有的良知，就算是什麼事都可能發生的櫻花莊，也還是有不可跨越的界線。

「哼。」

真白鼓起臉，瞪著空太。

「空太，暖呼呼的不是很好嗎？」

「就這一點我確實很同意，但還是要有常識啦！」

「不可能。」

「為什麼！」

「因為我不正常。」

「不准給我豁出去！」

「小倆口在鬥嘴啊？」

剛洗完澡的麗塔從門口探出頭，露出調皮的笑容。雪白的肌膚微微染上紅色，看起來很性感，總覺得比平常更顯美豔動人。是因為與龍之介特訓的關係嗎？

今天第一天，首先從交換餐桌的位置開始。一直以來都是以千尋、栞奈、伊織、龍之介、空太、真白與麗塔的順序順時鐘方向就座，從今天晚餐開始改為麗塔夾在伊織與龍之介之間。麗塔以特訓的名義，一下餵龍之介吃東西，一下又出手調戲他，讓他覺得很困擾。

過了九點，龍之介在聊天室傳來「我去睡覺了」的訊息。看來他非常疲累。前途實在堪慮。

「哎呀，栞奈，找空太有事嗎？」

站在房門口的麗塔招呼栞奈進房。栞奈身上還穿著制服，以冷漠的視線觀察空太、真白與麗塔三人。

「我、我們現在可什麼事也沒做喔。」

「我什麼都沒說吧。」

栞奈態度依舊冷淡。

「有、有什麼事嗎？」

看來還是在自掘墳墓前催促她趕快說完比較好。

「我只是想說應該讓你們看這個。」

走進房間的栞奈遞出封面是當紅年輕演員的雜誌。那是幾乎不曾看過，介紹小說與漫畫的知名雜誌。

「這是剛才空太學長給我的郵件內容。上個月接受新作品的採訪，所以寄了樣書過來……」

「哦——好厲害耶。」

空太翻閱雜誌，發現栞奈——筆名「由比濱栞奈」的專訪內容刊登在雜誌中間的頁面。兩頁沒有臉部照片、幾乎僅由文字構成的跨頁，字數頗多。

真白與麗塔兩人站在空太左右探頭看。

「不是。我要說的不是我的專訪……」

「咦？」

搞不懂她的意思。

「更前面的頁面……」

栞奈把手伸過來，翻到最前面幾頁。

「啊！」

「這是！」

空太與麗塔同時發出驚訝的聲音。

這也難怪，因為映入視野當中的是曾經看過的漫畫。真白正在連載的漫畫。

在「本月推薦的一部作品」這個單元裡大大地介紹了真白的漫畫，有五位評論家的感想，從各自的觀點給予評價。

以總評而言，畫工無可挑剔，是即使在業界也可列入最高等級的極好評。上頭寫了唯獨開頭的故事較無趣，需要有點耐性閱讀。然而，隨著故事話數增加，登場人物的情感描寫也越生動鮮明，繪畫的表現力更強，讓人無法移開視線。

尤其是對還沒集結成單行本的這三四個月的連載內容，更是讚不絕口。因為無論如何都想推薦給讀者，結果儘管只出了一本單行本，仍在「本月推薦的一部作品」這個單元裡介紹。

其他還有作品簡介，以及關於真白的介紹。

——身為天才畫家的女高中生漫畫家？

還有這樣的標題。

「學長可能也很清楚，這本雜誌有相當的影響力，尤其是『本月推薦的一部作品』這個介紹單元。」

「這樣啊。」

「……是的。我的小說也是因為這本雜誌介紹過，所以銷量成長了不少。」

「這樣啊……椎名妳知道嗎？」

真白點了點頭。

「綾乃說過雜誌要介紹漫畫。原來就是這個。」

「椎名學姊說不定會因為這個機會，讓漫畫家的身分也一舉受到矚目。」

栞奈的眼神極為認真，大概是真的這麼覺得。

不過，空太並沒有什麼實際的感受。

只是覺得很厲害，對真白確實往前邁進感到高興。

因此，此時的空太還想像不到栞奈說的話會帶來超乎這番話的現實。

4

栞奈所說的雜誌，隔天已經出現在全國的書店裡。

這一天，空太在網路上調查了反應，似乎並沒有造成話題。第二天、第三天也是差不多的感覺，沒有特別顯著的動靜。

察覺到些微變化，是在雜誌發售後的第一個週末。空太在販賣書籍的網購通路網站上，發現真白的漫畫賣完了，上頭顯示待進貨。看了幾個網站，較大的線上購物商店都呈現缺貨的狀況。

週末過後的星期一，空太負責出門採買，順便到車站前的書店去看了一下。書架上沒看到真白的漫畫。也許是賣完了，也可能只是剛好沒有。

因為日常生活沒有改變，老實說，並沒有什麼實際的感受。

到了星期二，真白身邊終於有了一些動靜。是一通來自責任編輯飯田綾乃的電話。

「綾乃小姐說了什麼？」

在放學回家的路上，空太向結束通話的真白問道。

「說是決定要再版了。」

「只有這樣？」

「說會印刷很大的數量。」

「這樣啊。」

「她說是很驚人的事。」

「這樣啊……」

從默默吃著剛從便利商店買來的年輪蛋糕的真白話中，感受不到絲毫的驚訝或喜悅，也不見她聽了漫畫大賣的消息而感到開心。一切一如往常。

回到櫻花莊，真白還是持續每天畫漫畫畫到睡著的生活。如果硬要說跟以往不同之處，就只有有時會到空太的房間緊黏著空太不放。

「真白，妳在做什麼？」

「吸收養分。」

「太恐怖了！好歹也可愛地說『充電中』吧！」

「那就充電中。」

說著又緊貼過來。讓人困擾的是，這樣真的很可愛。

真白仍維持她的步調。以畫漫畫為重心，同時也很重視空檔時與空太相處的時間。之前星期天，兩人一起去逛購物中心，還約好了下星期要看電影。

多虧如此，空太能平靜地度過每一天，也能專注在現在該做的遊戲製作上。

就這樣又過了一週。翻過十月的月曆，來到了十一月。

十一月一日。校內正因後天即將到來的文化祭而熱鬧得不得了。只有在這個時候，三年級生也得以暫時忘卻考試與志願的事，跟著一起喧鬧。對於班上決定要做茶點咖啡廳的構想，大家也都熱情參與。當然，空太也確實參加了。

周遭也在期待櫻花莊的展出物，因為去年的「銀河貓喵波隆」讓人記憶猶新。然而，今年實在沒有餘力製作東西，空太手上已經有一部遊戲的製作工作，開發日程也岌岌可危，沒辦法再兼顧文化祭。

有再多時間都不夠用。

這一天，空太也在協助班上製作展出物後便急忙回家，開啟電腦與開發機材。除了吃飯與上廁所，完全沒離開過座位。即使如此，日程還是有所延遲。空太正在進行的等級設計作業已經比預定日程晚了整整三天。

因此空太即使在泡澡，仍舊煩惱著關卡的設計。隨著製作工作來到後半，構想也幾乎用罄，實在很令人傷腦筋。如果沒有什麼創新的想法，將會陷入變老套的局面。

雖然已經快要十二點了，空太仍想再多加把勁。這樣的心情並不是來自於使命感或義務感，正因為製作工作很快樂，才會有這種感受。

「呼啊～～」

空太將身體沉到浴缸裡，伸展雙腳。因為是學生宿舍，浴室才會這麼寬敞，如果是一般住家就沒能這樣了。

空太仰望天花板陷入沉思時，浴室的門突然打開了。

「空太。」

走進來的人當然是真白。

「嗯？怎麼了？」

空太在浴缸裡無力地回答。這種情況也早已司空見慣。

他只把臉轉向真白，看到她露出不甚開心的表情。

「怎麼了？」

他再次開口詢問。

「星期天的約會。」

「約好要去看電影吧。」

「嗯……」

兩人的聲音在浴室裡迴盪。

「我沒辦法去了。」

「咦？」

「剛剛綾乃打電話來。」

真白手上還握著手機。會變換七彩顏色的ＬＥＤ燈閃爍著，也許還在通話中。

「她說想安排星期天在編輯部進行專訪。」

「這樣啊。現在正是行銷的好機會嘛。」

「所以，約會……」

「我明白了。那麼，就下星期天再去看電影吧。」

「嗯。」

結束對話後，真白走出浴室，對著手機說了一些話。看來果然還在通話中。腳步聲逐漸遠去，接著便聽不到真白的說話聲了。

只剩下空太。

「……」

「真希望她好歹也把門關上再走啊……」

真白離開後，胸口留有莫名坐立不安的感覺，心情煩悶。是因為浴室敞開的門嗎？

空太起身的同時，決定不再繼續泡澡。

空太穿上衣服，離開浴室時，看到伊織站在玄關前。

「伊織，你可以用浴室了喔。」

「啊，好的。」

伊織如此回應，仍用手撐著柱子做手腕的伸展運動。關節已經能確實地彎曲。看來六月下旬時粉碎性骨折的右臂已經完全康復了。

「右手狀況怎麼樣？」

「完全沒問題了。」

「這樣啊。」

「已經完成任何時候都能揉胸部的準備了！」

手離開柱子的伊織反覆開合雙手手掌。

「接下來，只要尋找願意讓我揉的胸部就好了！」

伊織的眼睛閃閃發亮。

「你就適度地努力吧。」

「是！」

「鋼琴呢？」

「那方面就完全不行了耶。」

他滿臉笑容地回答。

「沒辦法想著『這麼簡單應該能彈吧』然後就隨心所欲地活動手指啊。音樂科老師跟我說『要有耐心一點！』，所以我會耐著性子嘗試看看的！」

這次也是精神飽滿的回應。然而，他的視線卻像是在意著某件事，朝向樓梯上面的方向。

「伊織？」

空太用毛巾擦拭頭髮並如此詢問。

「那傢伙今天也很晚回來耶。」

「嗯？喔喔，你說栞奈學妹啊……」

這也是空太在意的事。這幾天，她幾乎每晚都過了十點才回來，昨天還更晚，回來時大概已經接近十二點了吧。雖然栞奈試圖不發出聲響，但老舊的建築物就是會有聲音。尤其空太住的101號室最靠近玄關，容易察覺到有人進出。

「討論小說會這麼頻繁嗎？」

「我也不清楚。」

至少自從栞奈搬進櫻花莊以來，不曾有過這樣的狀況。況且，出版社的責任編輯也當然知道栞奈是高中生，開會討論應該不會常到這麼晚。

昨天，空太因為在意而試著問了栞奈。

「對不起，我會注意的……」

她也只是這麼說著，然後把視線別開。

「呃，反正這也用不著我去在意。」

伊織「啊哈哈」地笑了。

「不過，你還是會在意吧？」

「該怎麼說……有種心癢難耐的感覺。」

「……」

麻煩的是，伊織是認真的。

「啊，請別誤會喔！我可不是對絕壁有感覺了喔！我對攀岩可沒興趣！既然要爬，當然是選名為胸部的山峰囉，山峰！總之，不是那樣就是了！」

「不然是怎樣？」

「哎呀～～我就是因為不知道才會覺得心癢難耐。啊～～真是心癢難耐啊～～」

之後他也不斷嚷著「心癢難耐」，往浴室的方向走去。

與伊織聊完之後，空太回到房間，發現龍之介正坐在電腦前。

「我在更新遊戲引擎版本。」

空太還沒開口問，龍之介已經說明了理由，手指富有節奏地敲著鍵盤。

空太在床邊坐下，注視著他工作的樣子。龍之介開啟開發機材，確認運作。

看來還需要花點時間。

空太就這樣往後躺下。熟悉的木造天花板，有種所有聲音都從天而降的奇特感覺。

「赤坂。」

「什麼事？」

「跟麗塔的特訓還順利嗎？」

「……前天星期天，被迫陪她去買東西。為什麼我得幫留學女挑衣服啊？」

「喔，難怪……」

還記得那天麗塔似乎心情很好。

看起來有些疲累地敲著鍵盤的龍之介正在進行的作業還沒結束。如果就這樣繼續交給麗塔，討厭女人的問題會獲得改善嗎？

「在教育實習結束前，我會想辦法拿到契約書。」

「祝你成功。」

「唉……」

總覺得這是發自內心深處的嘆息。他似乎真的很不想去找百合子。

即使對話中斷，空太也不在意，茫然地望著天花板。

他發現剛才在浴室裡感受到的煩悶感，現在也還盤據在自己心中。

「赤坂，你覺得幸福是什麼？」

彷彿要吐出靜不下來的心情般，空太出聲詢問。

「你腦袋沒問題吧？」

空太露出苦笑，不在意地繼續說著：

「找到想做的事，而且現在能去做……再加上還有個可愛的女朋友，我覺得自己應該是非常幸福的人。」

「如果你想炫耀，就到其他地方去炫耀。」

龍之介工作的手沒停下來，喀噠喀噠的聲音聽起來很舒服。

過了一會，敲鍵盤的聲音停了下來。

「神田，版本更新好了。別發呆了，快工作吧。等級設計已經晚了三天，必須避免日程繼續延遲。」

「我知道……不過，應該沒問題。」

「你說這話有什麼根據？」

「週末就能把延遲的日程追回來。」

「你還真有自信啊。」

「原本週日要跟真白出門的約會取消了。她好像是安排了漫畫的採訪，所以我一整天都可以拿來進行作業。」

「……」

原以為龍之介能理解，只見他一臉嚴肅地往下看著空太。

「難道你想說這種東西根本不足以做為根據？」

「你看起來好像非常開心。」

「不行嗎？」

「沒有不行。只是約會被取消，一般的反應不是該覺得很失望嗎？」

「……」

聽到他這麼說，空太這才察覺到在浴室裡感受到的煩悶感究竟是什麼。

「……神田，這正好是個好機會，回答我的問題。」

「幹嘛一臉可怕的表情？」

「未來你打算怎麼處理椎名的事？」

龍之介盯著空太，直截了當地這麼問了。

「怎麼處理是指？」

空太不懂問題的意思，不禁發出痴呆的聲音。

「神田之前對我說過吧，希望畢業後住在一起。」

「嗯，我是說過。」

「雖然最近已經有相當的改善，不過椎名的生活白痴狀況仍然很嚴重。」

「是啊。」

「水高畢業後，即使離開了櫻花莊，當然還是需要有人來照顧她。關於這部分，你跟她談過了嗎？」

「……還是需要負責照顧真白的人啊。」

空太只含糊地說了感想。

「就這狀況來看，我認為由神田你攬下來合情合理。」

龍之介並沒有停止追問。

「真沒想到會有被赤坂建議同居的這一天。」

「如果你要跟椎名一起生活，那跟我的約定可以當作沒發生過。」

「幹嘛突然這麼說？」

「並不是突然。你試著想像看看。未來如果椎名順利以漫畫家的身分走紅，神田你的目標也實現了，你們兩個人花在漫畫跟電玩上的時間一定會比現在更多，不會是只取消一次約會就能解決的程度。」

「你的意思是，如果分開生活就會連見面的時間也沒有，所以才叫我們住在一起吧。」

「我是要你把它當作選項之一來考慮。」

「我想過了。這種妄想，早在跟她開始交往時就思考過了。」

這是事實。未來該如何跟真白繼續交往下去？畢業後不知不覺就住在一起，這種事一開始就想過了。空太與真白是男女朋友，而真白又需要有人照顧她，因此這是一次就能解決各種問題的好方法。

「不過，就算我們在交往，也不能在高中畢業後就立刻同居吧。因為我跟赤坂你不同，學費還有生活費都還得靠家裡負擔。」

「……」

「況且，就算真白需要『負責照顧真白』的人，要住在一起這麼重要的事，也沒辦法輕易就決定。」

「真是很合理的判斷。」

「因為已經在櫻花莊一起生活了，所以老實說，我並不覺得會有太大的不同。不過畢竟我們才開始交往半年而已，要思考同居這件事還嫌太早。」

「確實是非常妥當的意見，不過我認為把椎名放在常識範圍內思考是沒有意義的。」

「就算這樣，同居也不是可以循序漸進、慢慢進行的事吧……我不知道該怎麼表達，至少我認為不能只拿照顧當理由。明明經濟還無法獨立，自己也還沒辦法擔負任何責任，就把『負責照顧真白』當藉口或免死金牌，然後開始同居，這樣未免太不負責任了。凡事都有先後順序。」

「……」

龍之介不發一語地聽著。

「一直以來，這些順序都亂七八糟混在一起……所以我想把畢業當作一個契機，好好整理清楚，嗯，我的想法大概就是這樣啦。」

「……」

「關於畢業後的事，確實就像赤坂你所說的，我是該跟真白好好談一談才對。」

「如果這是你仔細想過所得到的結論，那就沒問題。是我管太多了。」

「你會擔心我們的事，我覺得很開心啊。」

「什麼！我才沒有！只是如果你們有了摩擦而搞得無精打采的，我會覺得很麻煩而已。」

龍之介把臉別開。

「我沒問題啦。不管變成什麼狀況，我的想法都不會改變。」

「絕對嗎？」

「這問法真不像你的作風。」

「哪裡不像了？」

「你其實覺得沒有什麼事是絕對的吧？」

「……」

被說中的龍之介默不作聲。

「不過，我堅信到可以稱得上絕對。那一天，我是帶著這樣的心情選擇了真白。」

五月下旬，教育旅行去了北海道，下定決心後便不再猶豫……空太當時內心如此發誓。

「這樣嗎？那就好。不過，我還是要把話說在前頭，畢竟這是遲早會浮上檯面的問題。」

「嗯？」

「神田你認為自己的目標跟椎名……哪個比較重要？」

「……」

空太沒能立刻回答。

「『工作跟情人，哪個比較重要？』……雖然是用到快爛掉的老梗，卻也是在某方面確實捕捉到事物本質的問題。」

「……」

「我並不認為這兩者是『無法比較的東西』。為了繼續生活下去，選項都是在同一軸線上。而且以你的狀況來看，有極高的機率會碰到必須將這兩者放在天秤上比較的局面。隨著遊戲開發漸入佳境，你也將越沒有餘力去顧慮別人。回想一下『喵波隆』的時候吧。」

「……」

當時，空太把自己所有的時間都投入到「銀河貓喵波隆」的製作上，完全不去思考別的事。然而，如果在那個瞬間，空太與真白之間發生了什麼事，就如同龍之介所說的，空太可能會被迫做出抉擇。

「……」

「你最好先做出結論，將來一旦面臨問題也能不慌亂地解決。」

龍之介如此說完便走出房間。

「……嗯。」

剩下自己一個人之後，空太才自言自語地回應。

他張開雙手，躺成大字型。

——神田你認為自己的目標跟椎名……哪個比較重要？

沒能立刻回答並不是因為心中沒有答案。被質問的那一瞬間，心意已經微微傾向其中一個方向。正因如此，所以沒能說出口。

「……」

時鐘的指針指向十二點。

煩惱也好，歡笑也好，新的一天就像這樣會再度來臨。

第二章
美夢成真之後又錯過

1

十一月三日，文化日。從這天起舉辦了為期一週的文化祭，參觀人數創下歷年最高紀錄，盛況空前。

與水明藝術大學共同舉辦的這個祭典也和站前紅磚商店街合作，成為當地一大活動。

去年轉眼間就過了這一週，今年則得以充分享受活動。由於空太也負責班上展出物的輪班，幾乎每天都到學校，空閒時就和真白參觀各活動與攤子，或者被迫應付妹妹優子的任性。

比起前一年被「銀河貓喵波隆」的製作追著跑，在櫻花莊熬夜工作到最後的最後一刻，今年完全不一樣。

然而不可思議的，去年的充實感比較強烈。對空太而言，製作並發表作品的喜悅似乎更勝於文化祭當天隨心所欲遊玩的樂趣。實際上也正因有了這個體驗，空太才會挑戰「Game Camp」並萌生將來要與志同道合的夥伴一起創立遊戲軟體開發公司的夢想。

而關於「Game Camp」，在文化祭期間開了十一月的進度會議，與負責人戶塚、早川兩人討論，並決定要在十二月底提交測試版。

「赤坂，以現在的步調繼續製作的話，應該沒問題吧？」

「嗯，沒問題吧。大致的內容都架設好了。」

回家後也獲得了龍之介的認同，再加上伊織與麗塔，更讓人鼓起了幹勁。

為期一週的文化祭很快就來到了尾聲。

祭典後的校園簡直就像空殼，大部分的學生都陷入燃燒殆盡症候群，呈現虛脫狀態。

在這之中，也可看到部分染上粉紅色的學生。明明還不是春天，卻散發出爛漫春日的氣息。是文化祭期間成對的新鮮情侶檔。光是下課時間去上廁所的路上，就目擊到在走廊各處打情罵俏的男女。

為校園帶來各種影響的文化祭結束之後，接著便是教育實習的最後一天。

而龍之介還沒去拿回契約書……

這天早上，空太在出門上學前先到龍之介的房間去。

「喂～～赤坂，你還好嗎？」

探頭看了一下躺在床上的龍之介的臉。

「客觀看起來怎麼樣？」

龍之介的臉紅通通的，額頭上的濕毛巾看了令人同情。眼周看起來好像很累，表情失去平常的活力。

「就算說得保守一點，看起來也很糟啊。」

「我的主觀意見也跟你一樣。」

身體感到不適是從昨天晚上開始。遊戲討論過程中，龍之介在空太的房裡倒下了。

「有發燒嗎？」

「三十八度半。」

看他的病情，恐怕沒辦法去學校了吧。

即使如此，龍之介還是病懨懨地坐起上半身。

如果是平常，龍之介根本不把曠課當一回事，但今天卻有無論如何都得去學校的理由。

今天是百合子教育實習的最後一天，但龍之介還沒拿回「Game Camp」的契約書。

「雖然我也是百般不願意，但非去不可……」

「沒關係啦。你今天就好好休息吧。」

空太制止了試圖下床的龍之介。

「可是……」

「要是勉強自己而搞得病情惡化，會影響到遊戲製作日程。」

「就算這樣，還是需要契約書。」

龍之介咳個不停。

「讓我去拿吧。只要說明清楚，百合子老師應該也能理解吧。」

「要是被她要求做什麼，我可不管喔。」

「……果然不會平白讓我拿嗎？」

畢竟是讓龍之介避之唯恐不及的百合子，總覺得有這樣的預感。

「她可是會對邀她去吃飯的男人說出『如果是法國的三星級餐廳，那我就去』這種條件的女人喔。」

「原來這是真實故事啊……」

「那女人真正可怕的地方就是讓對方吞下這種條件，而且連手都沒讓他牽到，好像吃完飯就回國了。」

「……真教人不寒而慄。」

空太與神情疲憊的龍之介視線對上。

「神田，你可要活著回來。」

「我會盡最大的努力……」

雖說沒有其他更好的辦法，不過空太搞不好接下了一項不可能的任務。但要是沒能拿到契約書，空太也會很傷腦筋。跟龍之介的遊戲製作工作，總不能在這裡就放棄了。

「那麼，我去上學了。」

「神田。」

「嗯？」

「叫留學女別在意。現在她可能誤以為是自己把我耍得團團轉，所以我才會生病吧。」

龍之介說著躺了下來。看來似乎連坐著都很痛苦。

「這些話要由你自己說才有意義。」

「……」

空太把龍之介的沉默當作理解，接著走出房間。

來到走廊上，發現有個身穿睡衣、抱著雙腿背靠牆坐著的人影。是麗塔。她把臉埋在膝蓋上，看起來非常沮喪。

「我以特訓為由，鬧得太過分了。現在正在反省。」

她小聲說道。

「每天一起上下學，一起吃中餐……假日帶他去買東西，有時晚上還闖入他房間，打亂了他的生活步調。我太興奮了。」

麗塔一點一點地懺悔。

不斷做不習慣的事導致身體累積疲勞，這恐怕是事實吧。然而，如果只是肉體上的問題，龍

之介應該已經確實控制好自己的身體狀況。空太認為龍之介無法控制的，是身體在精神方面做出了出乎預料的反應。

也就是說，身體受到驚嚇，產生像是長乳牙時發燒的症狀吧。

「不是麗塔妳的錯……赤坂剛剛說的話，妳應該聽到了吧？」

「……」

「好了，該去上學了。」

空太拉著麗塔的手臂讓她起身。

接著幫真白準備完畢後，空太便前往學校。

從早上的班會時間開始，三年一班教室裡的氣氛就有些浮動。

班上所有人都知道，今天是百合子教育實習的最後一天。

每當下課時間，空太便想找機會跟百合子說話，但百合子總是被學生們團團圍住，絲毫沒有空隙。除了上廁所，完全沒有落單的時候。

就在不斷找機會的同時，上午的課已經結束。到了重要的午休時間，空太以百米衝刺的速度跑向教職員室，卻發現百合子已經被其他學生帶走了。據說有幾名女學生邀她一起到餐廳吃飯。

結果連攀談的機會也沒有的情況下，來到了放學前的班會時間。

百合子站在黑板前，向學生們道別。

「雖然時間很短暫，能跟大家一起上課真的很開心。」

據傳百合子在教育實習的期間，包含老師及學生在內，被超過二十個人約吃飯和告白。而且，她似乎全都拒絕了。

空太班上也躺了三具英勇戰士的殘骸，已燃燒殆盡成灰。

每一個都是淒慘的被害者，跟百合子說話的時候，因為她不經意且沒有惡意的身體接觸而失了魂，誤以為她對自己有好感。老實說，就連空太也忍不住對她心跳加速……

龍之介是這麼說的：

「這一切當然是出於算計吧。」

看來那是來自母親的教誨。

放學後，百合子被要求拍紀念照及詢問聯絡方式的學生們包圍。這種情況，實在很難跟她說上話。

等了大約三十分鐘。百合子獲得自由、一個人獨處的時候，空太出聲向她攀談：

「百合子老師。」

是在前往教職員室的走廊上，視聽教室前。

轉過頭的百合子看到了空太，臉上露出笑容。

「來得正好。我也剛好想跟神田同學聊聊呢。」

「咦？」對於出乎意料的反擊，空太發出了驚訝的聲音。

「你過來。」

百合子抓住了他的手腕，帶進視聽教室。

「等一下！老師？」

沒開燈的室內因為遮光窗簾而顯得昏暗。

座位以緩坡階梯式排列。

除了空太與百合子以外，沒有任何人。因為過了好一段時間才離開教室，就連打掃的值日生也都收拾好離開了。

「女老師與男同學在放學後的教室獨處，好像連續劇的場景。」

百合子說出別有深意的話。

「老師與學生之間禁忌的戀情。」

「……」

「你不覺得很刺激嗎？」

百合子露出了勾引人的笑容。

「所以妳才想當老師嗎？」

空太不想被對方的步調牽著鼻子走，於是開玩笑地說了。

「是啊。」

百合子爽朗地承認了。

「……我只是在開玩笑……」

「我知道。」

所以才會承認——百合子笑著說。

「老師想說的就是這些？」

「雖然還有別的事，不過就先聽聽神田同學要說什麼吧。」

「真是感謝……」

「你是想要這個吧？」

空太還沒說出口，百合子便從點名簿當中抽出夾在資料夾裡的「Game Camp」契約書。

「因為赤坂身體不舒服，臥病在床，所以由我代替他來拿。」

「哎呀，真可惜。他不是還跟金髮女孩做了特訓嗎？」

似乎對我方的動作瞭若指掌。

「不過，我應該已經請你幫我傳話，要龍之介來跟我拿了吧？」

「是的，我已經傳話給他，然後代替他來拿。」

「是龍之介拜託你的嗎？」

「是我自己要這麼做，也得到了赤坂的認可。」

「這樣啊……那好吧。這給你。」

百合子意外爽快地遞出契約書。空太一邊認為是陷阱一邊伸出手，卻不見她突然收回去。契約書已經在空太手上。

「所謂的目瞪口呆，指的大概就是你這表情吧。」

百合子仔細觀察一臉茫然的空太。

「難道你以為給你契約書的條件，會是叫你去拿龍首之玉？」

拿竹取物語來做比喻，很像國語老師的作風。

「是的，我以為會這樣。」

空太老實地回答。

「所以我才不那麼做。」

「妳的接續詞是不是怪怪的？」

這點就不太像國語老師了。

「為了龍之介，不管我說出什麼條件，你都會去做吧？」

「只限於我能力範圍之內的事。」

當然，去拿龍首之玉這種事就辦不到了。

「如果是擁有堅定意志的男人，玩弄起來也不有趣。我想看的，是把對我的忠誠心與自己的自尊放在天秤上，感到苦惱的男人表情。」

美麗的臉龐卻說出駭人的話。

「妳真是魔鬼啊……」

「無所謂，只要想跟我有什麼發展的男人靠過來就好了。比起在男人面前裝乖，背地裡卻一肚子壞水的女人，算是很有良心吧？」

這就是百合子厲害的地方。聽到她在自己面前這麼說，確實也會感到認同，而且不可思議的，並沒有挖苦的感覺。直截了當。因為自己很坦率，所以能給人好印象。

「不過，為什麼妳會知道我想這麼做？」

百合子應該對空太還不熟悉。短暫的教育實習期間，兩人幾乎沒有交集。

「我很有看男人的眼光。」

「就只是這樣？」

「一直對女性問個沒完，實在讓人無法苟同啊。」

「……」

空太為之語塞，百合子則忍不住笑了出來。

「因為我從千尋老師還有小春老師那裡打聽到了許多有關你的事。」

她們到底說了些什麼？空太對出現的這兩個人名，只有不安的感覺。

「謝謝你。」

「咦？」

空太因為這意想不到的一句話而感到不知所措。

「謝謝你當龍之介的朋友。」

「……」

「我想你應該知道，龍之介跟國中的朋友鬧翻了。」

「是的，我知道這件事。」

「他也是因為跟當時的朋友約好了要一起念書才會報考水高，結果卻只有他一個人參加入學考試……」

這件事空太也知道，還跟他國中時期的朋友——駒澤拓實跟池尻麻耶見過面。

「當時看他悶悶不樂的……一臉放棄一切、看破這個世界的表情。」

「……」

「看到龍之介似乎又提起了幹勁，這部分也要謝謝你。」

「我也是多虧赤坂，才能做想做的事。」

「就是因為這樣，神田同學。」

百合子突然逼近空太。

「什、什麼事？」

臉靠得太近，呼吸幾乎都要碰到臉了，還傳來陣陣香味。

「要是你敢背叛龍之介，我不會饒過你的。」

她的眼神極為認真。

「不用老師說，我也是這麼想的。」

空太一臉認真地回應，百合子便噗嗤笑了出來。

「你真囂張。」

說著輕輕捏了空太的鼻子。這時，她的手機響了。

「真可惜，本來想做點好事來報答你，不過最後的教職員會議時間到了。那麼，回家路上小心囉。」

「好的，也請百合子老師保重。」

「被比自己小的男孩子稱為『百合子老師』崇拜，感覺倒也不賴。」

她有些得意地露出笑容，接著走出視聽教室。雖然不清楚她是不是真的打算當老師，不過要是她真的成了老師，那個學校的男學生們恐怕會有很慘烈的體驗……

2

百合子離開學校隔天，龍之介的身體康復了。

一早就讓已經起床的龍之介看過契約書。

「真虧你還能平安無事。」

「她很擔心赤坂你喔。」

「去告訴她我的身體已經康復了。」

「不是這個，是關於你一個人念水高的事。」

「……」

「至少打通電話吧。」

龍之介接受了空太的建議，心不甘情不願地用平板電腦寄出簡訊。

似乎立刻就收到回覆，龍之介的表情變得更加不愉快了。

「百合子老師說了什麼？」

龍之介讓空太看電腦螢幕，似乎連唸出來都覺得厭惡。

——下次要帶神田同學回來，這樣我就原諒你。

本以為跟自己無關。這到底是怎麼回事？

「我已經回她『——我知道了』。」

「你有問過我的意思嗎！」

「在那個女人面前，那種東西是沒有意義的。」

龍之介已經完全恢復成平常的樣子，臉色也很好，徹底復活了。只是因為這次的事件，龍之介的某個症狀更加惡化了。

也許是跟麗塔的特訓而不斷忍耐的反作用力，讓他討厭女性的情況加劇。原以為他與麗塔的關係會有所進展，結果卻大大退步。

早餐時間，龍之介一見到麗塔就說：

「我不想跟留學女呼吸相同的空氣。」

「為什麼會變這樣！」

無法接受的麗塔獨自憤慨不已。

即使過了幾天，她的心情似乎仍無法平復。空太在吃完晚餐後，被迫聽拿遊戲製作素材檔案過來的麗塔抱怨。

「請聽我說，空太。」

電視畫面上映著麗塔做好的嘍囉怪物３Ｄ模型，是以狸貓為構想的可愛二頭身角色，大大的尾巴是其特徵。

鼓著臉的麗塔跪坐在床上。在她的身後，真白也在。她今天吃完晚餐就一直待在空太的房間，翻開素描簿畫分鏡稿。

似乎是想不出滿意的台詞，不斷畫了又改、塗掉又重畫。剛開始是背靠牆壁、伸直雙腿坐在床上，中途便躺在床上或抱著雙腿坐著……現在則趴在床上，時而晃動雙腿。她似乎沒有因為空太與麗塔的對話而被擾亂注意力，畫畫的手仍不停地默默動著。

「只要我一靠近龍之介，他就會說『別靠近我，留學女！』。」

「這樣啊。」

空太也向真白看齊，專注在確認工作上，操作控制器讓３Ｄ模型垂直、平行旋轉。

「只要我跟他講話，他就會說『別跟我說話，留學女』，還摀住耳朵耶。」

素材的品質沒有問題。要以有限的多邊型網格數製作，麗塔已經完成了超乎期待的作品。雖然剛開始被龍之介退件，但在那之後的進步程度實在令人吃驚。大概是原本就具有極高的繪畫功力吧。

「像昨天，只是視線對上，他就說『別看我，留學女』然後逃走耶。」

這樣就完全沒問題了。接著空太確認動作。移動的動作也沒問題，符合悠哉長相的遲鈍動作確實表現出了角色的個性。空太依序確認了跑步、跳躍、攻擊。

「你有在聽嗎？」

「那個，麗塔。」

「你想到攻略龍之介的好主意了嗎？」

麗塔探出身子，充滿期待的眼睛閃閃發亮。

「先不管那個，我是說這個。」

空太指著電視畫面，重複播放攻擊動作。

「它轉身的時候，尾巴看起來很像陷進手裡面了。」

空太直接讓麗塔確認。

「……啊，真的耶。我沒注意到。」

「其他部分都很棒，唯獨這個地方能不能再調整一下？」

「我知道了。我馬上修改。」

立刻起身的麗塔準備走出房間，卻在房門口停下腳步，並如此調侃：

「兩位請慢慢來。」

「我會的。」

關上房門，把麗塔趕出去。

雖然麗塔好像在走廊上說了什麼，但空太決定不管她，再度轉向房內。真白抬起頭看著空太，似乎有話想說。

「怎麼了？」

「空太想要慢慢來？」

「妳根本沒搞懂意思吧……」

空太在床緣坐下，拿起控制器想再度檢查麗塔做好的３Ｄ模型。這時，有個溫暖的東西貼到他背上。原來是真白將肩膀靠了過來。

「像這樣？」

「大概是吧。」

之後兩人維持這樣的姿勢，各自做自己該做的事。真白是畫分鏡稿；空太則是確認素材。

大約過了三十分鐘，真白隨意放在床上的手機響起了來電鈴聲。然而，真白沒有動作。

「手機在響喔。」

「我拿不到。」

空太轉過頭去，看見真白維持原來的姿勢伸出手，與手機的距離約莫一公尺。

「拿了再立刻回來不就好了？」

「嗯，那我就這麼做。」

坐起身的真白抓住了手機，一邊接起電話一邊再度把身體靠到空太背上。

『啊，椎名小姐，不好意思，有件事想麻煩妳。』

因為兩人緊貼著，連空太也聽得到對方的聲音。是責任編輯綾乃。

「什麼事？」

『原本要畫十二月號封面的漫畫家生病住院了，所以想拜託椎名小姐畫封面，雖然這樣就變成連續兩個月的封面都是椎名小姐的作品。剛好現在氣勢很旺，而且十二月要發行單行本第二集對吧？我想這是個好機會，妳認為如何呢？』

「好機會？」

『嗯，是啊。』

「我要畫。」

『不過，日程會變得很吃緊喔。週一前還得完成單行本的封面圖。』

「嗯……」

『總之，我明天會過去拜訪。放學後可以嗎？』

「沒問題。」

『那麼，細節就等明天再談！』

大概是很忙碌，感覺對方很慌忙地掛掉了電話。

「星期天的約會要取消嗎？」

雖然約好了曾一度延期的電影約會，不過真白似乎沒有餘力做這件事。

「上星期也沒約會。」

「因為安排了專訪，也沒辦法吧。」

因此約會才延期了。

「空太不想約會嗎？」

「當然想啊。」

「可是，你又說不要約會。」

真白不知為何生起氣來，以責備的眼神看著空太。那是在恐嚇「有可能因為你的回答變得更生氣」的眼神。

「並不是每個星期去哪裡才是約會吧。」

「……」

真白一臉不解的表情，歪著腦袋。

「可能是因為總是一起待在櫻花莊，所以不特別覺得，不過像現在這樣兩人在房間裡，也算約會吧？該說是房間裡的約會嗎？」

如此說出口令空太覺得害羞，因而別開視線。

「房間裡的約會……」

真白罕見地睜大眼眸露出驚訝的表情……隨即伸出雙手，從後方環抱住空太的腰，然後把臉埋在空太背上，微微笑出聲音，感覺很開心滿足。

「話雖如此，要是妳黏得太緊，我就沒辦法專心工作了。」

「空太，這也是約會喔。」

真白莫名斬釘截鐵地說道。

「這樣啊……」

事已至此，也只好死心了。只要沒讓真白心情變差就好了。

因為背後感受到真白的體溫，專注力完全中斷。稍微休息一下應該不至於遭天譴吧。

「只有五分鐘喔。」

「好短。」

「我要是太偷懶，可是會被赤坂罵的。」

「空太動不動就提龍之介耶。」

雖然這番話容易招致誤會，不過空太並沒反駁。因為提到了龍之介，讓空太想起某件事。

——水高畢業後，即使離開了櫻花莊，當然還是需要有人來照顧她。關於這部分，你跟她談過了嗎？

關於畢業後的事，得先跟真白討論才行。

現在房間裡只有兩人，再加上真白看起來心情很好。是個好機會。

「我有件事想問妳。」

「什麼事？」

整個人從背後抱住空太的真白從後面探出頭來看著他。

「水高畢業以後，真白妳打算怎麼辦？」

清澈透亮的眼眸凝視著空太，眨了兩次眼睛。

「我要畫漫畫。」

「呃，我不是問這個，以後就不能繼續住在櫻花莊了吧？所以，妳打算在哪裡怎麼生活……妳有想過這些事嗎？」

距離畢業還有大約四個月的時間。然而要考慮這些事，現在這個時間點絕對不算太早。對已經確定未來目標的空太與真白來說，說不定還嫌太晚了。

「空太好色。」

「妳是怎麼想的？怎麼會得到這樣的結論啊？」

「一起住，只有我們兩個人。」

「我就知道！」

「不過，不行喔。」

「咦？」

真白的表情好像正經了起來，眼睛炯炯有神。

「我不跟空太一起住。」

真白說著放開了空太。

「咦！」

空太不禁發出驚愕的聲音。

一直以來，他都擅自認定真白會想跟自己一起住。沒想到結果徹底出乎意料，真白說出了完全相反的話。

「妳、妳打算自己一個人住嗎？」

無法停止內心的動搖，心臟撲通狂跳。

「不是一個人。」

莫非是住在英國的父母要回來日本了？

「我要跟麗塔一起住。」

「喔喔……麗塔啊。那麼，妳跟麗塔說過了嗎？」

「我們兩個人討論之後決定的。」

「這樣啊……」

空太的身體頓時放鬆，仰躺在床上。

「空太覺得失望嗎？」

真白在旁邊坐下，往下看著空太，擔心似的微微垂下眉毛。

「啊、呃……」

正要開口否認時，空太又把話吞了回去。

「……是啊，也許吧。我很失望。」

面對面這麼說才察覺到自己的自私。空太一方面想過著重心放在跟龍之介一起製作遊戲的生活，但另一方面，內心某處仍希望自己被真白需要。明知道萬一真白說出「想住在一起」的期望，自己絕對會很傷腦筋……真是矛盾。然而正因如此，才會覺得這就是真心話。

「不過，為什麼不是想跟我一起生活？」

真白是基於什麼樣的想法來決定畢業後的事……空太想聽聽她的理由。

「我是空太的女朋友。」

「啊，嗯嗯。」

真白握住空太的手。

「空太是我的男朋友。」

「是啊。」

空太回握住她的手。

「已經不是飼主了。」

「從來就不是飼主啦。」

喉嚨深處發出苦笑。

「我想要做好。」

「做好？」

「想要做好……女朋友的角色。」

「……」

露出淺笑的真白一臉溫柔的表情。

「空太生氣了嗎？」

「不……」

「因為我擅自決定，所以生氣了？」

「我也……想跟赤坂住在一起製作遊戲。」

「外遇？」

「才不是！跟妳一樣啦，一樣的想法……我也想跟妳成為真正的情侶，要比現在更像真正的情侶。」

為此必須從在櫻花莊的生活習慣中畢業。為了能一直在一起，這才是最好的做法。然而，如果未來也一直跟真白住在同一個地方，感覺就會延續在學生宿舍一起生活時的氛圍。

「一樣耶。」

真白的嘴角確實露出了微笑。

心中滿是溫暖的情感。兩人期望相同的未來，這讓人高興得內心暖洋洋的，會忍不住想緊緊抱住真白。

不過，空太拚命壓抑住這股衝動。要是現在做出這種事，今天絕對沒辦法再回頭製作遊戲。雖然現在已經在床上，不過基於另一層意義，空太會立刻直撲向床。因此非忍耐不可。空太在內心不斷告誡自己「要忍住」。

真白無視於如此辛苦的空太，以濕潤的眼眸凝望過來。

「今天可以在這裡過夜嗎？」

直搗核心。

「那、那不行啦！」

空太慌張地急忙坐起身。

「為什麼？」

真白鼓著臉頰鬧彆扭。

「真白小姐，您昨天也在這裡過夜了吧？」

真白說是因為上週沒能約會，所以就偷溜進被窩裡來了。

「這星期也沒辦法出門約會了啊。」

「就算這樣還是不行。我還有工作要做，而且還得花不少時間。」

可以的話希望兩點睡覺……不過，恐怕得弄到三點左右了吧。

「沒問題。」

「我就聽聽看為什麼吧。」

「我會先睡。」

「那就回自己的房間去睡！」

「無論如何都不行？」

「無論如何都不行。」

「我還穿了很可愛的內褲耶。」

「唔！」

一瞬間，空太內心的防線幾乎要被攻破了。

「空太不想看嗎？」

「別、別以為我會因為那種誘惑而上鉤。」

完全在逞強。

「昨天就上鉤了。」

「因為那次的經驗，我變堅強了啦！」

「哼。」

不知道是不是因為空太不屈服而感到不滿，真白可愛地瞪了過來。

「你明明就很想做。」

「啊——沒錯！不過，我正在忍耐！」

「明明就因為太興奮，今天早上也弄丟了我脫下來的內褲。」

「那、那是因為！」

正確說來，是昨晚弄丟的。由於當時一片漆黑，不知道放到哪裡去了。今天早上起床才發現找不到……

「空太，那件內褲呢？」

「……我現在在找出來給妳就是了。」

空太探了探牆壁與床之間的縫隙。之前發生過同樣事件時，結果是塞在這裡，不過這次卻沒看到。

「空太老是弄丟我的內褲。」

「才第二次而已！」

空太一邊吐槽，另一方面也沒鬆懈地繼續找內褲。

看了看枕頭套裡面，這時房間外頭傳來些微的聲音，也可以說是打開玄關大門的動靜。

空太立刻察覺是栞奈回來了。

——我會晚點才回去。

如果栞奈知道會晚回來，都會傳來這樣的簡訊。然而，持續每週兩三次的頻率，實在讓人很難不去在意。

空太心想去看一下狀況，便放棄尋找內褲，站起身來。真白則從床上探頭查看床底下。

空太來到走廊上，與脫了鞋子的栞奈在樓梯前碰個正著。

「妳回來啦。」

「……那個，我回來晚了。」

「今天也是討論小說嗎？」

即使內心不這麼認為，空太也只能如此詢問。

「……是的。」

栞奈刻意不與空太對上視線。

她到底都在哪裡做些什麼事才這麼晚回來呢？實在太過頻繁，沒辦法就這樣放著不管。

「說真的，妳到底都在做什麼？」

「！」

「像栞奈學妹這樣的人，不會真的認為自己的謊都沒被揭穿吧？」

「……學長也是，一直以來不都假裝沒發現嗎？」

栞奈彷彿在控訴空太也是共犯似的。空太沒有針對這一點反駁。明明知道卻視而不見，這的確是事實。

「我並不是要責備妳，只是擔心而已。」

「……」

「大家都很擔心。」

「學長說的大家是誰？」

「當然我也是，別看千尋老師那樣，她也很擔心。還有伊織。」

「……我又沒拜託你們擔心。」

栞奈小聲說了，其中卻蘊含了強大的抗拒情緒。

「……」

空太沒能立刻答腔。

「……」

栞奈也沒再開口說話。

打破兩人這陣沉默的人，正是真白。

「空太，我找到內褲了。」

從房間裡走出來的真白手上拿著皺成一團的粉紅色內褲。

「掉在床底下。」

「我、我說妳喔，真白……」

原以為會遭受輕蔑的眼神伴隨著痛罵。然而，栞奈什麼也沒說，視線仍落在地板上，只是快步逃往二樓。空太只能茫然目送她的背影，身旁的真白露出呆愣的表情。

「妳還真會挑時間丟炸彈啊。」

時機之不湊巧，讓空太深深嘆了口氣。

從栞奈剛才的反應，空太大概明白了。

之前空太也隱約這麼覺得，看來最近栞奈的確在躲著自己。剛開始還以為是因為她看到了自己早上跟真白在一起，一時之間覺得不自在，但似乎並不只是這樣。

「……」

空太從以前就隱約察覺到了栞奈的心意。

這麼一來，空太也不得不想些辦法了。話雖如此，栞奈並沒向他告白，也沒央求發展新的關係。空太與真白正在交往的事，栞奈也很清楚。她也應該明白，真白拿著內褲從房間裡走出來所代表的意思。對於栞奈的心意，空太到底能做些什麼？到底能說些什麼？

「空太。」

「嗯？」

「不能再弄丟內褲了。」

「以後我會小心的……」

結果這一天也沒能找到解答，空太只能癟嘴苦惱了。

3

隔天放學後，空太與真白、麗塔一起來到校舍出入口時，發現了隱身在鞋櫃後的伊織。

他正鬼鬼祟祟偷看的，是普通科一年級的鞋櫃。莫非是有大胸部的女學生嗎？不，如果是那樣，伊織應該會光明正大地直接看……

「伊織，你在幹什麼？」

「唔喔……空太學長啊。快躲起來！」

空太被抓住手臂拖到鞋櫃後方。面面相覷的真白與麗塔也跟著縮起身子躲起來。

「是栞奈耶。」

仔細一看，栞奈正在鞋櫃前換鞋子。

「你不覺得那傢伙最近很怪嗎？」

「好像很常晚歸耶。」

正如麗塔所說。雖然栞奈嘴裡說著「以後會注意」，卻完全不見改善，頻率甚至不斷升高。

「就算我問栞奈學妹，她也不願意告訴我啊……」

「所以我想到了一個好主意。」

伊織的眼睛閃閃發光，簡直就是小孩子想到了壞把戲的眼神。

「該不會是跟蹤吧。」

空太直直盯著伊織。

「不要讀我的心！」

伊織害羞地遮住胸口。看來伊織似乎屬於認定心就在心臟的那一派。麻煩的是，他跟空太一樣。如果是龍之介，大概會說是在腦袋吧。不，也許他會斷定心不存在於任何地方——應該會是這樣。

「栞奈要走了。」

真白率先從鞋櫃後方走出來，打算追上去。

「啊、喂，真白，妳不是跟飯田小姐約了要討論漫畫嗎？」

真白頓時停住。

「對耶。」

伊織一個人開始了對栞奈的跟蹤行動。總覺得放著不管會很危險。

「麗塔，不好意思，請妳送真白回櫻花莊吧。」

「空太要去Stalking嗎？」

「是Sneaking啦！」

「尾隨女孩子是不可取的行為喔。」

「我也知道，可是不管是栞奈學妹還是伊織，總不能就這樣放著他們不管吧……」

「唉，說的也是……」

麗塔無可奈何地嘆了口氣。

「我明白了。真白就交給我吧。」

「空太，要加油喔。」

「關於這一點，就算被鼓勵也不會比較有鬥志……那麼，我走了。」

空太急忙追上伊織已經離去而變小的背影。

走出校門後，空太立刻與伊織會合。

空太內心希望要是栞奈就這樣直接回櫻花莊就好了，可惜天不從人願。

栞奈的腳步並沒有走向櫻花莊，而是在通往車站的人行道上前進。

似乎是要繞到某個地方。

為了避免跟丟栞奈，保持些微的距離追在後頭。從電線桿鬼鬼祟祟地移動到下一根電線桿的模樣，看起來應該相當可疑吧。

並非沒有罪惡感。然而這麼一來，就能搞清楚栞奈晚歸究竟都在做些什麼。如果不是在做危險的事，也就可以安心了。

栞奈踩著輕快的腳步來到紅磚商店街。穿過這裡就是車站前了。

空太與伊織一邊躲在商店街的立型看板後，一邊跟上栞奈。

「喔，神田家的小夥子，你們是在玩什麼遊戲啊？」

途中被不知事情原委的魚販大叔叫住，空太不禁焦急了起來。

「啊、呃，這個是……」

一時之間想不出藉口。

「哎呀，今天不是跟真白一起啊。」

就連店開在對面的成瀨肉鋪肉販大嬸也笑容滿面地聊了起來。

那對正在跟蹤的空太而言是燦爛得刺眼的笑容。

「是啊，因為今天有點事，哈哈。」

空太打哈哈敷衍過去。總不能說現在正在跟蹤栞奈。

「來，給你可樂餅。還有伊織的份。」

從大嬸手上接下了兩個剛炸起鍋熱騰騰的可樂餅。

「空太學長，那傢伙要走掉了。」

「謝謝妳，我會再來買的。」

慌張地道謝並打完招呼，空太與伊織急忙前往車站。既然已經開始，總不能在這裡把人給跟丟了。

大概看了一下車站前。栞奈正要穿過驗票閘口。

空太把收下的可樂餅塞進嘴裡。要是因為香味而被發現，就當場玩完了。他也把可樂餅塞進伊織嘴裡。

「啊！好燙！」

嘴裡塞滿可樂餅的伊織發出哀號。

「伊織，安靜點。」

「辦不到啦！唔咕、嗯喔！」

空太在一旁的自動販賣機買了瓶裝水，遞給伊織。

「噗哈！啊～～差點就沒命了。」

「好了，趕快追上吧。」

空太與伊織小心避免被栞奈發現，穿過了驗票閘口，在月台中段發現了栞奈的身影。兩人把柱子當牆壁，隱身到電車進站為止。

由於空太跟伊織身體緊貼著，還被旁邊一位穿西裝的男性投以異樣的視線。

「空太學長。」

伊織小聲地開口說話。空太以眼神回應：「什麼事？」

「我的心跳開始加速了。」

「因為我們正在做壞事啊。」

空太則是覺得心神不寧，胸口有種怪怪的感覺，下半身輕飄飄的靜不下來。

「莫非這就是戀愛？」

「不，應該不是。」

空太冷靜地否定。

兩人說著說著，電車進站了。時間是下午四點，穿制服的乘客格外醒目。

等栞奈搭上車後，空太與伊織也跳上隔壁車廂。

關上車門，電車開始動了。栞奈並沒有坐下，只是站在門邊看著流逝而過的景色。

過了一會，栞奈像是察覺到了什麼，肩膀抖了一下。她將手伸進書包，掏出手機。是在確認簡訊嗎？

坐在空太旁邊的伊織也正在玩手機。空太瞥了一眼，看到了簡訊，收件人寫著「絕壁女」。

看來栞奈似乎正在看伊織寄出的簡訊。

「伊織，你還真有勇氣啊……」

在這種狀況下竟然還能傳簡訊。

「因為很閒啊。」

雖然理由也很荒謬，但簡訊內容更讓人目瞪口呆。

——胸部

這應該是連現在的小學生都不會做的惡作劇。

——去死

而收到的回覆則是這樣……

「為什麼那傢伙的嘴巴這麼壞啊？」

伊織一臉不愉快地問了。

「嗯，為什麼呢？」

空太沒有自信能好好說明，所以只是含糊地敷衍過去。

「話說回來，你平常就會傳那種簡訊給栞奈學妹嗎？」

「是啊。」

伊織非常爽朗地承認。

「可是那傢伙只會回『去死』、『消失吧』或者無視……只有這三種不斷重覆而已耶。真是個無趣的傢伙。」

「……那你覺得什麼樣的回應才算有趣？」

「像美咲學姊就會接著說『超多！』耶（註：「胸部超多」原文為「おっぱいがいっぱい」，是兒童節目「ひらけ！ポンキッキ」當中的歌曲）。」

「這樣啊……那真是太好了。」

在兩人說著這種沒營養的話題同時，電車抵達下一站。

偷看栞奈的動靜。

似乎要下車了。

空太與伊織遲了一些也來到了月台。由於下車的人很多，要藏身簡直輕而易舉。反過來說，視野都被人潮給塞滿，離栞奈太遠的話就會把人跟丟。

這裡是提供轉乘服務的大站，站前聳立著數間百貨公司，是個餐飲店、KTV，甚至遊樂場等設施應有盡有的熱鬧街道，可看到許多來玩的高中生及大學生，算是年輕人的區域。

走出驗票閘口的栞奈腳步沒有絲毫遲疑，筆直走向車站內的投幣式置物櫃。

空太兩人躲在鋼筋水泥製的柱子後方偷看她，發現她正從置物櫃裡拿出小型登機箱。

她拖著箱子走進附近的百貨公司。

也許是目的地很明確，只見她毫不猶豫地搭手扶梯上了四樓。這一層樓是以簡單設計獲得高人氣的生活雜貨商店。

是想買什麼東西嗎？

然而，栞奈看也不看商品一眼，直接走進洗手間。

畢竟也不能直接跟進女廁，空太與伊織只好假裝在逛店家，一邊等待栞奈出來。

等了許久卻始終不見栞奈出現。

女孩子用洗手間原本就比男生花時間。不過，過了五分鐘、十分鐘，栞奈還是遲遲沒出來。

究竟是怎麼回事？

「是在大便吧。」

「伊織，這種事在心裡想就好，不用說出來。」

之後又過了十分鐘。栞奈還是沒出來。

「是便祕吧。」

「我都叫你別說出口了。」

「那傢伙太乾巴巴了，才會連大便也乾巴巴的吧。」

伊織自顧自的表示理解便祕的原因。要是栞奈知道他們正在談論這種話題，應該會用無比冷酷的眼神瞪他們吧。

內心還在擔心這種事的時候，有個女孩子從洗手間走了出來。頂著一頭髮尾外翹、給人活潑印象的髮型；襯托眼眸魅力的完整妝容；配色活潑鮮明的上衣加上迷你裙；底下穿著膝上襪；腳上踩著焦糖色楔型靴。整體並沒有太過招搖的感覺，搭配得有氣質又可愛。

是一位氣質與給人強烈正經印象的好學生栞奈完全相反的女孩子。

然而，空太覺得這名女孩子莫名有種奇怪的感覺。

一身來玩的裝扮卻拖著登機箱，而且還是看過的登機箱。空太茫然目送她搭手扶梯下樓的背影時……

「空太學長，快點！那傢伙要走掉了。」

伊織說著並抓住空太的手肘。

「咦？」

「啊～～已經不見了！」

伊織手指著搭手扶梯離開的女孩子。

「咦？啊啊，原來是這樣！」

這時，空太也明白了。

「剛才那個人就是栞奈學妹！」

髮型還有妝容，就連服裝也跟平常差異太大，所以剛剛確實沒察覺。甚至連平常戴著的眼鏡都拿掉了。

兩人在還沒完全跟丟之前，急忙追了上去。接著在一樓發現了栞奈的背影。

走出百貨公司的栞奈再度前往投幣式置物櫃，把登機箱與學校的書包放進去後上鎖，手上只剩下一個與靴子同色的時尚包包。

一身輕的栞奈朝鬧區的方向走去。

看到她那身裝扮，空太到現在還不可置信。

「簡直就是變身……我完全沒認出她。」

「原來空太學長視力不好啊。」

「我的視力算好的。倒是伊織居然認得出來啊。」

「因為那傢伙不是一直散發出不好的氣場嗎？」

「……伊織還看得到氣場啊？真的很厲害。」

雖然說出口的話只像在開玩笑，但伊織的眼神卻非常認真，現在正直直凝視著栞奈的背影。

伊織本人似乎毫無自覺，但他能看穿栞奈的變身，似乎就表示他一直都很注意她。

「她到底要去哪裡啊？」

實際上已經成為步行者天國的鬧區主要道路，即使是平日也擠滿了人潮，一個不留神就會跟周圍的人撞上。多虧如此，也沒必要找東西躲藏。但相對的，如果視線稍微離開，可能就會跟丟栞奈。

現在正好學校已經放學，可以見到許多穿制服的高中生隨意地逛著商店、跟朋友閒聊並嘻笑喧鬧。

「她好像要進去店裡了。」

伊織這麼一說，空太又把意識拉回栞奈身上。是ＫＴＶ店門前。

栞奈看完說明費用的看板後，也沒特別猶豫便走進自動門。

「該不會要一個人唱ＫＴＶ吧？」

六層樓建築的商用出租大樓，從一樓到六樓都被ＫＴＶ占據。

隔著有色玻璃觀察店內的狀況，發現栞奈正從櫃台領取放有麥克風的藍色塑膠籃，接著搭上電梯上樓。

確認狀況之後，伊織衝進店裡。

「喂、喂，伊織。」

完全沒聽見空太制止的聲音。

「剛才那個女孩子是在哪一個包廂？」

還光明正大地問櫃台。

「咦？」

工讀生店員理所當然地感到錯愕，並立刻轉為警戒，向空太與伊織投以狐疑的視線。

「不、不，沒事。好了，伊織，我們走吧。」

空太抓住伊織的脖子，把他帶到店外頭。

「空太學長，你在幹嘛啦？」

「那是我要說的吧……」

空太感到洩氣並環顧四周。看來需要有個能打發時間的地方。很巧的，KTV正對面是一家咖啡廳，從二樓的座位似乎很容易確認KTV的客人出入狀況。

「伊織，我們來埋伏吧。」

「喔，好主意！我去買個紅豆麵包跟牛奶回來！」

「不用買那個，跟我過來。」

空太再度抓著伊織的脖子，進入咖啡廳。

「她一直沒出來耶。」

咖啡廳的二樓。伊織就像隻被壓扁的青蛙，貼在玻璃窗上往下看著ＫＴＶ的客人進出。

「因為她才剛進去五分鐘而已。」

大概才唱完一首歌吧。

「還有伊織，別黏在窗戶上，可能會被栞奈學妹發現，而且旁人的視線讓我覺得很刺痛。」

事實上，從剛才就有其他客人偷瞄伊織。

乖乖聽話的伊織坐回空太對面的座位上。

不知是不是靜不下來，只見他雙腳不停踏步，臉仍朝向窗外鎖定ＫＴＶ門口。

「沒有個一小時應該是不會出來的，你冷靜點。」

空太把裝了冰咖啡的玻璃杯送到伊織面前。

伊織含住吸管，一口氣喝完黑色液體。難道不苦嗎？

「空太學長。」

「嗯？」

「超苦的啦。」

「我想也是。」

「這就是所謂青春的苦澀嗎？」

「應該不是吧。」

在這期間，伊織的視線仍直直投向KTV門口，也許腦中正想著栞奈的事吧。就在空太這麼想的時候……

「空太學長，你有跟穿泳衣的女孩子一起洗過澡嗎？」

伊織提出了謎樣的問題。

「沒有耶。」

空太不清楚他想幹嘛，總之先冷靜地回答。

「夏天的時候，我們不是去海邊過夜嗎？」

「嗯？嗯嗯，是有去過。」

那是麗塔搬到櫻花莊後第二天的事。因為也正好是通過Game Camp審查的隔天，所以空太記得很清楚。

「空太學長中途就先回去了……」

因為正好與真白的補考強碰，只有空太與真白被迫當天來回。

「那天晚上，我因為石膏還沒拆，就很煩惱不知道要怎麼洗澡。」

「啊啊，真是抱歉了。」

那段時間確實幾乎每天都是由空太幫忙伊織洗澡，現在甚至有些懷念。

「結果，那傢伙說她負責照顧我……就穿著泳衣，滿臉通紅地幫我洗澡了。」

聽到這裡，空太終於大概了解他想說什麼了。

「總之，你想說的是『當時的栞奈學妹很努力又可愛』？」

那大概是讓伊織更強烈意識到栞奈的契機吧。

「不，不是。」

伊織斬釘截鐵地否定了。看來似乎是空太的理解能力不足。

「我要說的是『穿泳衣洗澡真是莫名性感耶』！」

伊織緊握雙拳，向空太強力尋求認同。

「……嗯，這樣啊，真抱歉耶，伊織。因為我沒有這樣的經驗，所以不太清楚。」

伊織真是令人難以理解。

即使如此，空太從剛才的對話中也明白了某些事。伊織的視線片刻也沒離開過KTV，強烈傳達出他在意栞奈而且在意得不得了的心情。

在這之後，空太也一邊聽伊織說話一邊打發時間。

大約在一個小時後有了動靜。

KTV的自動門打開了，栞奈走到外面。

「學長，目標有動作了。」

空太急忙喝完剩下的冰咖啡，把玻璃杯與托盤放到回收櫃台。

衝下樓梯離開咖啡廳，尋找栞奈。

她嬌小的背影正往鬧區更裡面走去。

時間來到下午五點半，栞奈仍然沒有要回家的跡象。

去了KTV之後打算做什麼呢？

跟蹤了一會兒之後，栞奈走進三層樓的寬敞遊樂場裡。

一樓放置了夾娃娃機與大頭貼機，裡頭有許多女孩子和情侶檔。

栞奈一邊物色夾娃娃機的獎品一邊往裡面走進去。不久大概是找到了想要的獎品，就在樓層的中央停下腳步。

空太兩人躲在夾娃娃機後方窺探狀況。

栞奈一臉認真地看著玻璃櫃中的物品，也許是在思考作戰策略。煩惱了大約一分鐘後，栞奈從錢包裡拿出百圓硬幣，投進機器裡。

目標看來似乎是「咬人熊～～」的布偶。

栞奈操作的機械手臂瞄準躺在正前方的「咬人熊～～」緩緩下降，漂亮地伸進布偶的兩側。然而，上升的機械手臂卻什麼也沒抓到，布偶一動也不動。

栞奈露出不開心的表情，再度將手伸進錢包，手中緊握著要再挑戰一次的百圓硬幣。不過，她並沒有投入硬幣，而是不高興地往樓層更裡面走去。那邊是大頭貼機區。

就某種意義來說，那裡是女高中生專用的區域。

男生走進去太醒目了，空太便決定躲在零食綜合包的夾娃娃機後面伺機而動。

「你覺得她是要自己一個人拍那個嗎？」

空太轉過頭去問，卻發現伊織沒跟上來。

他正在玩剛才栞奈夾失敗的夾娃娃機……應該說，他已經漂亮地抓到了栞奈剛剛想夾的「咬人熊～～」。

「Yes, ma'am！」

還發出謎樣的吆喝聲。

察覺到空太的視線，伊織便滿臉笑容地跑了過來。

「你打算把那個送給栞奈學妹嗎？」

這樣馬上就會被發現兩人在跟蹤她。

「我沒有要給她喔。」

「既然這樣，為什麼要抓？」

「因為我覺得自己抓得到。」

栞奈一定也是覺得自己抓得到，才會試著挑戰吧。

「對了，那傢伙呢？」

「在最靠近這邊的大頭貼機。」

似乎還有能把眼睛拍得更大的功能。

閃光燈閃了幾次，連簾子外頭都看得到。

「話說回來，那種東西一個人拍會好玩嗎？」

「誰知道……算是栞奈學妹的紓壓方式吧。」

之所以會這麼認為，是因為栞奈今天的行動都酷似她所寫的小說《灰姑娘的星期天》。舞台是隔壁城鎮，穿著平常不會做的打扮去唱ＫＴＶ、拍大頭貼……

從簾子裡面走出來的栞奈手上拿著大頭貼。

大概是拍得很滿意，表情看起來很開心。

她把大頭貼夾在從包包裡拿出來的記事本裡，就這樣走出遊樂場。

「空太學長，我們要不要也來拍一張？」

伊織認真地看著大頭貼機的說明，還喃喃說著「我從來沒拍過耶」。

「要是跟丟栞奈學妹就麻煩了，我們走吧。」

空太抓住伊織的手臂，把他帶走。

兩人走到外面，天已經完全黑了，明亮的街燈照亮四周，風也變冷許多。畢竟十一月也已經過了一半。

栞奈還是完全沒有要回家的跡象，又在往前大約十公尺處的遊樂場前停下腳步，然後在店門前的可麗餅攤排起隊來。

「那傢伙竟然會吃可麗餅啊。」

伊織非常震驚。

「不過是個可麗餅，當然會吃吧……」

到底哪裡奇怪了？

「她比較適合鯛魚燒之類的啦。」

伊織的視線朝向已經在可麗餅攤旁占好位置的鯛魚燒攤販箱型車。

還大膽地買了兩隻鯛魚燒回來。

「這個是空太學長的。」

並分了一隻給空太。

「伊織說不定是超乎想像的大人物耶……」

或者只是個沒在動腦的笨蛋……無法否定後者的可能性。

正好肚子也有點餓了，空太一口從頭咬了下去。栞奈也慢慢地吃起可麗餅。

「要是她這樣就滿足，然後回櫻花莊就好了。」

看著一個人這樣邊玩邊逛的栞奈，不禁感到揪心。然而，空太的期望落空，吃完可麗餅的栞奈繼續走向鬧區裡頭。

接下來，栞奈再度走進另一間KTV，約兩小時後走出店家，然後又走回一開始進去的遊樂場。看來她無論如何都想把「咬人熊～～」布偶拿到手。她絲毫沒有猶豫，直直走到目標機台前，表情卻立刻沉了下來，似乎是發現自己想要的東西已經不見了。也許是無法接受，只見她還在玻璃櫃前站了好一會。

栞奈的目標現在正在空太身旁的伊織手中。

如果想要的布偶已經不在了，即使想抓也沒辦法。栞奈一臉不開心地走出遊樂場。

時間即將來到九點。

穿制服的高中生也急遽變少許多。如此一來，穿水高制服的空太與伊織便變得莫名醒目。

剛才在經過鬧區的派出所時，被看起來人很好的警察提醒：

「在還沒被抓去輔導之前，趕快回家吧。」

「好的，我們要回家了。」

空太當下乖乖地如此回應了。然而，因為栞奈還在鬧區閒晃，空太在那之後被迫經過派出所前好幾次，不禁冷汗直流。

十點的時候，栞奈的腳步終於開始走向車站。

「真是的，終於要回家了嗎……」

就今天所看到的，算是沒有什麼會有立即危險的行動。雖然有許多教人在意的地方……像是一個人去唱KTV、一個人拍大頭貼……還有時間拖太晚……如果是男孩子還無所謂，但現在這時間，栞奈不應該還在外面走動。

儘管如此，看起來倒也不是在做什麼奇怪的事，所以讓人放下心了。

正覺得鬆一口氣的時候，栞奈在車站前的廣場停下腳步，開始操作手機。

幾秒後，空太口袋裡的手機震動了起來。

是有人傳簡訊來了。

在這個時間點，空太還沒確認就已經知道是誰傳來的了。

——我會晚點回去。

簡短的內容，只寫了這幾個字。

大概是在等空太回覆，栞奈沒有動靜，用手指捏著手機吊飾享受觸感。那是空太買來送給跟去教育旅行的栞奈的東西。

正準備回覆的空太手指停下動作。

有兩名男性朝栞奈靠近。

兩人比手畫腳的，似乎正在向她搭訕。看起來應該是大學生。兩人似乎在死纏爛打，接著便看到低著頭聽對方說話的栞奈點了點頭。

三人一起往鬧區的方向走去。

不舒服的感覺從體內滲出來。到這個時候，終於發生了空太一直以來所擔心的事態。

「……」

伊織都忘了要躲起來，茫然地呆站著。

「快追上去。」

空太用力拉了他的左手臂。

「咦！啊，是。」

兩人追著栞奈跑了起來。

栞奈與男性雙人組來到了一家ＫＴＶ。

「那傢伙唱得還不夠嗎？」

焦躁的伊織如此咒罵。

追上來的空太與伊織衝進店裡的時候，櫃台已經不見栞奈的身影。

「不好意思，我們兩個人。」

面對一臉狐疑的店員，空太拚命在臉上堆滿笑容，然後在伊織耳邊小聲說「去看電梯停在哪一樓」。

「一個小時就好了。」

伊織用力點了點頭。

空太跟店員這麼說了，接著收下麥克風、遙控器與單據。他在電梯前問伊織：

「幾樓？」

「六樓。」

電梯仍停在上面的樓層。

始終沒有要下來的動靜。

兩人發現裡面有樓梯，決定爬樓梯上去。

即使氣喘吁吁，伊織仍死命跟了上來。

抵達六樓時，空太的額頭已經飆出汗水。

實在很吃力，已經上氣不接下氣。

忍住想蹲下來休息的衝動，視線朝向左右兩邊牆壁上並排的包廂門。大概看了一下，至少有十五間包廂。

雖然試著從旁邊的包廂開始確認，但從毛玻璃門幾乎看不到裡面。最多只能確定有沒有客人，完全無從辨識臉孔。

用手機撥了栞奈的電話號碼。

——您播的電話收不到訊號……

傳來這樣的語音提示，所以又立刻掛掉電話。

仔細一看，空太的手機收訊也不好。本以為還有一格訊號，再往前走一步就完全收不到了。

內心越來越焦急，真的覺得很不舒服。伊織似乎也非常心煩意亂，不斷搔著腦袋，原本就很蓬鬆的頭髮變得比平常更凌亂。

如此一來，只能當成闖錯包廂，從頭到尾每一間都打開來看了。

正這麼想的瞬間，剛經過的房門另一頭似乎傳來了栞奈的聲音。

空太與伊織對看了一眼。伊織點了點頭表示「錯不了」。

「不要！放開我！」

這次則是清楚聽見了。

兩人折返回去，打開傳出聲音的包廂門。

手握麥克風的男人正開心地唱著歌，他的手搭在坐在旁邊的栞奈肩上，身體完全壓在她身上。雖然栞奈試圖掙脫，男人的體重卻讓她無法動彈。

就算在昏暗的包廂裡也看得出兩名男子的臉紅通通的。看來似乎是喝了酒。即使空太突然打開門，他們也沒有特別驚訝的樣子，大概以為是拿飲料過來的店員吧。

「空太學長！」

栞奈近乎慘叫的驚呼聲透過麥克風傳了出來，發出尖銳的振鳴刺激耳膜。

空太大步走進去，推開手放在栞奈肩膀上的男人，用力拉住栞奈的手臂，並把放在桌上的焦糖色包包帶出去。接著他立刻把栞奈交給伊織。

「快離開店裡。」

「咦？」

「快走！」

「啊，好！」

伊織帶著栞奈跑走。

即使如此，男性雙人組還沒能了解狀況，一臉茫然。

「打擾你們了。」

空太說完便關上門，急忙追上伊織與栞奈。

「空太學長，快點快點！」

伊織在電梯裡招手。

「給我等一下，你們在幹什麼啊！」

似乎終於察覺到事情不對勁，男性雙人組從包廂裡追了出來。

空太一搭上電梯便狂按「關」鍵，亮了的按鍵燈又熄滅，實在讓人焦急。看來應該是連按兩次就會取消的設計。

壓抑慌亂的情緒，這次只按了一下。

男人正想伸手擋住電梯門。

正覺得不妙的時候，伊織從門縫朝男人臉上丟了某個東西。那是在遊樂場抓到的熊布偶。

「唔喔！」

男人發出慘叫聲，伸出的手又縮了回去。

就在千鈞一髮之際，電梯門關上了。

「這樣對心臟不好啊……」

空太出聲說話，試圖讓自己冷靜下來。現在還不能安心。

「我會去結帳，伊織跟栞奈學妹快離開店裡。」

「好、好的。」

「……」

栞奈大概是受到了驚嚇，連聲音都發不出來。

抱著自己的肩膀發抖，想必是相當害怕吧。

運氣很好，電梯中途都沒停下來，直接抵達一樓。

樓梯的方向傳來男人的叫罵聲。雖然聽不清楚他在說些什麼，但顯然是很生氣。

伊織與栞奈先走出店家，空太到櫃台還麥克風與遙控器，拿出單據。

「咦？」

店員看到立刻又回來的空太，難掩錯愕。

「請問我們是不是有什麼不周到的地方？」

「呃，只是突然有點急事。」

空太沒有說謊。

雖然一首歌也沒唱，但還是得付錢吧。就在空太掏出錢包的同時，男性雙人組正好從樓梯衝了下來。

「糟了！」

沒時間悠哉地找零錢付了。空太把唯一一張鈔票用力放到桌上。那是僅有的五千圓鈔票。

「不用找錢了！」

趕時間的空太學起櫻花莊的學姊美咲，很有男子氣概地這麼說了。接著斬斷不捨的心情，逃出店外。

「咦?等一下、咦咦?」

背後傳來店員不知所措的聲音。男人的腳步聲也逐漸逼近。

走出店門的空太立刻確認左右兩方。伊織與栞奈的背影跑向車站的方向逐漸消失,因此空太往相反方向跑去。大概是因為喝醉酒判斷力下降,兩個男人的腳步老實地跟上空太。

男性雙人組出乎意料地窮追不捨,最後因為雙腳不聽使喚而跌了跤。也許是因為全力衝刺導致酒精發揮作用,最後在馬路上抓兔子,另一個男人也跟著抓兔子……周圍路人不禁退避三舍。

追逐的時間不到五分鐘。話雖如此,空太也已精疲力盡。

調整好呼吸,與伊織聯絡後,得知他們現在人在車站前。

稍晚才到的空太也與兩人會合。

從驚魂未定的栞奈手中拿到鑰匙,拿走投幣式置物櫃裡的東西。

「呼……」

搭上電車,終於得以喘口氣。

也因為車上人多擁擠,誰也沒開口說話。

三人就這樣不發一語地抵達了藝大前站。

走出驗票閘口，空太感受到終於回家的安心感。

時間已經超過晚上十一點。

回櫻花莊的路上幾乎沒有行人，街道也準備入睡了。空太拖著登機箱的聲音聽來格外清晰，其中還隱約夾雜了空太、伊織與栞奈的腳步聲。

空太走在最前面，跟在後面的是將書包緊抱在胸前的栞奈，伊織則稍微殿後。

來到兒童公園前的時候，伊織的腳步聲突然消失了。

空太感到在意而回過頭去，發現他果然停下了腳步。

在空太發問之前，伊織先開口了：

「妳到底在幹什麼啊？」

這句話不是在對空太說。

伊織說話的對象栞奈在空太與伊織之間停下腳步，身體仍向著前方，並沒有轉向伊織。

「那身衣服跟妳一點也不搭。」

「……」

「髮型也超怪的。」

「……」

空太感覺得出栞奈正緊咬著下唇。

「妝也很噁心。」

「煩死了。這跟你沒關係吧。」

「竟然會輕易接受那種男人的邀約就跟過去，妳絕對是笨蛋吧？」

「……跟你沒關係。」

栞奈只有表示抗拒。

「……」

「不用你管……」

「如果不管，妳覺得現在自己會有什麼下場？」

伊織不斷搔著腦袋。

「會怎樣都無所謂吧。」

栞奈若無其事地將蘊含焦躁的心情丟向伊織。

「當然有所謂。有所謂吧？有所謂吧？」

伊織應該是很認真地回答，回應卻莫名其妙。

栞奈只有一瞬間露出不知所措的反應。接著，她猛然抬起頭來轉過去，惡狠狠地瞪著伊織。

「與其被看到這個樣子，還不如被他們侵犯算了……」

硬擠出來的聲音顫抖著。原本緊繃的空氣溫度一下子降到冰點以下，令人感到窒息，連話都說不出來。空氣中只有琹奈強烈的抗拒。

面對如此沉重的心情，伊織一臉泰然地攬了下來。

「不可能吧？」

理所當然般說出口。

「……！」

「妳連這種事都不懂嗎？」

伊織的表情隱約透露出些微焦躁。

「什麼嘛……你到底是怎樣啦！」

「……」

「……拜託別管我了！」

琹奈喊得破音，感覺快哭出來了。

「搞不懂妳做那些事有什麼意義。」

「用不著你懂……」

琹奈的心逐漸冷卻。

「妳那是什麼態度啊？還讓別人這麼擔心。」

「我又沒拜託你，不要講這種硬要賣人情的話。」

栞奈張開防護罩，逐漸往下沉。

「既然妳要說這種話，就不要做會讓別人擔心的事啦。平常老是罵我笨蛋、白痴、去死什麼的，這點事對妳而言應該輕而易舉吧？」

「……煩死了。」

「什麼？」

「你真的很煩人……別再管我的事了。」

「可以的話，我也不想管啊！」

「什麼跟什麼啊。你才莫名其妙吧。不管我要做什麼、會變得怎樣，都跟你沒關係吧。」

「有關係啦。」

伊織斬釘截鐵地回答。

「為什麼啦？」

「當然是因為我喜歡妳啊！」

伊織的聲音響徹夜空。

「……」

似乎不知該怎麼反應的栞奈靜靜地屏住呼吸。

一陣沉默，只聽得到呼吸聲。

「咦？」

首先出聲的人是伊織。他對自己說出口的話感到驚訝。

「什麼？是這樣嗎？」

甚至如此自問。當然，沒有任何人回答。

「我最討厭你了。」

栞奈撂下話便小跑步離開。

當她經過空太身邊的時候，空太看到了反射街燈光芒的淚珠。

空太與伊織佇立在兒童公園前。

「空太學長。」

「什麼事？」

「我被甩了嗎？」

這實在是個難以回答的問題。因此，空太沒有回答他，只給了簡單的建議。

「也許你該先確認自己的心意。」

十一月十四日，星期一。

這一天，櫻花莊會議紀錄上這樣寫著。

4
——我的戀情還沒開始就結束了……書記・姬宮伊織

十一月過了大半，天氣開始出現冬季的徵兆。每次下雨，最低氣溫就會往下降，早晚也都變冷許多。

過了十一月，乾燥的空氣越顯寒冷，即使出太陽，抬頭所見的天空顏色在空太眼裡看來，仍覺得寒冷。會對這冷冽的顏色覺得有些哀傷，大概是因為今年只剩下一個月，沉浸在年末特有的氣氛裡吧。

在這十二月的第一個星期天，太陽西下的黃昏時刻，龍之介、麗塔、伊織以及美咲聚集在空太的房間裡。

眾人正在確認已決定要在這個月二十六日提交的測試版的日程規劃。目標是讓共八個關卡中的前四個關卡能夠試玩。至於後四個關卡，也會大致完成，讓最前面到最後面都能連貫。

空太做的等級設計作業應該勉強來得及完成。龍之介的程式設計因為有一些部分必須取決於空太的工作狀況，因此規劃獨立的日程不太有意義，不過稱得上進行順利。麗塔的嘍囉怪物雖然還有些缺漏，不過是上週就知道的情況，所以沒有問題。關於一部分的嘍囉怪物，上週已經決定暫緩放進測試版當中。請美咲製作的頭目怪物已經完成，現在則是請她再多製作其他版本的頭目怪物，改變顏色、加上角之類的增加變化。

到目前為止的項目都沒什麼問題。棘手的是接下來的部分。

「唉……所謂人生，到底是怎麼一回事呢～～」

伊織對著小不點白貓小櫻傾訴，眼神空洞，抱著雙腿坐在床與衣櫃之間的空隙。這是典型的沮喪模式，飄盪著無可言喻的哀愁。

小櫻「喵～～」地叫了。是在鼓勵伊織嗎？也許只是單純因為肚子餓了。

自從跟蹤栞奈以來，已經過了約三個星期……之後栞奈再也沒有晚歸的情況，放學後似乎就立刻回到櫻花莊。空太、真白與麗塔回到家時，她的鞋子大概都已經放在玄關了。要是碰到面也會出聲打招呼：

「你們回來啦。」

算是已經沒有讓人擔心的情況。

只不過自從那天以來，倒是在其他方面產生了極大的影響。

「唉～～」

伊織深深地嘆氣。

「整個人失魂落魄耶。」

這三個星期以來，作曲工作幾乎沒有進展。雖然還是有在創作曲子，但全都是沒要求他做的失戀歌曲……

還想請他做音效與插曲，不過看來是沒辦法了。

「如果小麗塔願意讓小伊織摸胸部，他一定會打起精神來！」

美咲一副想到好主意的樣子。不過如果真是這樣，美咲豐滿的胸部應該也會有相同的效果。

「可以嗎，龍之介？」

「為什麼要尋求我的許可。」

「因為這將來遲早會是龍之介的東西。」

雙腿外翻坐在床上的麗塔彎腰往前傾，微開的雙唇莫名性感。比起一般寫真模特兒，這是更具破壞力的構圖。

如果是平常的伊織，看到這一幕一定會上鉤並大聲歡呼「呀喝～～」，如今卻只會嘆氣，對麗塔的大放送養眼畫面看也不看一眼。

「所謂人生，就是看透死亡……」

自言自語一些聽不太懂的話。

「說那種話應該是武士道吧。」

「不過，我很能理解伊織痛苦的心情。」

麗塔將手放在胸前，視線往上看著龍之介。

「被甩是很讓人難過的事。」

「是啊。」

美咲也用力點點頭，也許是想起了跟仁在一起前的種種辛酸。

不過，這到底是在說什麼啊？

如果空太沒記錯，現在應該是為了遊戲製作……為了提交測試版才開的討論會議吧。

「神田，看鳥窩頭這樣，根本沒辦法提交測試版。」

「的確，我也這麼覺得……」

「那就快想辦法。」

「叫我想辦法？」

「思考要怎麼處理是神田的工作。」

龍之介獨自起身，快步走出房間。

「啊，會議結束了啊。那麼……」

伊織發現之後如此嘀咕，便踩著殭屍般的步伐離開房間。

「看來很嚴重啊……得想個辦法才行。」

「我認為空太還有其他也該多費心的事。」

麗塔的視線朝向天花板。斜上方……是真白的房間吧。

「真白不要緊吧？」

「對了，她今天好像沒離開過房間呢～」

美咲移動到電視前，啟動製作中的遊戲玩了起來。

「正確說來，是從昨晚就沒離開過房間。」

「她現在很忙啦。像是出單行本前的改稿、畫雜誌封面，還有年末的連載原稿截稿又比平常早……還有就是連載的頁數，從下次開始要多加四頁。」

因此別說是出門約會了，就連房間裡的約會也已經有好一陣子沒有了。

「不過，昨天放學回家路上聽她說，除了連載的原稿，其他都已經完成了，所以日程上應該來得及吧？」

「我對空太真是太失望了。」

麗塔一副非常傻眼的樣子。

「我根本不是在擔心漫畫的事。更重要的是，空太！」

麗塔的手直指過來。

「有何指教……」

「你最近跟真白在一起的時間極端變少了吧？」

「正如您所說的。」

「週末不但沒有出去約會，甚至也沒在房間裡談情說愛。」

「因為我也有很多事要忙啊。」

兩人相處時間銳減的原因有一部分也出在空太身上。自從確定測試版的提交時間以來，為了準備工作，無論是時間或精神上都沒有餘力。雖然看起來似乎趕得上，但現在的狀況仍是誰也說不準，已經是一天也不能有所延遲。

「我也很清楚你們兩位都有該做的事，不過至少聖誕節打算兩個人一起過吧？」

「那還是很久以後的事吧。」

「對現在的空太跟真白而言，三個星期可是一下子就過了喔。不是嗎？」

被她這麼一說，空太隨即鬱悶地皺起臉。

「……妳說的沒錯。」

「那麼……」

彷彿要打斷還想說些什麼的麗塔，空太從椅子上站起身。

「空太？」

「我現在就去約她。」

「你也是只要肯做就辦得到嘛。」

接下來要是能在被數落之前辦到就完美了吧。不過這實在很困難……

來到二樓，空太敲了敲真白的房間２０２號室房門。

「喂～～真白，妳現在方便嗎？」

「……」

沒有回應。

「算了，反正本來就很少有回應……」

空太一邊自言自語一邊打開門。

今天房間裡面也是驚人的凌亂模樣，衣服、內衣褲、漫畫原稿與漫畫資料不留空隙地完全蓋住了地板。

因為空太最近疏於打掃的關係。

他環視慘不忍睹的房內。

「……」

沒看到真白。

用來畫漫畫的電腦還開著。

空太一邊確認地板可踩的空隙，一邊往房間裡的書桌前移動。

彎腰探頭看書桌底下。

果然不出所料，像貓咪一樣蜷著身子的真白蓋著衣服與內衣褲正在睡覺。

「從昨天就開始熬夜了嗎……」

「嗯……？」

真白對空太的自言自語有了反應。

「……空太？」

微微睜開眼，呼喚他的名字。

「抱歉，吵醒妳了。」

「不會。」

真白再度閉上眼睛。

「我現在因為遊戲製作，有很多事要做。」

「……嗯。」

「所以，可能暫時沒有餘力悠閒地出門去約會……」

「……嗯。」

幾乎像酣聲的回應。

「不過，我會努力在那天之前完成工作……所以，聖誕節要不要兩個人一起出去走走？」

真白瞬間睜開雙眼，抬起頭來。

「我要去。」

從桌子底下探出身子。

「我想去看樹。」

「咦？」

「閃閃發亮的樹。」

「喔，妳是說聖誕樹啊。嗯，聽起來很不錯。」

「想跟空太一起看。」

再查查看要去哪裡約會吧。機會難得，想看看華麗巨大的聖誕樹。

「原稿截稿沒問題嗎？」

「我也會在聖誕節之前完成。」

「那麼，我們就彼此好好努力，一起過聖誕節吧。」

「嗯……」

這樣對話應該就有了結論。

「……」

然而，真白仍直盯著空太。

「怎麼了？」

「好久沒約會了。」

「咦？啊、嗯，是啊。」

結果上個月哪裡也沒去成。自從看電影的約會取消以後，隔週又有漫畫封面的工作，在那之後空太也越來越忙碌。正如麗塔所說，就連房間裡的約會也已經兩週沒做了……

「現在的我跟空太是男女朋友嗎？」

面對突如其來的提問，空太心頭一震。

「當、當然是啊。」

「即使沒有出門約會也是？」

「……」

「就算連房間裡的約會也沒有？」

「我們不是才剛約好聖誕節的約會嗎？」

「嗯，說的也是……」

不知道真白是理解了或者只是睏了，又緩緩閉上眼睛。

「好期待聖誕節……」

這句話有一半已經被鼾聲掩蓋過去。

空太安靜地看著真白的睡臉好一會。

「要成為真正的情侶，還真不是件容易的事呢。」

接著輕聲如此說道。

也許並不是珍惜對方就好了。是不是得不斷傳達自己的心意呢？如果忘了要一點一滴累積，也許就無法維持情侶的關係……

感覺睡昏頭的真白說的話在表達這樣的意思。

忙碌不堪的每一天，要是兩人相處的時間都沒有了，無論如何珍惜對方都會產生不安的情緒。就連空太也有過這樣的瞬間。如果對不安置之不理，不安就會成長為懷疑。接著，原本應該很單純的心意會慢慢被啃蝕，總有一天，原本充實的心也許會逐漸乾涸，甚至還有自然消失這樣的形容詞。或許這種事並不罕見吧。

正因如此，今天承諾的約定更是重要。

「聖誕節一定要去約會。」

空太留下堅定的誓言後走出房間。

來到一樓，看到玄關有個蹲下來的嬌小背影。栞奈正在穿鞋子。

「咦？栞奈學妹，妳要出門啊？」

太陽就快要下山了。

「不行嗎？」

「我沒有說不行。不要太晚回來喔。」

「要是這麼擔心，要不要跟我一起去？雖然只是去附近的便利商店而已。」

栞奈嘲諷般說道。

「那就這麼辦吧。」

空太說著穿上鞋子。

栞奈皺起眉頭露出傷腦筋的表情。

「走吧。」

在她還沒開口說「還是我自己去就好了」之前，空太便率先走了出去。

順著櫻花莊前的緩坡走下去，栞奈跟在空太身後約三公尺的距離。空太的背後感受得到她的視線，實在讓人坐立難安。

「這樣會讓我靜不下來，妳要不要跟我一起走？」

「……」

栞奈默不吭聲地來到空太身旁。空太配合她的步調邁出腳步。

「前一陣子很抱歉。」

「……」

栞奈對突然道歉的空太投以不解的眼神。

「很抱歉做出跟蹤妳的行為。」

「反正我以前也尾隨過空太學長跟椎名學姊的約會……所以算了。」

「聽到妳這麼說我就放心了。」

「我也確實受到學長的幫助……謝謝你。」

低著頭的栞奈聲音小到幾乎快聽不見。

「真希望妳也能向伊織道謝啊。他現在整個人失魂落魄，製作遊戲方面遇到危機了。」

空太半開玩笑地試著帶出話題。

「既然是學長的請求，我會考慮看看的。」

「希望妳能朝正面思考。」

「不論發生什麼事，我討厭他的事實都不會改變。」

「我倒認為伊織是個表裡如一的好傢伙耶。」

雖然他偏某方向的發言與想法可能讓栞奈無法認同……

「所以我才討厭他。」

「嗯？」

「表裡如一、不懷疑別人，也不會對人有所防備，無論面對誰都能保有自我，也不在意自己不懂得察言觀色……」

「被講得真難聽啊……」

「他能輕鬆地辦到我辦不到的事，這一點最讓我討厭了。」

聽到最後，空太似乎能夠了解栞奈所謂「討厭」的類型了。並不是非常憎恨或者生理上無法接受的那一類，而是來自羨慕的反面情緒。要是能這樣就好了，但自己卻做不到，正因如此，所以對辦得到的人感到厭煩。

「我那天是第一次。」

在短暫的沉默之後，栞奈突然開口了。

「我是第一次……跟男生去唱ＫＴＶ。」

「喔喔……」

話題又回到跟蹤栞奈的那一天。

「雖然被搭訕過，不過我都拒絕了。」

「這樣啊。」

「就只是這樣。」

栞奈不再說話，像是已經報告完畢。

「為什麼妳那一天會答應他們的邀約呢？」

「……」

「如果妳不想說，我也不會硬要問就是了。」

「學長不明白嗎？」

空太反而被提出質疑了。

「我是有隱約覺得應該是因為我吧。」

「！」

明明是栞奈自己先開始的，現在卻驚訝得說不出話。大概是沒想到空太會察覺到吧。

「感覺是在跟我還有真白說完話的隔天，栞奈學妹就變得很奇怪。」

「請不要再說下去了。」

栞奈打斷空太，如此強力抗拒。

「可是，我……」

「我什麼都還沒跟空太學長說……請不要擅自就想結束掉。我什麼也不想聽。」

栞奈斬釘截鐵地說完，一個人快步離去。

空太並沒打算硬追上去。

栞奈已經到了目的地便利商店。

空太看著栞奈進入便利商店，發現有個認識的人從前方走了過來。是千尋。今天似乎在學校還有工作。

她看著進去便利商店的栞奈，接著走向空太身旁。

「你幹嘛惹學妹哭啊。」

「她沒哭吧。」

「幹嘛惹年紀比你小的女孩子哭啊。」

「換一下動詞啦！」

「我說的未必有錯吧。」

「唔！」

果然只要稍微大意就會被戳中痛處。

「老師還真懂啊。」

空太追上走向櫻花莊的千尋，與她並肩而走。

等栞奈也只會徒增她的困擾。現在的空太已經無話可說。

「對長谷而言，你大概就像鳥媽媽吧。」

「咦？」

「然後，長谷就是封閉在自己殼內的雛鳥。」

「……」

千尋斜眼瞥了空太一眼。

「你知道意思吧？」

「嗯，大概……」

栞奈在班上並沒有交情特別好的朋友，在放學後或休假時沒有能一起玩樂的朋友。雖然在學校裡看到她時，她好像能與同班同學們開心地聊天，也完全沒有跟班上格格不入的感覺……

然而，這正是栞奈的殼。

「雖然表面上看起來能很順利地與別人來往……是因為膽小嗎？她不會讓別人踏進自己的內心吧？而她自己也不會跟別人深交。」

「嗯，是啊……」

栞奈所寫的《灰姑娘的星期天》當中的女主角，正是帶有千尋所說的感覺。雖然會迎合對方，但絕不讓別人入侵自己的範圍，因為害怕心靈受到傷害……然而，又在內心深處強烈尋求可以無話不談的朋友。

而且之前栞奈說過，這本小說「原本是日記」。

「認識你對長谷而言，應該是大失算吧。」

一回想起來便不禁露出苦笑。

那一天，栞奈為了抒發壓力，在學校裡沒穿內褲。而脫下的內褲正好在與空太在走廊上相撞時掉了。

多虧如此，空太一開始就碰觸到栞奈最大的祕密。

「原本以為被別人知道就完了的事，神田你卻輕易就接受了。」

「我還是有感到不知所措啦。」

「不過還是接受了。」

「嗯，是這樣沒錯。」

「這已經足以打破她的蛋殼了。你這一點真教人尊敬啊。」

不同於說出口的話，千尋大大打了個呵欠。

「讓雛鳥知道她的會錯意只是會錯意，這也是鳥媽媽的工作。」

「是啊。」

「追根究柢，這也是你的行為所招來的結果吧。」

「我知道啦。」

「還有……」

「還有啊？」

「你打算怎麼處理貓？」

完全跳到別的話題去了。

「……」

因為過於專注在遊戲製作上，這個問題竟忘得一乾二淨了。

其他還有很多必須去做、去想的事，也有許多掛心的事。

在這種狀況下，究竟能否跟真白開心地過聖誕節呢？

這種事想都不用想。

為了能開心地過聖誕節，只能從自己能做的事開始去做。

這是在櫻花莊相遇的夥伴們以及許多回憶所教會自己的事。

「啊，還有一件事。」

「什麼事？」

「冰箱裡還有啤酒嗎？」

「不要問學生這種問題！還有啤酒啦！」

「那我就放心了。」

5

從十二月八日起跨週舉行的期末考結束後，考試特有的緊張感並未從三年級教室散去。相反的，隨著今年的天數遞減，緊繃的氣氛越是瀰漫在教室裡。

過完年後……一月中旬立刻就要面臨入學考試中心測驗。對於報考其他大學的學生而言，一決勝負的時間逐漸逼近。

已經得到直升推薦，確定會就讀水明藝術大學的空太，處於與考試的緊張感無緣的狀態。然而，他的情緒卻很緊繃，說不定比正在準備考試的同班同學還要來得專注。

因為他正為了二十六日要提交的遊戲測試版投注所有精力。

有許多不管怎麼努力去做仍然不見減少的工作。製作工作越進入關鍵時期，每個工程也就越花時間。

即使一口氣完成八成的工作，不知為何，剩下的兩成卻完全沒進展。

雖然也會覺得焦慮與疲累，但受到竭盡全力畫漫畫的真白激勵，空太也得以重振精神。

彼此為了「一起過聖誕節」這個目標而努力。多虧如此，因為睡眠不足所產生的些許疲憊也一下子就消失了。

只是，工作進度並不見得能與幹勁成正比，有時也有需要構想的場景。關於關卡設計，也常因為想不出好點子，導致無法按照進度進行。

而這樣的狀況在二十四日約會當天……耶誕夜也仍然持續著。

空太上午參加了結業式，回家後連中餐也沒吃便埋首於電腦前。

時間來到下午三點五十分。

「啊～～可惡！做不完啊！」

距離約定的時間還剩十分鐘。預計四點出門，兩人一起去欣賞設置在看得到港灣的公園裡的聖誕樹點燈儀式。

「空太，還沒好嗎？」

麗塔走進空太房裡。

「還剩下一點點！」

「真白已經在玄關等你了喔。」

空太不停敲著鍵盤，正在輸入怪物的參數。也許是因為焦躁，所以一直打錯，反而花費更多時間。

「神田，剩下的工作由我接手吧。」

「不，這樣不行吧。」

雖然是讓人感激的建議，但這是空太的工作。

「你別誤會了。我只是覺得現在的你因為一直在想等一下要約會，所以工作做得很隨便，讓我無法信任而已。」

「唔！」

「要是產生大量錯誤，你要怎麼辦？」

能用來除錯的，只有明天一天的時間。正如龍之介所說，現在不是造成錯誤的時候。

「況且要是遲到了，椎名會不高興吧？」

「嗯……」

畢竟是兩人都很期待的聖誕節約會，要是惹她生氣，後果不堪設想。

「你趕快去吧。」

「赤坂，你……真的是個好人啊。」

「我只是考慮所有狀況，做出最適切的選擇而已。因為戀愛而把進度搞得亂七八糟的，光烏窩頭一個人就夠了。」

「原來如此……」

「所以，拜託你千萬別在約會時吵架。」

「我知道啦。那麼，我出門了。」

空太一把抓起大衣披上，走出房間。

就像麗塔說的，真白已經在玄關等了。她腳上穿著踝靴，已經準備好了。

「空太好慢。」

一見到空太，真白便鼓起臉。現在距離約定的時間還有三分鐘，應該沒道理要被責怪遲到。

「喔，喔喔。」

即使如此，空太還是感到退縮，原因在於真白的打扮。

淡妝使她白皙的肌膚更顯透亮。表情感覺有溫度，大概是因為臉頰染上微微的粉櫻色吧。

領子與袖口毛絨絨的白色大衣很適合她，簡直就像妖精一般。

多虧如此，空太的心境一下子就切換成約會模式。

「妳的打扮很不錯，好可愛。」

「……嗯。」

真白似乎也不討厭，靦腆地低下頭。

空太也急忙穿上鞋子。這樣就會讓人一心只想快點出門約會。之前已經為了這一天努力了許久。雖然最後受到龍之介的幫忙，不過本來就希望夥伴間能建立起互相幫助的關係，因此空太覺得這也不是件壞事。

「那麼，我們走吧。」

空太換好鞋子，抬起臉來。

「走吧。」

真白用力點了點頭。

然而，就在空太將手伸向門的那一瞬間，玄關響起了手機的來電鈴聲。不是空太的，而是真白的手機。

真白從拿在手上的小皮包裡掏出手機。

「是綾乃。」

如此說完便把手機貼向耳朵。

「綾乃？」

『啊！椎名小姐！還好妳接電話了！』

感覺相當激動的綾乃音量很大，連空太都聽得到。

在這個時間點，究竟會有什麼事呢？總覺得有不太好的預感。

「綾乃，怎麼了？」

『……』

大概是馬上恢復冷靜，已經聽不到綾乃的聲音。

雖然很在意對話內容，但也只能等真白講完電話。

真白重複回應了「嗯」六次左右之後……

「我知道了。」

如此說完便掛掉電話。

「綾乃小姐說了什麼？」

「第二集再版了很多量。」

發售日是二十日，才過了四天而已。

「喔喔！好厲害！」

相對於直率地表現出驚訝的空太，真白卻消沉地低著頭。

「真白？」

「必須再畫一張圖。」

「咦？」

「綾乃說的。」

「……她說什麼？」

「她說配合再版的時間，想製作書店店頭廣告。」

「截稿日呢？」

即使不問，真白的表情也已經激烈地訴說著……

「因為希望在印刷廠年終休假前進稿……所以今天就要。」

感覺情緒的溫度瞬間變冷，興奮的心情已不見蹤跡。

「……」

「……」

沉默令人窒息。非得把不想說出口的話說出來這種令人坐立難安的氣氛包圍著空太與真白。

「……這樣啊，那就沒辦法了。」

空太做好覺悟主動提出。

真白的肩膀抖了一下。

「得回房間去趕快開始工作了。」

空太離開玄關大門，脫下鞋子，踩上玄關的踏墊。

「……辦法。」

真白說了些什麼，但聲音太小聽不清楚。

「抱歉，妳說什麼？」

空太不經意地回問，真白突然抬起臉來。

「怎麼會沒辦法！」

眼神彷彿在生氣又像是悲傷。

「！」

魄力已經足以讓空太驚慌失措。

「我一直很期待……」

抓著小皮包的手顫抖著。

「我也是啊。可是……」

空太輕聲說著安撫她。

「原稿也準時完成……」

「嗯……」

「從約好的那天開始就在想要穿什麼才好。」

「可是啊……」

「這樣卻說沒辦法，空太好奇怪！」

「！」

完全出奇不意的攻擊。空太不知道為什麼自己會受到責備，突然有事的人明明是真白……

大概是覺得外頭很吵，麗塔與龍之介從１０１號室探出頭來，視線投向空太與真白兩人，露出困惑的表情。然而，其中最難掩震驚的人還是空太。

「空太不懂。」

「我懂。」

空太反射性回答。

「我懂。」

再一次強調。

從約定好的那天起，空太便在內心暗自發誓兩人一定要一起過聖誕節。光是心裡這麼想沒有用，必須將心意傳達給對方才行。今天就是為了這一切。

「我也懂今天有多重要。」

儘管如此……

「空太不懂。」

真白的回應聽起來還是很悲傷。

「就算那樣，漫畫的工作只能現在做吧？」

「……沒錯。」

「所以，妳要畫吧？妳想畫吧？」

這麼想的人是真白。

「嗯……我想畫。」

「即使不是聖誕節，還是可以另外找時間約會。」

空太內心某處輕率地認為，只要這麼說真白就會接受。

「但是，今天的約會只有今天才能做。」

「真白……」

這並非空太預期的反應。

「明天呢？」

「……咦？」

「明天能約會嗎？」

測試版的提交工作還沒完成。

「下週呢？」

「……」

「下週能約會嗎？」

真白的聲音緩緩地刺進空太胸口。

下週的話，空太的測試版提交工作就結束了吧。接下來就是以二月底完成遊戲為目標，全心專注在遊戲製作上。

「一個月以後呢？」

「……」

隨著遊戲製作完成的期限逼近，一定會變得比現在更忙碌，能用在遊戲製作以外的時間搞不好微乎其微。

然而，這一點在真白身上也一樣。每個月都要交連載漫畫原稿，而隨著受到矚目、單行本銷售量攀升，也會定期接到雜誌封面、內彩，或者像這一次的宣傳用繪圖等工作吧。

「之前就約好的。」

真白緊握雙手。

「我為了今天一直努力到現在！」

聲音激動地顫抖。

「明明是聖誕夜卻沒辦法約會，以後一定也沒辦法約會了！」

真白的心情化為沉重的衝擊，用力朝空太的腦門揮下。

眼冒金星。

一直以來只是隱約認為只有現在，毫無根據就相信只有現在才會這麼忙。然而，未來也將持續下去……兩人越是傾注熱情在目標上、越是接近夢想就會越加忙碌。就像這次，越是實現了願望，兩人的時間就被剝奪得越多——這就是現實。

用說的應該都能理解，然而一旦置身於這樣的狀況，就會搞不懂自己的立場。

這樣的一天也許終會來臨。雖然曾經跟龍之介談過這個話題，卻始終認為言之過早。不過實際上在那個時間點，空太已經一腳踩了進去。

麗塔與龍之介眼見沒有插話的餘地，只能默默看著空太與真白的互動。原本準備從二樓下來的栞奈也受到氣氛影響，在樓梯中間停下腳步。

「就算這樣，空太也覺得無所謂嗎？」

真白說的十分正確。就感情面來說十分正確，但就理論而言並非如此。這時一旦鬆懈了，就會距離真白視為目標的未來越來越遠。要是錯過好球就得不到分數，既然已經站到打擊者的位置，就必須用力揮出球棒。因為真白就是為了這一點，平日就比別人練習更多的揮棒動作。這種事不用空太說，真白自己應該最清楚不過。

「就算這樣，這也是沒辦法的事嗎？」

真白的質問奪去了退路。

「……是啊。」

在凝重的氣氛之中，空太開口擠出了聲音。

「就算這樣，現在還是漫畫比較重要吧？」

因為有些話非說不可……

「為什麼空太都無所謂的樣子？」

「我沒有覺得無所謂。今天的事，我也受到了打擊。」

「……」

「雖然覺得受到打擊，但還是要去思考。為了實現真白的夢想，現在有些事不得不忍耐。」

真白凝視著空太。

「因為我也有自己的目標，所以也覺得不能犧牲夢想。」

「……」

「我是真心支持真白追求夢想，希望讓更多人看妳的漫畫。我想如果是妳一定辦得到，所以不想妨礙妳追求夢想。絕對不要。」

「……」

「……所以無可奈何，這是沒辦法的事。」

空太直到最後清楚地表達完，然後回望著真白。

「空太所描繪的未來，有我的存在嗎？」

真白喃喃說出這樣的話。

直接戳中核心。真白一向都是這樣。

「……」

即使是說謊，或許也應該立刻回答「有」。然而，對現在的真白而言，只是傳達膚淺的話語沒有意義。

「現在我也不清楚。」

空太直接說出自己的心情。越來越搞不懂了。

「真白呢？」

「……」

真白沒有回答，只是盯著空太。而這卻清楚道出了真白的真心話。

「這樣啊……」

因此，空太只能用沙啞的聲音嘀咕。

「空太覺得我的夢想比我本身更重要吧。」

「……」

真白留下無言地呆站著的空太，走上二樓。

「啊！真白！」

麗塔制止的聲音也傳不到她耳裡。

過了一會，二樓傳來關門的聲音，聽起來格外大聲。也許那正是隔開空太與真白的心門關上的聲音。

第三章 與妳一起走的路，通往夢想的路

1

隔天二十五日，空太在自己房間的床上醒來。因寒冷而打了哆嗦，意識從夢中被拉回現實。

「……」

強迫自己打開沉重的眼皮，坐起身子。

視野的正前方是還開著的電視，炫目的光線投射在空太身上。電視螢幕上是「RHYTHM BATTLERS」的CONTINUE畫面。

看來似乎是在試玩中途睡著了。

「還是睡著了……」

操作的角色趴倒在地，地點是在一開始的關卡起點。隨著從標題畫面移至遊戲畫面時的漸隱效果，空太的意識似乎也一起淡出了。

空太心想要先關掉電源，將手伸向開發機材。然而他隨即想起還要除錯，又把手縮回去。

在醒來的他周圍，貓咪成群集結過來。小光、希望、木靈紛紛喵喵叫了起來。

「好、好，要吃早餐了是吧。」

空太一邊打呵欠一邊站起身來，走出房間。

飯廳裡已經有人在了。

站在冰箱前的人正是真白。

她察覺到空太走近，緩緩轉過頭去。

「……」

「……」

沉默中兩人只有眼神對上。

「早安。」

空太先出聲了。

「早安。」

真白短短地打了招呼。

「……」

「……」

彼此都沒有繼續說話。

四周瀰漫著彷彿在等待什麼、令人坐立難安的氣氛。

這時，小町開始磨蹭空太的腳背催促著要吃早餐。跟著空太進來的十隻貓完全不把這種狀況當一回事。

「昨天的……是宣傳用繪圖？」

空太看著腳邊的貓並問道。

「……是啊。」

「畫好了嗎？」

「已經完成了。」

「這樣啊。」

「嗯……」

互動有一搭沒一搭。確實感受到了雖然兩人有對話，心卻沒有交流，說話很生疏。

「妳要吃早餐吧？」

「……嗯。」

「那妳先坐著等一下，我馬上準備。」

「嗯。」

真白安靜地在餐桌旁坐下。

準備早餐前得先處理一下糾纏不休的貓咪。空太將貓飼料分到三個盤子裡，再放到餐桌旁。

十隻貓隨即離開空太身邊，直接衝向貓飼料。

空太解決貓咪問題之後，開始準備自己與真白的早餐。吐司以及荷包蛋，還有昨天美咲帶來的馬鈴薯沙拉再加上番茄，全部放在餐桌上。他還為真白沖了熱巧克力，接著也在餐桌旁坐下。

「我要開動了。」

「……我要開動了。」

真白咬下吐司，發出喀滋的焦香聲音。

空太也跟著咬下吐司。

好一陣子，兩人都安靜地專注於解決眼前的食物。

「……」

「……」

不過，立刻又散發出彆扭的氣氛。老實說，幾乎要讓人窒息了。

「那個，真白。」

雙手捧著馬克杯的真白只有將視線轉向空太。

「昨天……那個，很抱歉。」

帶著想要改變氣氛的心情說出口的話聽起來非常刻意。

這也難怪，因為空太完全沒能理解自己是針對什麼而道歉。硬要說的話，應該是昨天沒能約會的事吧。

只是原因出在突然有了工作的真白身上，空太自己也不清楚是不是有道歉的必要。

「我也是……對不起。」

真白輕聲說出道歉的話語，微弱的聲音缺乏自信，跟平常不一樣。

她自己一定也不清楚是在為什麼道歉。也許取消約會的原因是出在真白身上，但關於漫畫進行得很順利一事，並沒有道歉的必要。空太也完全不認為那有什麼不對。

讓現場氣氛變凝重的問題根本在於其他地方。

約會取消導致顯現出來的空太與真白感覺不同……價值觀不同的這個問題，厚厚地籠罩在兩人頭頂。

至少這並不是只靠一句「對不起」，彼此就能接受並化解的摩擦。

「……」

「……」

兩人之間再度陷入沉默。

空太將剩下的吐司塞進嘴裡，一口氣吃掉荷包蛋。

「對了，真白，妳寒假打算怎麼辦？」

「要跟麗塔回英國。」

「咦?」

還以為她一定會說「要畫漫畫」。回答有些出乎意料。

「這、這樣啊……」

然而,空太同時發現自己鬆了一口氣。

即使真白留在櫻花莊,空太也實在不認為兩人會有一起愜意度過的時間。在測試版評價出來之前都還無法穩定下來。而評價如果真的出來了,又將有無數該做的事。畢竟提交測試版只是個過程而已。

未來必須以完成遊戲為目標前進,不留一絲悔恨地全力以赴。絕對不想在事後才後悔「當時要是多努力一點就好了」。

「妳也一直都沒回去英國啊。」

真白自從二年級的春天來到櫻花莊後就沒再回去過。

「空太呢?」

「我想在今年內盡量增加遊戲製作的進度。」

「這樣啊……」

「不過除夕夜還是打算回家。關於畢業以後的事……像是念大學還有其他事都要跟父母親好好談一談。」

「嗯……」

真白看著貓咪們點了點頭，臉龐看起來有些寂寞。

空太隱約感到內疚，因而垂下視線。雖然現在才說已經太晚，不過自己就連寒假要怎麼過都不曾跟真白聊過。明明每天都會見到面，一起上學、一起回櫻花莊……卻連這些話題都沒談過。

「餐具放著就好。」

空太先站起來，把自己的餐具拿到流理台。

「欸，空太。」

「……什麼事？」

空太發現自己不自覺地對真白有所防備，做好不論她說什麼都能承受的心理準備。

真白對這樣的空太喃喃說道：

「如果是空太跟七海，是不是就不會這樣了？」

「……」

完全沒預料到她會這麼說。空太一瞬間搞不懂她在說什麼，接著才逐漸冒出驚訝的幼苗，然後在葉子張開之前轉變為困惑。

「為什麼這時會冒出青山？」

以空太而言，這是理所當然的疑問。

「因為空太你也喜歡七海吧？」

得到的卻是像說明又不像說明的理由……

「我說妳啊……」

空太的身體一下子發燙，熊熊燃起的情感在胸口暴動。要是現在不立刻發洩出來，空太就要被燃燒殆盡了。

即使如此，在話說出口之前，空太還是強忍了下來。

——如果說出口，一切就會結束。

理性這麼告訴空太。

「……妳知道自己在說什麼嗎？」

空太帶著痛心的表情直盯著真白；真白以泫然欲泣的雙眸凝視著空太，緊緊咬著下唇。

「我選擇的人是真白。」

空太看著她的眼睛，清楚地告訴她。

「……」

真白的表情沒變，只是看著空太。

「我還有其他工作要做。」

空太在脫口說出無謂的話之前離開了飯廳。

手放在背後關上門。

「呼……」

緩緩地吐出心中的熱氣。

「我說你啊，竟然在別人面前嘆氣，神經會不會太大條了？」

一抬起頭，千尋的臉就在眼前。

「唔喔！」

「我說你啊，一看到別人的臉就發出慘叫，神經會不會太大條了？」

「我的神經說不定還滿大條的。」

「哎呀，神田你也越來越敢說了嘛。」

「我也是每天都有在成長啊。」

「哼！成長啊？」

千尋嗤之以鼻。

「那麼，讓我問問還在成長的你為什麼要跟真白交往？」

這應該是極為簡單的問題。然而對現在的空太而言，卻是最直搗核心的問題。

「因為我喜歡她。」

在一瞬間的猶豫之後，空太說出正確解答。

「有一半正確，一半不對。」

「為什麼？」

「雖然就字面上來說是這樣沒錯，但你並不懂這句話的意思。」

「……」

些微的猶豫似乎被看穿了。

「你就好好去思考其中的意思吧。」

千尋拍了空太的肩膀之後走進飯廳。總不能追上去質問，空太只能皺起臉。

——為什麼要跟真白交往？

這應該不是拿來嚇人的問題，但空太的身體卻做出這樣的反應，心臟猛力跳了一下，像是被問到了討厭的問題……彷彿被有人碰觸到連空太自己也沒察覺的真心話時產生的焦躁感所煽動，其真面目究竟是什麼呢……

「……」

想了一下卻沒有答案。如果這樣就能明白，一定老早就察覺到了。

空太跨出腳步準備回到房間。在經過玄關前的時候，走廊深處有人向空太搭話。

「神田，如果你已經起床了就繼續除錯吧。」

從102號室探出頭的人是龍之介。

「啊，嗯嗯。」

「明天早上之前必須燒錄好提交用的ROM。沒時間了。」

「我知道。」

空太如此回應，回到自己的房間做除錯工作。雖然還有事需要思考，但現在要以明天就要提交的測試版為最優先。

2

隔天，順利將測試版交出去了。

「我的寒假終於來臨了～～……」

在燒錄完提交用的ROM時，精疲力盡的伊織如此說完就倒在空太房間的床上。

曲子原本不到預定的數量，但伊織在這一週內重新振作，總算完成了一定的規模。

隨著時間流逝，也許是想開了，伊織又開始積極地與栞奈攀談。

「喔，早安。妳今天也平坦到讓人覺得清爽耶。」

一早就性騷擾，但栞奈假裝沒聽見。

「飯煮好了喔～～！不好好吃飯可不會長胸部喔～～！」

如此大聲呼籲，栞奈也不予理會。

「幹嘛啊，妳今天心情也不好喔？」

「不要跟我說話。」

即使被明確拒絕也不氣餒，這才是伊織。

「我說妳啊，只有在對我抱怨的時候才顯得生氣勃勃呢。」

對於這樣的伊織，栞奈顯然感到不知所措。

剛開始，伊織因為尷尬而保持距離，現在卻一副忘了自己曾不小心告白的樣子對待栞奈，向栞奈攀談，一下子又拉回原本的距離。

栞奈想守住與他人之間的界線，伊織總是輕易就跨越了，而且還是以可以說是沒神經的少根筋方式……

有時栞奈會向空太投以求助的視線，眼神訴說著「請想想辦法」。

不過，空太會故意假裝沒發現。他希望栞奈自己能察覺到只要抓住伊織的手，就能輕易從自我封閉中脫殼而出……察覺到有一雙手一直伸向自己……察覺到伊織已經創造了她對別人敞開心胸的機會……希望她能發現。

這樣的伊織現在正躺在空太的床上一動也不動。

「伊織，要睡覺的話就回自己的房間去。」

「不，我今天要在這裡睡。」

「我的意思是這樣會造成我的困擾啦。」

「呼～～」

伊織已經睡著了。空太費了好大把勁才把他搬回１０３號室。

真白與麗塔搭乘隔天二十七日的班機前往英國。

「出門小心喔。」

「……嗯。」

出門前雖然有短暫交談，心靈卻沒有交流。即使有心想改善，空太卻找不到彼此都能接受的答案……

同一天的傍晚，栞奈也說要回老家。

「栞奈學妹也要回老家去啦。」

原以為她一定不想回家，所以老實說很意外。記得她曾經說過，母親再婚是她不太想回家的原因……

「因為暑假也沒回家，媽媽很囉嗦地叫我年底要回去。」

「她很擔心妳吧。」

「她只是想確認已經建立了新的家庭而已。」

「……」

雖然栞奈的口氣極其平淡，但其中包含的情緒卻很尖銳。

「與其被她死纏爛打地聯絡，不如回去一趟讓她滿意還比較輕鬆。」

栞奈如此說明完便點頭致意，帶著一個小包包回老家去了。

留在櫻花莊的還有空太、龍之介、伊織以及千尋四個人。空太也預計要在除夕夜回福岡老家。只是在那之前……空太還有重要的工作。

過了一夜來到二十八日，星期三。空太到了主辦「Game Camp」的主機廠商辦公大樓。今年最後一次開會，就是來聽測試版的評價。

儘管已經是年末了，商業區的氣氛卻一如往常，地下鐵的電車內還是常常能看到穿西裝的業務員。

雖然各地的學校已經放寒假了，但商業區還是照常上班，幾乎感受不到年節的氣氛。

空太與過來櫃台迎接的早川里美聊到這種不協調感時，她笑著說：

「嗯，我剛進公司的時候也這麼覺得呢。」

兩人搭上電梯。除了空太與早川以外沒有別人。

「高中的話，寒假大約是兩個星期？」

「差不多。」

「我們公司上班到明天，不過下午簡單打掃、會議之後，六點左右就全體都會下班……官方說法是這樣。」

「官方說法？」

「即將完成的遊戲企劃就沒辦法這樣了。」

早川調皮地笑了。她的表情正說明了今年也有這樣的企劃。

「新年是從四日開始。」

空太彎下手指數著。

「只放五天假耶。」

「每家公司都差不多，長假是學生才有的特權。成為社會人士之後，要休息整整一個月是不可能的事，就連一週的假都不確定能不能請到……所以要趁能玩的時候多玩一些才行。」

「說的也是。」

這番話應該很受用，空太卻不太有切身的感覺，因為一直以來都將長假視為理所當然，除此之外就不清楚了。沒有超過一個月的暑假，這樣的一年會是什麼樣的感覺呢？即使試著想像也意外地想像不出來。

「啊，不過就神田先生的狀況來說，現在遊戲開發工作正進入最重要的階段，可不是玩樂的時候呢。」

「……是啊。」

兩人說著說著，電梯也抵達了目的地樓層。早川帶著神田進入會議室。

「啊，辛苦你了。」

另一位負責人戶塚出來迎接。

會議室的電視接上了開發機材，畫面上已經啟動「RHYTHM BATTLERS」的測試版。今天到這裡的目的就是聽遊戲的評價。

空太感受到以往的進度會議中未曾有過的緊張感。戶塚與早川看起來則一如往常。

「那我們就開始吧。再等下去，也只會消磨神田先生的精神而已。」

緊張完全被看穿了。不過逞強也無濟於事。

「好了，請坐下吧。」

空太聽了便坐下來。

「首先要感謝你們提交測試版。辛苦你們了。」

空太點頭致意。

「老實說，沒想到完成度會這麼高，讓我嚇了一大跳。」

戶塚露出笑容。

「是這樣嗎？」

「這不能講得太大聲，不過委託外面公司做的遊戲作品測試版很多都不能玩，平衡感很差，錯誤又多，一下子就卡住了。」

從戶塚的口吻可以感受到他對某特定遊戲作品的怨念。這應該不是錯覺。也許是現在正在進行的企劃正好碰上了什麼問題吧。

在他身旁的早川則是不斷點頭表示同意。

空太只能露出苦笑。

「繪圖的品質很棒，對於一些陷入無法進入邊界的程式錯誤等細微的部分也處理得很好，感覺得出你們做得很用心。動作也很流暢，很不錯。」

「謝謝你的稱讚。」

這個部分是麗塔跟美咲做的，當然不可能不好。

「至於配樂的部分，就遊戲內容來考量會覺得能玩的曲子比較少，不過這點就當作將來會再增加，沒問題吧？」

「是的……」

語尾之所以有點虛弱是因為感到不安。曲子的部分取決於伊織的精神狀態，雖然現在有逐漸恢復的傾向，但不知道哪一天會不會又突然崩潰了。

「我認為遊戲一開始的平衡做得非常好。」

接在戶塚之後，早川也開口說了。

「將一個關卡分為『以爽快感為優先的嘍囉區』、『有新的操作模式需求的特殊區』以及『將之前在各關卡習得的操作模式總動員挑戰頭目區』，這樣能夠確實引導玩家，真的比較容易上手。除了可以慢慢熟練操作，也能以剛學會的東西為主軸去攻略頭目。這樣的順序安排玩起來感覺很暢快呢。」

「謝、謝謝妳的稱讚。」

早川指出的部分正是空太在設計等級的過程中最講究的地方，所以能確切體會到這一點的早川的評價更是讓人倍感開心。最希望別人看到的地方獲得了稱讚。

「最近海外公司的遊戲很常出現在頭目戰時突然要玩家做從沒做過的操作模式，這樣只會讓玩家感到不知所措。而且也不知道操作成功了會發生什麼事，只是默默照著做，就算突然出現華麗的招式，玩家也只會發愣，不會有成就感。我不喜歡那樣的遊戲。」

早川究竟又是在訴說對哪個遊戲的不滿呢？在早川的腦海中一定浮現出好幾個遊戲軟體吧。

「就是這樣，既然能順利得連早川都這麼有興趣，就請維持這個步調繼續開發吧。」

話題的主導權再度回到戶塚身上。

「好的。」

「只是，有一點想要討論，或者該說提議……」

「是什麼事？」

「就算短短的也無妨，要不要在各關卡之間加入劇情？」

為了讓談話更好懂，早川叫出了第二個關卡。目前各個關卡僅由空太所寫的簡單的敘事文來連結。

「不論是操作的角色或敵方角色，都設計得很有個性又可愛。是不是可以考慮在個性上多加著墨？」

「確實……」

由於每一個都是以動物為基調設計的角色，所以空太老實地對戶塚的提案點頭稱是。

「其實，這是藤澤先生的意見。」

「咦？」

「他今天上午因為其他會議來到公司……因為機會難得，就請他看了測試版。」

「原來是這樣啊。」

一想到和希看過，空太忍不住後知後覺地緊張了起來。

「反正也不用現在就在這裡做出結論，請回去與團隊成員再討論看看吧。」

「啊，好的。」

空太的注意力再度回到戶塚身上。

「視情況而定，原本預定二月底完成的日程再往後延也無所謂。包含這個部分在內，都可以再做討論。」

「我知道了。我們會再討論看看。」

接著在簡單地確認預定日程以及閒聊之後，會議便結束了。

早川送空太一個人搭上電梯。

只有空太一人的小盒子幾乎無聲地開始下降。

「好。」

空太鬆口氣般嘀咕，緊握右拳。

繪圖與配樂的評價極高，至於空太負責的等級設計也獲得好的評價。空太明白了犧牲睡眠時間完成遊戲確實是正確的。

雀躍的心情，心中滿是興奮喜悅。

然而在電梯抵達一樓時，空太也沒有讓這股喜悅爆發出來；即使離開了大樓，也沒有高聲歡呼；即使站在地下鐵的月台，也沒有喜形於色。

雖然腦袋裡已經陷入歡聲雷動的狀態，卻又察覺到還有個冷靜的自己孤伶伶地站著。

而且，那個傢伙還這麼說了。

——還沒結束。

在內心微微點了點頭同意，不斷重複著「正是如此」。

接著，原本欣喜若狂的腦袋急速失去熱度。

現在只不過是提交了測試版而已，只是稍微獲得還不錯的評價而已。

空太的目標是通過遊戲完成後的作品審查會，並取得商品化的權利販售遊戲，然後讓許多玩家玩並覺得「很有趣」。企劃成功後以此為基礎，未來也持續製作遊戲，有朝一日要與龍之介創立遊戲軟體公司。

現在連第一道關卡都還沒通過。

要感到開心，也該是在通過作品審查會這道巨牆之後。

並不是只要有趣就會通過，也不是做得好就會獲得好評。如果有別的競爭對手，還會被考慮是否能賣得比那個好。以公司的立場，必須讓高層找出對這個遊戲提出預算的意義。

大約十個月前……空太在一無所知的情況下挑戰了作品審查會，因為預想不到的理由而讓商品化的夢碎了。

當時，空太明白了決定預算有許多複雜的因素。現在回想起來，那是能了解這種社會結構的一次很好的經驗。

在自己伸手完全不可及的地方，有不認識的人決定了對自己而言很重要的事。這並沒什麼稀奇的，與空太等人是以什麼樣的心情工作、費了多少苦心製作一點關係也沒有。

話雖如此，倒也不是做什麼都沒用。只要從自己能力所及的範圍毫不鬆懈地做自己辦得到的事就可以了。

現在必須決定戶塚提議的劇情導入部分該怎麼做。

搭上進站的電車，空太拿出手機傳簡訊給龍之介。

——測試版的評價極佳。對方說希望我們照這個樣子繼續進行。

——這是當然的吧。

龍之介回傳自信滿滿的簡訊。

——不過，他們提了一個建議，要我們研究看看是不是要在各關卡之間加入劇情串連。

——原來如此。

——聽他們這麼說，我覺得加入會比較好。

——我也贊成加入劇情。不過，要找誰來寫？

——只能拜託仁學長吧。

——距離遊戲必須完成的時間還剩下兩個月。一月跟二月不是正好跟大學交報告還有期末考時間重疊嗎？

——先問問看他的檔期吧。還有，對方說在不得已的情況下，完成的日程可以延後。不過我認為應該堅守現在的日程規劃。

——為什麼？

——比方說，如果把開發日程延長一個月，中間不是正好會碰上畢業典禮嗎？到時候還要搬家什麼的，總覺得會兵荒馬亂，沒辦法集中精神。

——我也同意這一點。不過這麼一來，追加劇情就會變很難喔。可以的話，希望能在現在的開發環境完成遊戲，想在還住在櫻花莊的期間內完成遊戲。

——等我下電車再打電話問仁學長。赤坂這邊也去問問看麗塔跟伊織的意見。

——了解。

這時兩人的簡訊中斷。

電車內傳來廣播聲。下一站就是藝大前站。

空太一走出車站便收到來自龍之介的簡訊。

——關於追加劇情的部分，留學女跟鳥窩頭已經同意了。

——喔。

空太簡短回應，走在延伸至櫻花莊的路上打電話給仁。

第二聲鈴響時，電話接通了。

『要告訴我第一次的感想嗎？』

開玩笑的口氣。是仁。

「我絕對不會說的。」

『接到空太久違的電話，害我還滿心期待呢。』

「看學長這樣，現在應該方便講電話吧？」

話雖如此，電話另一頭似乎有些吵雜。仁正在外面嗎？

『只是在超市買東西而已，沒問題。』

從仁的聲音當中傳來「什麼什麼，學弟？是學弟嗎！」這陣熟悉的聲音。

「美咲學姊去那邊了啊。」

『昨天過來的。』

才想說沒看到她的人影，原來是去了大阪……

『今天好像要幫我做晚飯。』

「所以才一起逛超市嗎？真不錯啊。」

『哪裡不錯了。剛才跟住在附近的大學同學碰個正著，害慘我了。』

「學長怎麼介紹她？」

『美咲自己說「我是他的老婆。老公平日承蒙您照顧了」。』

「真壯烈耶。」

『可不是嗎？』

大概是沒聽到仁的苦笑，美咲心情超好地唱著「火鍋就是火鍋～～ＯＨ火鍋～～」。這麼幸福真是再好不過了。

『對了，你找我有什麼事？』

「我有事想拜託仁學長。」

『如果是關於結婚登記書的寫法，我可以詳細教你喔。』

「仁學長是想要多一點夥伴嗎……」

『因為沒有跟我有相同煩惱的朋友，讓我很困擾呢。』

「其實我是想拜託你關於遊戲製作的事啦。」

『是「RHYTHM BATTLERS」嗎？』

「是的。剛剛才跟負責人一起針對我們提交的測試版開會討論了……」

『真不像高中生會說的話耶。』

空太當做沒聽到仁的感想。

「負責人建議我們加入劇情。」

『原來如此。所以才找我嗎……』

仁似乎稍微沉思了一下。

「是的，可以拜託學長嗎？」

『就我聽美咲說的，遊戲預定完成的時間是在二月底吧？』

「是的。」

美咲似乎不時會問仁的意見，空太講話的同時還會聽到仁小聲地說「用蔥」、「應該用醬油底吧」、「清爽口味」之類的話。

『這樣的話，無論如何至少得在二月中旬完成腳本吧？』

「我想應該是。不過分量並不會太龐大……只要能準備串連關卡跟關卡之間類似紙戲的事件就可以了。」

『……嗯。』

仁煩惱地嘆了一口氣。

『如果要在一、二月寫可能會有困難。我也在一月有期末考，二月則必須交製作報告耶。』

「唔，果然是這樣。」

龍之介的預測漂亮地猜中了。

『在不知道還能分出多少時間的狀態下，恐怕很難接下來。』

「這樣啊……」

『真抱歉。』

「啊，不……」

不過這麼一來，就沒有其他能寫的人了。

『沒辦法拜託那個女孩子嗎？』

「咦？」

『呃，由比濱……不對，本名叫什麼來著？寫《灰姑娘的星期天》的那個女孩子。』

「栞奈學妹嗎？」

『對對，那個栞奈。既然住在櫻花莊，應該比較好拜託吧？』

「喔，嗯……」

『你那沒勁的回應是怎樣？』

「呃，只是想說風格不太一樣。」

『是嗎？從美咲做的3D模型質感看來，方向應該是走可愛的感覺，像童話那樣的故事應該不錯吧？』

「啊，是的，沒錯。有點像繪本的感覺。」

登場的角色幾乎都統一為Q版的動物設計。

『我覺得搞不好她意外地很適合喔。因為她的創作就是現代版的童話故事啊。』

「啊，原來如此……」

聽仁這麼一說就莫名可以理解。確實正是如此。

『而且新作品也有這樣的氛圍。』

「咦？新作品？」

『什麼啊，你不知道嗎？上星期上市了吧。』

「啥？咦？我沒聽栞奈學妹提過耶。」

空太確實知道栞奈在寫新作品，但沒想到竟然已經出版了。空太擅自認為如果上市了，栞奈應該會告訴他。

『算了，她不想告訴空太的原因，就連對她不太熟悉的我也能理解就是了。』

這說法別有深意。

「什麼意思？」

『看完你就會知道了。』

「喔……」

現在也只能如此回應。

這次究竟會是什麼樣的內容呢？就她之前所說的，應該是戀愛故事。一名不起眼的女孩子喜歡上已經有可愛女友的男孩子的故事……

「……」

空太好像隱約了解了仁想說的話。要看的話就要有相對的心理準備。話雖如此，既然想拜託她設計劇情，不看她的書就去問她未免也太失禮了。

然而，還有其他應該擔心的問題。

最大的問題就是，究竟栞奈會不會有興趣？還有，如果拉她進來製作團隊，主要是伊織的精神狀態不會有問題嗎……即使導入了劇情，配樂的部分要是來不及或者導致品質下降，那就本末倒置了。

看來難度很高。

『話說回來，空太。』

空太陷入沉思之際，仁出聲喚了他。

「是。」

『你跟真白最近還好嗎？』

「……學長這是明知故問吧？」

『你是指什麼？』

仁狡猾難纏地回應。

「我是說聖誕節吵架的事。」

空太放棄了，自己坦白。

『嗯，我知道這件事。』

「是美咲學姊說的吧。」

『在她告訴我之前，龍之介就傳簡訊過來要我想辦法處理，說你們兩個真是太不成熟了。』

仁笑著說。

『剩下的狀況大概聽美咲說了。那麼，空太你怎麼想？』

「……我也明白真白所說的。不過，我希望她也可以理解我說的話……因為對她來說，現在正是關鍵時期。」

『不過，聖誕節對兩個人來說也是重要的日子吧？』

約好了要一起過，彼此為了這一天騰出時間，努力地想要開心度過。正如仁所說的，聖誕節是個重要的日子。

「我也明白這天很重要。我也這麼認為。」

『這樣啊。』

「我以為就算是這樣，真白也會放棄約會，選擇漫畫。」

深信絕對會是這樣。

『然而，結果卻不是這樣。也難怪你會不知所措。』

「一定會這麼覺得吧。她為了成為漫畫家從英國來到這裡……從開始連載以來，她也一直為了讓更多人看她的漫畫而努力至今。」

『不過，這也表示真白有多重視跟空太一起度過的時間吧？』

「……」

『況且因為彼此不斷錯過導致沒能好好約會，也不難理解她會萌生「連聖誕節也沒約會，那我們為什麼還要交往？」的不安情緒吧。』

「這……」

仁極為精確地點出癥結。就感情方面而言確實如此。平常的約會也減少，也沒在房間裡談情說愛，就連重要的聖誕節約會也取消了，也沒能約接下來的約會……這種狀態下的空太與真白真的稱得上是在交往嗎？又是為了什麼而交往？一旦發現這股不安，就能理解真白那天為什麼會生氣，也明白隔天早上甚至提到了七海的原因。理解是理解了，然而……

『被我這麼一說就束手無策了嗎？』

「仁學長的意思是我錯了嗎？」

『不，就心情上來說，我反而比較能體會空太想說的意思。全部都想擁有，那是真白的任性吧。至少關於聖誕節那一天的事，約會或漫畫……明明只能選擇其中一個，卻說了兩個都想要而不想放手。』

「既然這樣……」

仁打斷想要插嘴的空太，繼續說道：

『只是，我看著美咲然後懂了一些事。改變自己、折衷或妥協……因為她不習慣做這種事，才會伸手想抓住全部。大概是不懂得放棄吧。我也沒辦法說這樣是錯的。』

「……」

一直認為自己知道，真白比誰都不服輸……對於想要的東西就會竭盡全力爭取。那一天也是如此。

『哪個正確、哪個又是錯的……有些事沒辦法用這種二選一來分清楚。』

仁的聲音很溫柔。

『這不是誰贏誰輸的問題。不論是空太的主張或是真白的心意，也許兩個都對也都錯。決定黑或白可能心情上會比較輕鬆，但一旦決定又會產生爭執。』

仁說這些話一定也加進了自己的經驗。

決定要去大阪的仁；說著不想分開的美咲。

就結果來看，雖然仁去了大阪，但這應該跟仁原本所想的形式有所不同。原本下定決心四年內都不再跟美咲見面，然而分開時暫時寄放的結婚申請書卻被美咲很乾脆地送了出去，結果變得跟預想的狀況不同。現在美咲去大阪見他，他似乎也已經接受了。

「不過，也不是要我就這樣放著不管吧。」

『那當然啦。』

「那我到底該怎麼做……」

『到頭來也只能繼續面對吧。』

仁自言自語般嘀咕。然而，空太對此無法認同。他還沒到達跟仁有同樣感覺的境界。而仁所說的結論，聽起來也像是要人朝正面的方向妥協……

之後兩人閒聊了一陣子便掛掉了電話。

空太把手機收回口袋，抬起頭來。緩坡向前延伸，爬上緩坡就是櫻花莊了。

「我回來了～～」

空太對著空無一人的玄關說道並脫下鞋子。

「嗯？」

角落有一雙沒見過的淺口跟鞋。是千尋新買的嗎？不過看起來又不像新鞋子那麼亮晶晶。

正想著是不是有誰來了的時候，飯廳的門打開了，千尋從裡面探出頭來。

「神田，你過來一下。」

千尋招手要空太過去。

「什麼事？」

「快點。」

「是，是。」

「用衝的。」

「走廊上不能跑啦！」

空太心不甘情不願地快步走向飯廳。

除了千尋，還有另一個人在。不是龍之介也不是伊織，是真白漫畫的責任編輯飯田綾乃，坐在圓桌旁的椅子上。

「我來打擾了。」

「咦？奇怪？為什麼飯田小姐會在這裡？」

真白昨天就去英國了。該不會完全沒報告就跑回家了吧？真白有可能會做這種事。

「我今天是來找千石老師跟神田同學的。」

「找老師跟我嗎？」

千尋大概已經先聽說了，看起來並不感到驚訝。

總之得先了解是什麼事，空太乖乖坐下。

「可以請你看看這個嗎？」

綾乃將放在餐桌上的筆電畫面轉向空太。

螢幕上顯示出某網站的畫面。是有關動漫的次文化情報整合網站。

首頁標題以粉紅色字體寫著——

——「超可愛的女高中生漫畫家」。

「這是……」

當然是有關真白的報導。

將頁面往下拉，上頭記載著詳細的經歷。在知名的繪畫比賽上得獎的經歷，上面有許多張相關的頒獎典禮紀念照，以及與海外知名人士握手、身穿禮服的真白照片，比現在更給人稚嫩的印象，是在英國時期的真白。

網頁上有許多像是「超可愛」、「真人妖精」、「藝人看了都想掉眼淚吧」、「還有沒有其他照片？」等意見。

很熱烈的盛況。

「上週發售的第二集賣得非常好。雖然已經印了相當的數量，卻還是追不上……現在別說是書店了，就連我們都沒有一、二集的庫存。」

「這樣啊……」

空太看著報導含糊地回應。

「所以剛開始是因為哪裡都買不到而成為話題……大概是從前天開始，話題轉變成對椎名小姐本人有興趣了。」

而空太正在看的彙整報導就是這樣的結果。

「現在編輯部湧進了許多詢問信。」

「這有什麼不好的嗎？」

「就做生意來說非常好。這正是椎名小姐的漫畫受到矚目的證據。」

「我想也是。」

實際上如果單行本的銷售狀況也很好，應該就無從挑剔了。然而，綾乃卻露出複雜的表情。

「只是以前也出現過對漫畫家的隱私也感到好奇的粉絲，在漫畫家非常年輕或漂亮的情況下尤其顯著。」

綾乃一臉傷腦筋的表情。

「以前還發生過漫畫家被鎖定住家，遭偷拍或跟蹤的情況。也有漫畫家因為這樣，被迫暫時休刊……」

空太慢慢理解她想表達的意思。

「尤其是椎名小姐，應該不需要我現在特別對你說明。她長得很可愛吧？再加上經歷也是特例……所以跟總編討論之後，覺得應該要小心一點比較好。」

「所以你們打算怎麼做？」

「幸虧她現在回英國去了，在她回來之前還可以看一下狀況。不過要是寒假結束後還持續這樣的騷動，為求慎重起見，請容許由我們來保護椎名小姐一陣子了。」

空太瞥了千尋一眼，發現她只是不發一語地聽著，感覺到目前為止都了解了。

「像是訂公司附近的飯店房間，等事件逐漸平息。」

「這樣啊，我明白了。如果真的發展成那樣，就有勞你們了。」

空太反射性低頭致意。

「你無所謂嗎？」

抬起頭來，與一直只是默默聆聽的千尋對上視線。

「沒什麼有沒有所謂的吧。畢竟要決定怎麼做的人是真白。」

「你最近不是才因為太明理而搞砸了嗎？」

「……」

千尋說的是聖誕節的事。

「嗯？發生什麼事了嗎？」

綾乃靠了過來，講悄悄話似的問了。

「原本聖誕節跟真白約好了，結果卻泡湯，就有點……算是吵架吧。」

「咦？聖誕節……啊！那該不會是我害的？」

「啊，呃……」

「唔哇，真是對不起。這樣啊，說的也是，畢竟那天是聖誕夜嘛。哇～沒有注意到這一點，真的很對不起！」

綾乃雙手合掌，搓著手低頭道歉。

「沒、沒關係啦，真的。反正這是遲早都會浮上檯面的問題。」

空太確實認為這只是遲早的事。

即使聖誕節當天兩人得以開心共度，近期也一定會再發生類似的磨擦。只要空太熱衷於遊戲製作，而真白繼續追尋畫漫畫的夢想，一定會在某個地方心意無法相通，這是早晚會出現的問題。

「所以真的不用在意我，飯田小姐請跟真白兩個人決定就好了。」

「我知道了。改天我再跟椎名小姐商量看看。」

這時，空太背後傳來開門的聲音。

「啊，空太學長，你回來啦。」

進來的人是伊織。大概是肚子餓了，他開始翻起冰箱裡的東西，拿出來的是手掌大小的塑膠盒——布丁。

「學長，我要是吃了這個，會有什麼下場？」

蓋子上用麥克筆寫著「栞奈」。

「我覺得你會被宰個半死吧。」

「可是，保存期限只到今天耶。」

栞奈回老家了，人不在櫻花莊，在過完年以前應該都不會回來。

「那應該就沒問題吧？」

在空太同意之前，伊織已經打開蓋子。

「我要開動了。」

說完兩口就把布丁吃完了。記得以前美咲曾說過布丁是飲料之類的話，伊織的吃法正是這種感覺。

「伊織，關於劇情的部分我有事想商量，能不能跟赤坂說一聲，到我的房間集合？」

「胸罩（註：與「了解」日文音近）～～！」

即使飯廳裡有兩位成年女性，伊織仍毫不客氣也沒有羞恥心，何等英勇無比。也許是失戀的創傷也癒合了，最近精神已經恢復得差不多了。

「DRAGON學長～～！空太學長回來了喔～～！」

伊織一邊大聲說著一邊走出飯廳。

「那麼，我也先失陪了。」

「神田。」

「是？」

「雖然對現在的你說了也是白說，不過我還是要把話說在前頭。」

「什麼事？」

「現在不是只為了未來而存在。」

「……」

「你明白我想說的意思吧？」

聽到的這一瞬間，空太的腦海閃過藤澤和希說的話。

——自己的未來，已經從現在開始了。

是鼓勵了空太，現在仍深信不疑的一句話……

「老師在學生時代跟藤澤先生發展不順利，也是因為這樣嗎？」

「既然知道就不用再多說什麼了。」

千尋揮了揮手催促空太離開。

空太回到自己房間時，龍之介與伊織已經在裡面等他。

「有關腳本的部分，仁學長婉拒了。理由就像赤坂所說的，一、二月因為要交製作報告還有考試，檔期上有困難。」

「咦～～怎麼會這樣～～」

伊織似乎覺得很可惜，龍之介則是一副早在預料之中的模樣，表情完全沒改變。

「神田，你有想到其他方法了嗎？」

「其實是仁學長建議的，我想去拜託栞奈學妹看看。」

「咦？拜託絕壁女嗎！」

不出所料，伊織非常吃驚的樣子。

「小說跟腳本看似很像，其實是完全不一樣的東西。她能寫嗎？」

龍之介提出非常基本的問題。

「這一點不問問看本人也不會知道，當然也要看她有沒有意願。所以我想說去拜託她之前先問問看赤坂跟伊織你們的意見。」

「我沒有異議。神田你擔心的應該是鳥窩頭吧？」

「嗯，是這樣沒錯。」

空太與龍之介的視線投向伊織。

「我也沒問題。」

伊織若無其事地回應。

「可以嗎？」

「因為那傢伙不是常一副很無趣的樣子嗎？我想讓她一起製作遊戲，了解其中的樂趣。」

「這樣啊。」

「就是說啊。而且我從沒見過那傢伙笑的樣子。」

「她跟同班同學在一起的時候看起來很開心啊。」

「神田你應該早就發現了吧，她那只是裝出來的笑容。」

「……嗯。」

雖然口氣冷淡，不過龍之介意外地很仔細觀察住在櫻花莊的人。

「好，那麼，既然伊織覺得沒問題，我就去拜託栞奈學妹看看。」

話雖如此，現在栞奈不在櫻花莊，回老家去了。雖然也可以打電話，不過還是面對面討論會比較好吧。栞奈不同於很了解狀況的仁，應該從沒接觸過電玩製作，也需要先稍微彙整一下希望的內容資料。

「我會在回福岡的期間整理好腳本與希望的內容，等栞奈學妹回來再跟她討論看看。」

「好。」

原以為伊織多少會覺得在意，沒想到他卻充滿了幹勁。

「那我就在寒假期間準備好事件用的引擎工具。」

「拜託你了。」

就這樣，關於腳本的話題暫時告一段落。

3

依照原預定行程，空太準備在除夕夜回福岡老家。

過中午後從櫻花莊出發前往羽田機場，途中在書店買了栞奈的新小說《王子給的毒蘋果》，打算在路上看。

轉搭前往機場的紅色電車並坐下來。書看著看著就到了國內線航廈。由於驗票閘口與大廳銜接，非常方便。

完成搭機手續後，等待班機時間。空太在這段期間也在看栞奈的小說。

大約三十分鐘後傳來前往福岡的班機的廣播，空太也配合周圍的人潮排隊進登機門。

又過了十五分鐘，空太所搭乘的飛機順利從羽田機場起飛了。

等座位安全帶的警示燈熄滅後，空太再度翻開小說。

——我今天也將吃下蘋果。

開頭的故事以這樣一句話開始。

故事的主角是一位剛升上高中一年級的十五歲少女，在班上不特別起眼，也沒有什麼突出的優點，硬要說的話就是成績很好。然而，那只是因為她沒有放學後可以一起玩的朋友，為了打發時間才念書而已……少女以獨白如此敘述。

對於天真地說著「妳頭腦真好呢～」並靠近自己的同班同學，少女便會說「沒那回事啦」採取安全的回答，每次考試就會重複這樣的情形。對於這樣的每一天以及不斷說著類似對話的同班同學們，少女在內心後退一步冷漠地觀察。

無聊、無趣、平淡又微不足道的每一天。

——世界是灰色的。只覺得世界看起來是灰色的我，說不定是迷路誤闖人類世界的魔女。

獨白般的文章帶有靜靜的魄力，彷彿能聽見少女痛苦的呼吸聲。

某天，這個少女弄丟了寫滿了「自己真實的內心話」的日記。

對班上同學投以冷漠視線；臉上的笑容只是應酬陪笑；心中覺得怎樣都無所謂，卻還是附和周圍的人；以及世界看起來只像是灰色的……

要是被誰看到了，世界就會被塗成漆黑而結束。

撿到充滿少女「真實」的日記的人，是一名三年級的學長。

——「你看了嗎？」

——「想說看了就會知道是誰遺失的東西。」

——「你看過了吧。」

——「抱歉，我是看過了。」

——「那麼，請你去死。」

——「我知道了。我們一起吃這個蘋果吧。」

——「什麼？」

——「毒蘋果。」

先咬了一口的學長把蘋果遞了出來，少女無可奈何地吃了一口，心中想著即使是毒蘋果也無所謂……

然而，裡面並沒有毒。

——我瞪著學長，他卻說：「那是從校長室借來的。這麼一來，我們之間就互有祕密了吧？」接著笑了。

在這一瞬間，原本灰色的世界裡只有學長有了顏色。

與學長相遇之後，少女的日常生活一點一點逐漸改變了。少女總是在尋找學長的身影，就連上學這件事也變得令人期待。

然而也因為這樣，少女立刻就發現了殘酷的事實。

學長有女朋友了。

——是一名妖精般美麗的女孩子。

要是知道時就能放棄該有多好。然而，少女無法忘懷。每當少女尋找學長的身影，便會因為他的笑容、溫柔的聲音都只為了不是自己的『她』，而一個人不斷受到傷害。

——根本比不上她。因為如果不施魔法，就連詛咒別人都辦不到的魔女贏不了美麗的妖精。

因此，少女連挑戰都沒試過。

即使如此，少女就像尋求亮光般持續追逐上了色的學長，同時感到痛苦、不斷受傷……只是，即使只有一瞬間也好，希望學長的視線停留在自己身上——少女如此期望著……

最後……

——所以，我今天也將吃下蘋果，一邊祈禱著這會是毒蘋果。

就這樣結束。

「……呼。」

空太讀完後把書闔上。

出道作品《灰姑娘的星期天》也是這樣，讀完後不舒服的感覺極為強烈。現實被血淋淋地呈現在眼前，陳述著這世上並不都是快樂的結局。

空太同時也抱持著一個疑問。

究竟少女是真的戀愛了嗎？少女所尋求的是來自學長的愛情嗎？

感覺似乎不是這樣。她想要的，是把她帶離灰色的世界。這與喜歡或希望對方喜歡自己——這樣的心情應該是不同的。

空太把闔上的書收進包包裡。

看了窗外，眼底是廣闊的福岡街道。

馬上就要到了。

來到福岡機場的空太搭乘電車前往離家最近的車站。由於機場在市區裡，交通方便，搭車也輕鬆。

約四十分鐘後到家。在吃晚飯前，先幫忙已經先回來的優子做作業。

過了七點，一家四口圍著餐桌開始今年最後的晚餐。坐鎮在餐桌正中央的是內臟鍋，今天是味噌湯底。原本只是父親因職務調動而來到這片土地，現在則已經完全染上當地的味道了。內臟越咬越有味道，獨特的口感讓人一吃便上癮。

「空太三月也要畢業了呢。」

母親不經意地如此說道。

「好不容易優子也念了水高，跟哥哥的校園生活竟然只剩下兩個月，真是太過分了！」

坐在旁邊的優子一邊將明太子放到白飯上一邊憤慨地說著。

「啊，對了！優子想到好主意了！」

「我可不要留級喔。」

空太搶先把話說在前頭。

「大受打擊～～！」

「難道妳就沒有想祝福哥哥畢業的坦率心情嗎？」

「沒有喔！」

「竟然沒有啊……」

兩人對話中斷時，空太不經意偷看了一下父親。他正默默吃著內臟鍋，一打算避開韭菜，坐在旁邊的母親就會用湯勺舀大量的韭菜放進他碗裡。

「你會吃吧？」

「……嗯。」

這次則默默地開始吃起韭菜。

「總覺得今年好安靜呢～」

母親如此嘀咕。

「是嗎？我覺得很平常啊。」

一家四口隨意地看著電視上播的紅白歌合戰。「完全搞不懂現在的歌」——父親說完後便喝起啤酒。

是熟悉的年末光景。

「去年空太還帶了四個女孩子回來，很熱鬧耶。」

是不是多了一個？

「真白、七海、美咲，還有小町。」

「小町是貓啦！」

正確來說，是三個人與一隻貓。

「真可惜，空太的搶手期已經結束了啊。」

「那種狀況光去年就夠了。」

「就是啊～空太都已經決定只專情於真白了嘛。」

「噗～～！」

空太把含在嘴裡的茶噴了出去。他心想要是直接命中火鍋就完了，因此轉過身直接噴到優子身上。

「嗚哇！哥哥好髒喔！」

「抱歉，優子，不過我現在沒空理妳。為什麼媽媽會知道啊！」

「優子很滑稽地告訴我了。」

「這樣啊……」

徹底忘記要封住優子的嘴了。不，就算叫優子別說，她應該也不會遵守約定，而且大概會被敏銳的母親套出話來。

「不過，明明有了那麼可愛的女朋友，你卻沒什麼精神耶～～」

「沒、沒那回事啦。」

雖然試圖掩飾，聲音卻莫名變調了，簡直是自掘墳墓。

「啊，我告訴妳喔，媽媽！」

擦完臉的優子把身子探了出去，臉正好在火鍋上頭，於是一個人嚷著「唔哇！好燙！」吵吵鬧鬧的。

「這樣啊，跟真白在聖誕節吵架了啊。」

「為什麼妳連這種事都猜到了！」

優子明明什麼都還沒說，竟然連時間都猜得這麼準確……要是繼續待在這裡，空太恐怕會被扒個精光，還是早點退場才是上策。

「我吃飽了。」

空太從座位站起身，收拾餐具。

「我洗澡排最後就好。」

如此說完便逃也似的離開家庭餐桌。

「啊！等一下啦，哥哥！至少在家裡的時候多寵一下優子嘛！」

空太當然不理會她，前往自己位於二樓的房間。

事實上，他還有一刻不得閒的事由。

在回櫻花莊之前，還得先彙整好劇本需求資料才行。

遠處傳來除夕夜的鐘聲。

作業告一段落，空太決定先去洗澡。

他泡在浴缸裡不經意地數著鐘聲。敲響一百零八次之後應該就是新年了。

空太茫然地望著天花板。

「……還有兩個月就要畢業了啊。」

茫然想起晚餐時母親與優子說的話。

畢業典禮是三月八日。

實際上只剩下兩個月左右，卻意外地沒什麼真實感。沒有興奮的感覺，也不覺得緊張或焦慮。空太可以說是無感到了對於畢業這個詞彙完全沒什麼想法。

倒也不是沒有感慨，有的是在水高度過了三年歲月的真實記憶與感覺。然而，沒有特別開心或後悔。如果時間繼續逼近，是不是就會有所改變呢？

真要說起來，去年還比較強烈地意識到畢業這件事。當時三年級的美咲與仁畢業，有兩個人離開櫻花莊的現實對空太而言是一件大事。

一旦換自己變成了畢業生，內心卻沉穩得令人吃驚。

「真是不可思議啊……」

是不是自己在這一年當中，不知不覺已經為畢業做了準備？不過完全沒有這樣的感覺……

也許是因為有太多要去面對的事了。就連現在也是這樣，大概有一半的意識都被腳本的資料一事所占據。

目前的作業都很順利。照這樣子看來，明天說不定就能成形了。

「……接下來才是問題。」

誰也沒辦法保證栞奈會願意幫忙，日程也很緊湊，感覺應該沒那麼容易。

況且空太在讀完《王子給的毒蘋果》之後，也沒辦法一派天真地跑去拜託她。

「不弄清楚不行吧。」

空太這麼說給自己聽。

只要直接告訴栞奈，空太喜歡的人是真白就好了。

只不過，現在的空太沒自信能輕易說出對真白的感情。

聖誕節事件的影響還在。

在還有所迷惘的時候與栞奈談話，也只會被她看穿。在心情搖擺不定的狀態下面對栞奈的心意也很失禮。

空太必須先消除自己內心的迷惘才行。

在那之後才能說清楚。

「……話是這麼說啦……」

空太仍不知道該往哪個方向邁出腳步。沒有任何指標。

他緩緩吐了口氣，這時響起了不知道是第幾次的除夕夜鐘聲。空太進入浴室已經是今天即將結束的十分鐘前，因此也差不多要敲響最後一次鐘聲了。

空太豎起耳朵，等待接下來的鐘聲。

「……」

等了一會卻沒聽到鐘聲。看來剛才那次似乎就是最後一響。

「既然已經聽到除夕夜的鐘聲，差不多也該起來了。」

空太喃喃自語，並從浴缸站起身。

幾乎就在同一時刻。

「新年快樂！」

伴隨著這樣的歡呼聲，浴室的門豪邁地打開了……

出現的人是父親。光著屁股的父親，也是剛出生狀態的父親。

「嗚啊啊啊！你、你在幹嘛啊！」

空太慌張地蹲回浴缸裡。

「搞什麼啊，你連新年的問候都不會嗎？新年快樂。」

父親大步走進浴室。

「在你的腦袋裡慶祝就夠了啦！幹嘛進來啊！」

父親完全把空太的抗議當耳邊風，一屁股坐在蓮蓬頭前開始洗頭。

「你有沒有在聽人家講話！」

「一天到晚老是哇哇叫的，真是吵死人了。你對我難道就只有抱怨嗎？」

「對啦！就是這樣！」

父親毫不在意，接著開始用菜瓜布刷洗身體。

「我難得想傾聽你的人生煩惱，真是沒禮貌的傢伙。」

「現在這一瞬間造成我史上最大的煩惱，就是你啦！」

「你對親生父親說這什麼話？真想看看你父母長什麼樣子。」

「你知道自己在講什麼嗎？」

就在這個時間點，父親用臉盆舀了熱水從頭頂一股腦倒下來。

「嗯？你剛說了什麼嗎？」

多虧如此，他似乎沒聽到空太的抱怨。

而且還趁著空太低頭沮喪的時候，企圖進去浴缸裡。

「嘿咻。」

「啊～～！屁股！」

「我洗得很仔細，所以很乾淨喔。」

「就算這樣也不要把屁股頂到別人面前！」

空太慌張地從浴缸逃出來。

都已經是高中生了，要是還跟父親一起洗澡會要人命。

「對了，你不是在煩惱什麼事嗎？」

占據整個浴缸的父親一臉正經地問了。

空太確實在煩惱。這是事實。而且更令人困擾的是完全還沒找到解決的頭緒。溺水想抓住稻草求生，大概就是指這種狀況吧。

總之，就把死馬當活馬醫吧。

雖然難以想像，不過父親應該也有過像空太這樣的年紀。與母親結婚之前，應該多少吵過架才對。

「……那我問你喔。」

「什麼事啊？我的兒子。」

「別加上『我的』啦，聽起來很像有別的意思！」

「腦袋裡頭淨是些低級笑話，你是小學生嗎？看來你長大的只有身體跟那裡而已啊，真是不像話。」

「你的發言才更不像話啦！想害我休克死亡嗎？」

「所以是什麼事？趁我還沒泡昏頭動不了之前，趕快處理完吧。」

「老爸跟媽媽有過意見完全分成兩派的時候嗎？」

「你是說蕎麥麵派還是烏龍麵派的問題啊。」

父親自顧自的表示理解，用力點著頭。

「才不是！」

「我想你應該知道，我是蕎麥麵派，而媽媽是烏龍麵派。」

「不，我才不知道啦！第一次聽說！」

「那是在我跟媽媽剛開始交往時的事了。」

「這個話題可以不用繼續啦……」

「我在約會途中一個不小心說了太多蕎麥麵的好話，結果兩個人大吵了一架耶。」

仰望著浴室天花板的父親視線直盯著遠方。

「你到底有沒有在聽人家講話啦！」

「只要我想找她說話，她就會笑容滿面地對我說：『哎呀，蕎麥麵派的神田先生，找烏龍麵派的我有何貴幹嗎？』這種驚悚的日子持續了整整一個月……」

雖然有許多可笑的地方，但感覺確實很煎熬。

「那你們是怎麼和好才又結婚的？」

「在那之後已經過了將近二十年，但蕎麥麵派與烏龍麵派的戰爭現在還在持續進行。」

「啥？」

「並沒有簽訂蕎麥麵與烏龍麵的和平條約。」

「也就是你們並沒有和好？」

撇開這個不談，這兩個人到底有多堅持蕎麥麵跟烏龍麵啊……

「但是，這件大事讓我變成了大人。」

「這樣嗎……」

「真不該找他商量」的後悔不停湧上心頭。

「人是各自都不相同的生物，沒有人會跟自己一樣。」

「是啊。」

空太毫無感情地回應。

「最重要的並不是我是蕎麥麵派，也不是媽媽是烏龍麵派。最重要的，是我愛著烏龍麵派的媽媽。」

「……」

為什麼這個父親總是會突然說出好話呢？所謂的父親就是這樣的生物嗎？

差點就要因為是蕎麥麵跟烏龍麵而左耳進右耳出了。然而對現在的空太而言，這正是當頭棒喝的一句話。

應該注意的並不是那唯一的相異點。重要的是包含那一點在內，自己是如何看待對方的。

雖然吵架了，但對真白的感情不會改變。沒有改變。相反的，因為面臨這樣的事態，反而用比以前更多的時間在思考真白的事。

因為退一步客觀地分析，空太得以再次確認自己情感的強度。

更沒想到竟然會是被父親點醒……

「你竟然能完全不難為情，以光著屁股的裸體狀態對兒子闡述愛啊！」

「空太，你完全誤會一件事了。」

「誤會？」

「我現在可是難為情得要死哦。」

「你在跩什麼啊！」

「空太。」

「有何貴幹？」

「我泡昏頭了，動不了。幫幫我吧。」

「今年竟然也這樣！」

「喝完酒跑來泡澡果然不太好啊。」

父親癱在浴缸裡。

「你也完全得不到教訓啊！」

「明年我會注意的。」

「你打算把這個當成每年都要辦的活動嗎！拜託不要這樣！」

空太逼不得已，只能把赤裸裸的父親從浴缸裡拉出來。

「空太。」

「蕎麥麵跟烏龍麵，你是哪一派？」

「又有什麼事？」

「你可不可以稍微閉嘴啊！」

才剛迎接新年，空太靈魂深處的吶喊連續兩年迴盪在神田家的浴室裡……

之後空太依照原定計畫在老家待到三日。他在這段期間整理帶回家的腳本資料，剩下的時間就陪優子做功課。

然後搭四日的飛機從福岡出發。

「下次要帶真白回來喔。」

送空太到機場的母親如此說了。

「我會積極研究看看。」

空太姑且這麼回答。

真白從英國回來後再好好跟她談談吧。要將現在自己的心意完整地告訴她。

空太在回程的飛機上如此下定決心。

4

短暫的寒假結束後，對空太等三年級生而言最後的學期來臨。

始業式後的班會時間，感覺得到每個人都為畢業做了心理準備。感受到對考試的焦躁伴隨著對所剩時間的憂愁，混雜在一起的情緒化成不安，瀰漫在教室裡。

幾乎每天都會見面的同班同學，一起在這教室度過的時間也僅剩兩個月。而且之後就不硬性規定要來學校，班上同學全員到齊的機會究竟還有幾次呢？

班會結束後，空太沒有去接真白，而是走向屋頂。

一階一階踩著樓梯往上爬。

踏上最後一階，站在金屬門前。

以身體推開沉重的門，忍不住因冷風而縮起身子。

然而往外踏出一步，填滿視野的遼闊藍天讓人心情變得輕快。

「嗯～～嗯……」

伸懶腰後仰望天空，是晴朗無雲的好天氣。

除了空太以外沒有其他人，根本就是包場。即使穿著外套還是會覺得冷的冬季時節，不太會有學生到這裡來。

空太在距離門口最近的長椅上躺下，仰躺著視野裡只有天空，沒有任何妨礙。很不可思議的，比起站著的時候感覺風聲更近了。

視線隨意地追逐著流動的薄雲。

意識逐漸遠離身體。

風中似乎還混雜著門打開的聲音。

才想著也許是錯覺，突然間空太的視野被影子所覆蓋。

「在這種地方摸魚沒關係嗎？」

探頭過來看著空太的臉的人，正是栞奈。

她用手按住隨風飄逸的髮絲。

「要是不趕快回去做遊戲製作的工作，赤坂學長可是又會生氣喔。」

「還又咧……講得好像我一天到晚都在惹他生氣。」

「不是這樣嗎？」

「是這樣沒錯。」

「既然這樣，還是早點回去比較好吧。」

總覺得今天栞奈看起來心情好像很好。

「遇到什麼好事了嗎？」

「……」

栞奈露出不解的表情。不過，立刻又像是想起了什麼一樣問道：

「我看起來有那麼開心嗎？」

「因為栞奈學妹難得會主動找我閒聊啊。」

「……」

栞奈看似正在考慮要不要說。

「……多虧了空太學長。」

抬起頭的栞奈視線轉向從屋頂看得到的景色。

「嗯？我？」

「……因為學長很傷腦筋，所以我心情很好。」

「原來如此……」

空太馬上就懂了栞奈所指的是自己與真白吵架的事。

「不過，我現在正在等那個真白喔。」

「……因為那是學長負責的工作吧。」

反過來看，聽起來像是「並不是因為是男朋友」的意思。栞奈是故意要這樣說的吧。

空太當做沒聽到，繼續說明：

「現在真白跟千尋老師到校長室去了。」

結果在寒假期間，讀者們對真白的興趣仍未冷卻下來。相反的，還因為單行本在每家書店都銷售一空，導致這股熱潮有增無減。比起作品本身，許多評論更傾向對真白個人感興趣，像是「她真的跟天才畫家是同一個人嗎？」、「現在人在日本嗎？」、「沒有最近的照片嗎？」或是「不，這個年紀反而最棒吧」等毫不顧忌的評論不斷增加。

空太從這些當中看到了不容忽視的評論。

——水明藝術大學的展示大廳有椎名真白的作品。

這樣的留言。

那是以前真白受大學之託，致贈了在課堂上畫的作品。

實際上似乎真的有在寒假期間跑來確認的讀者，網路上還貼了幾張大學展示大廳的照片。理所當然的，也開始有了「大學有附屬高中，該不會是那裡的學生？」這樣的臆測。

始業式的前一天，也就是昨天……真白從英國回來後，便與綾乃討論接下來該怎麼辦。

「空太你無所謂嗎？」

聽完綾乃的說明，真白只問了空太一次。

「我覺得這方面還是交給飯田小姐比較好。」

「……這樣啊，我知道了。」

任誰看來應該都不覺得真白接受了。即使如此，真白對於這樣的決定也沒提出異議。

就這樣，隔天真白便與千尋一起去向學校說明，主要是要說真白暫時不會去學校。

而空太正在等她們說明結束。就像栞奈剛才說的，因為空太「負責照顧真白」，必須帶她回櫻花莊。

已經安排好了，過了中午將由綾乃來接她離開。

「倒是栞奈學妹，為什麼會到這種地方來？」

「不管我在哪裡做什麼，應該都不關空太學長的事。」

「只要不是做危險的事，像是夜遊之類的。」

「……從那次之後，我就沒再做過了。」

栞奈明顯地露出不高興的樣子。

「託學長的福，害我沒辦法抒發壓力，正覺得很傷腦筋。」

「妳可不能又因為這樣就不穿內褲，那對心臟也不太好。」

「……」

從她沒有斬釘截鐵地否認看來，這方面的習慣搞不好還沒改過來。

「算了。不過這樣剛好。」

「……」

栞奈透過眼鏡鏡片投以疑問的視線。

「我有話要跟栞奈學妹妳說。」

栞奈從老家回來是昨晚的事。空太因為真白的事而兵荒馬亂，還沒機會向她提腳本的事。

「……什麼事？」

栞奈露骨地提高防備，感覺得出「如果是不想聽的話題就會馬上轉身離開」的強烈意識。

因為這不是該躺著聊的話題，空太便坐起身子。

「來，妳坐吧。」

接著要栞奈坐在長椅的空位上。栞奈還是一副警戒的樣子坐了下來。

「栞奈學妹，妳對電玩劇本有興趣嗎？」

「……」

「我們正在討論要在製作中的遊戲裡加入劇情，想請栞奈學妹幫忙寫劇本。」

「學長是認真的嗎？」

剛開始的反應很冷淡。

「因為我們是想拜託已經以小說家身分出版作品的栞奈學妹免費協助，所以也難怪妳會這麼說了。」

「我要說的不是這個意思……你是故意閃避我的問題吧？」

「我是真心想請栞奈學妹幫忙寫劇本，也確實知道這樣拜託妳很沒常識。」

「為什麼找我？」

「老實說，最早是去拜託仁學長。」

「被拒絕了嗎？」

空太緩緩地點點頭。

「仁學長建議可以找栞奈學妹幫忙。」

「我是三鷹學長的代打嗎？」

「當然不是。」

空太立刻回答。

「雖然在跟仁學長討論的時候還沒發現……不過，我覺得仁學長是刻意拒絕的。」

「刻意？」

「大概是他認為栞奈學妹比較適合這個作品吧。我想他應該是考量到與其自己寫，不如讓栞奈學妹來寫更能提升我製作的遊戲品質。」

「……」

「所以我現在是真的想拜託栞奈學妹，我是認真的。」

「我……可沒寫過劇本這種東西喔。」

「如果妳有意願，接著再來考慮是不是寫得出來就好了。回家之後我會拿資料給妳，也會跟妳說明。」

「……」

栞奈沒有立刻拒絕，也許就表示還有可能性。

「截止日是什麼時候？」

「如果能在二月中旬完成故事內容就再好不過了。」

「日程還真緊迫啊。」

栞奈用冷靜的眼神看著空太。然而，空太卻覺得栞奈的眼眸深處似乎也蘊含著開心的光芒。最重要的是，栞奈雖然說出否定的話，但聲音卻顯得雀躍。這是因為現在心情很好嗎？因為空太與真白交往不太順利……

「學長認為我辦得到嗎？」

「雖然這是仁學長說的，不過我覺得栞奈學妹的小說根本上有童話故事的性質，所以正適合這次的作品。像是《灰姑娘的星期天》還有《王子給的毒蘋果》也是。」

「！」

瞪大雙眼的栞奈立刻把臉從空太面前別開，坐立難安似的低下頭。

「學長看過了嗎？」

「既然已經上市，真希望妳能跟我說一聲耶。」

「……怎麼說得出口。」

栞奈緊握住端正地放在大腿上的雙手。

「……」

「學長不問『為什麼』，是因為讀過了的關係嗎？」

「是啊。」

空太從長椅上站起身，向前走了三步抓住欄杆。

新作品小說裡已如實表現出栞奈現在所抱持的心情。比起像現在這樣互動，她的情感描述幾乎更能讓人深刻了解她這個人。

因此，空太有件事不得不說出來。

「栞奈學妹。」

「請不要說！」

抗拒的吶喊，輕易便能體會她的心情。然而，這樣不能改變什麼，只會一直裹足不前。

「抱歉。」

「……請不要道歉。」

像是拚了命擠出來的聲音顫抖著，蘊含了悲痛的心意。空太感覺到她正訴說著要他別再繼續說下去了。

正因如此，空太毫不猶豫地開口了：

「我喜歡真白。」

「……即使你們吵架了？」

栞奈發出沙啞細微的聲音。

「嗯。」

「就算連約會的時間都沒有？」

比剛才強烈一些的質問。

「嗯。」

「即使她無法理解空太學長？」

栞奈的聲音逐漸失去冷靜，變尖銳而破音。

「嗯。」

「即使就這樣再也無法和好？」

感覺得到栞奈的情緒越來越激動，確實地傳了過來。

「嗯。」

「那麼，就算要分手了也是？」

強忍住的情感一下子宣洩出來。

空太緩緩地轉過頭凝視著栞奈。栞奈以棄貓般的眼神往上看著空太。

「嗯……就算這樣，我還是喜歡真白。」

「這樣……」

「喜歡到無法自拔。」

「這樣太殘酷了！」

「是啊。」

「我根本什麼都還沒說出口耶！」

「……」

栞奈拚命訴說。

「我從來就沒說過想當學長的女朋友啊！」

「……」

「為什麼就連只是默默喜歡都不行……」

連最後的逞強也已經到達極限……栞奈低著頭哭了起來。她用雙手掩著臉，不斷重複著「好過分、太過分了」。

每當聽見她模糊的聲音，空太的胸口便隱隱作痛。

然而，空太一直覺得不能就這樣放任不管，這樣對誰都沒有好處。不論是對空太或栞奈……甚至是對其他某人……

因為回老家一趟，空太得以重新檢視自己的感情。

他作夢都想不到竟然會是父親給了自己這樣的契機……

重要的是空太喜歡真白的這個事實。即使真白與空太覺得重要的東西有所差異，空太仍然喜歡這樣的真白；就算吵架了，只要認為吵架也包含在這「喜歡」之中就好了。只要慢慢能開始這麼想就沒問題了。

在栞奈令人心碎的嗚咽聲中，響起了手機的震動聲。看了一下，發現是來自真白的簡訊。

——結束了。

簡短的文字。

——妳在校長室前等，我去接妳。

空太打完回信，收起手機。

「栞奈學妹，我得走了。」

「……」

栞奈默默地哭泣。現在就算空太跟她說話大概也是反效果。

空太頭也不回地走回校舍。

眼角餘光看見了巨大的影子。一進門的牆有兩個像忍者般貼在上面的人影。是伊織與麗塔。

「你們在幹嘛？」

「因為看到栞奈跟在空太後面上了屋頂，所以就跟伊織跟過來了。」

麗塔滿不在乎地坦白。

「我說你們喔……」

並不是老實招來就可以將過錯一筆勾消。不過，空太吞下了本來要抱怨的話，反而把手伸向伊織的脖子一把用力抓住。

「咦？」

然後拉著驚訝的伊織身體甩到屋頂上。

「喔哇！等、等、等一下啊！」

即使搖晃了一下，伊織仍成功著地，像體操選手般高舉雙手。

察覺到吵鬧聲的栞奈以冷漠的眼神直盯著伊織。

「嗨、嗨，竟然會在這種地方巧遇啊！」

過於瞬眼說瞎話的謊言空虛地迴盪在屋頂。

空太與麗塔一起往牆邊縮起身子，就這樣觀望情勢發展。

「除了跟蹤，竟然還偷聽……你真是差勁到極點啊。」

為了隱藏哭泣的臉，栞奈以手背擦拭眼淚。

「可是，我喜歡妳！」

伊織若無其事地說出文不對題的回應。

「……算我拜託你，好歹也注意一下現在的話題。還有，你接續詞的用法也很怪。」

似乎是覺得再繼續哭泣就顯得太愚蠢了，栞奈已經恢復平常的凜然氣勢。

「所以，我們一起來做遊戲吧。」

「……你有沒有在聽別人講話？」

「絕對很適合每天一臉不耐煩的妳。」

「……」

被說一臉不耐煩，栞奈看來顯然很不開心。

「真的很有趣喔。」

「你不是一天到晚給學長們添麻煩嗎？」

「這就是所謂的不用太拘謹。」

不，意思應該不太對。

「……」

栞奈似乎連指出這一點都嫌麻煩。

「像是DRAGON學長，他根本就是魔鬼，或者該說已經是神了。」

「到底是哪一個啊……」

「反正我想說的就是，看到妳就會覺得煩躁啦！」

「從前面的對話看來，裡面根本就沒有這樣的要素吧。」

「我剛剛不是說了嗎？而且，還覺得有點心癢難耐。」

「……」

即使是栞奈投出的絕對零度視線，對於從不察言觀色的伊織似乎也不管用。

「因為，我比較喜歡現在的髮型。」

「……我說你啊。」

「衣服也是，輕飄飄的裙子完全不是我的菜。」

「你到底在說什麼……」

對於栞奈的困惑，伊織也完全不在意。

「還有一個人玩也是，反而是在旁邊看著的我難受得快死了。所以妳能不能不要那樣了？」

「你別看不就好了。」

「總之就是這樣，下次找我，跟我一起去吧。」

「什麼？」

「我沒去過KTV耶，早就想去嘗試看看了。」

「你不也一樣沒有能一起玩樂的朋友……」

栞奈一副傻眼的樣子。

「那個叫夾娃娃機嗎？我之前也試過一次，還滿好玩的耶。」

「……那時候丟出去的布偶是你抓到的吧。」

栞奈的視線感覺有些怨恨。伊織卻完全沒發現。

「還有大頭貼機吧。」

「……唉。」

彷彿要中止對話一般，栞奈大大地嘆了口氣。

「幹、幹嘛啊？」

「……我知道了。」

「什麼？」

「我會考慮看看的。」

「咦？真的假的！」

伊織渾身顯露出驚訝。

「我要先聲明，我說的是遊戲劇本的事。」

「喔、喔喔。」

「唉……」

栞奈又深深嘆了口氣。

「妳那沒禮貌的嘆氣是怎樣？」

「每當看著你，就覺得想了很多而感到煩惱的我好像笨蛋。」

「我說妳喔，我好歹也是有一兩個煩惱啊。」

「實在看不出來耶。」

栞奈一副「有種就說來聽聽」的態度。

「我原本一直以來最喜歡胸部了，結果竟然變得超在意根本就是飛機場的妳，每晚都苦悶得睡不著。」

明明不要多嘴就好但就是辦不到，這才是伊織的本色。心裡想什麼都會全盤托出，對於被問到的事也完全據實以告。

「感覺實在很噁心，你不要再每晚都想我的事了。」

「這是不可能的。」

「為什麼啊？」

「我不是說了因為我喜歡妳嗎？」

「……」

不過，正因為是在這樣的伊織面前，琹奈才能很快地停止哭泣吧。不用擔心被看到哭泣的臉或被知道失戀的事……就算不拚命探究對方如何看待自己，伊織也會把自己的想法說出來……不用擔心他是不是在心中嘲笑自己。

「你是說真的嗎？」

狐疑的眼神投向伊織。

「妳以為我是騙妳的嗎！」

「我不認為會有男孩子喜歡像我這種彆扭的女生。」

「嗚哇～～真麻煩～～」

「你究竟喜歡我什麼地方？」

接著是更麻煩的問題。

伊織雙手抱胸歪著頭，擺出典型的思考姿勢。

「嗯～～……大概是大腿吧。不是聽說年輕的時候會對胸部充滿興趣，隨著逐漸成長，對臀部或腿的魅力就會覺醒嗎？哎呀～～我也長大了呢。」

「……是我太蠢，竟然會問你這個問題。」

「嗯，確實是不錯。」

伊織目不轉睛地盯著栞奈的雙腿，點了點頭。

「話先說在前頭，我可是最討厭你了。」

栞奈若無其事地用雙手試圖遮住大腿。

「這種事我也知道啦。」

「如果這樣也沒關係，那我倒是可以找你一起去。」

栞奈別開視線。

「啥？」

「不過，你要幫我從夾娃娃機夾到布偶喔。」

「咦？什麼？真的嗎！」

明明是伊織自己邀約在先卻嚇到了。

「妳的腦袋沒問題吧？該不會是因為被空太學長甩了，受到打擊才變得怪怪的吧？」

「你最好現在就去讓醫生看看你的腦袋。」

栞奈邁大步朝伊織靠近過來，然後用力踩他的腳。

「嗚喔喔喔喔！」

伊織抱住被踩的腳，蹲在地上。

「你太誇張了。」

栞奈以冷淡的眼神往下看著伊織。

「妳其實根本就是惡魔之子吧！」

伊織帶著快哭出來的聲音抬起頭來。就在這時，一陣風捲上了屋頂，栞奈的裙子輕飄飄地掀了起來。

栞奈慌慌張張地用雙手壓住裙襬。

然而，已經太遲了。從空太的角度完全看不到，但蹲在栞奈眼前的伊織應該看得一清二楚。

「什麼嘛～～妳竟然有穿內褲啊！」

伊織毫不客氣地說出感想。

栞奈間不容髮地賞了他耳光。

「好痛！有什麼關係嘛，反正有穿內褲啊！」

「怎、怎麼可能沒關係啊！」

下一瞬間，當然又清脆地響起另一聲呼巴掌的聲音。

看完伊織與栞奈你來我往後，空太慢慢走下樓梯。在偷窺的事東窗事發前趕快離開現場才是上策，空太不想吃那一記巴掌。

麗塔緊跟在空太身後。她的腳步跳躍般輕盈，看來心情很好的樣子。

「空太，沒想到你竟然能跟栞奈說得那麼清楚。」

「嗯？喔喔……如果有不用說清楚就能解決的方法，我早就那麼做了。」

就是因為不知道其他方法，即使明知會傷害對方卻還是只能說出口。對於拒絕被入侵領域的栞奈，只能強行闖入了。

「其實我應該更早讓她察覺的。」

「讓她察覺？」

「千尋老師跟我說，讓雛鳥察覺自己只是會錯意也是鳥媽媽該做的事。」

「你說的，是指雛鳥會把第一眼看到的東西當成鳥媽媽的比喻嗎？」

「栞奈只是把偶然嚴重闖進她的祕密領域並接受的我，認為是有些特別的存在而已。」

「我倒覺得這已經算是戀愛的情愫了。」

「當然我並沒有要全盤否定的意思。我也認為麗塔說的沒錯。」

有了覺得在意的契機，情愫便自此逐漸成長。不過，這份好感並不見得會全部發展成喜歡的感情。

下到二樓之後，腳步轉往真白等著的校長室方向。麗塔與空太並肩而行。

「關於你說的雛鳥的事……」

麗塔說出這句話後欲言又止。

「怎麼了？」

「空太有注意到這一點其實也能套用在真白身上嗎？」

「……」

空太刻意不回答，也不回應尋求答覆的麗塔的視線，只是筆直看著前方繼續往前走。然而，這大概就是答覆了。

「空太一臉已經發現的表情耶。」

沒錯……正如麗塔所說，空太早就察覺到了。之前與千尋說話時就已經發現了……在更之前也隱約有這樣的感覺。

「……我的存在對真白而言是特別的，跟我本身的個性、外貌等完全無關。一開始就是因為我『負責照顧真白』，因為我是在『櫻花莊』這個地方與她最接近的存在。」

這與雛鳥和鳥媽媽的關係一樣。

因為沒有別人。

真白的身邊總是有空太在。

當然，並不是只有這樣。如果這就是一切，空太一定沒辦法認同這段對話，應該沒辦法一臉若無其事地跟麗塔談這件事吧。

這是一個重大的契機，在櫻花莊與真白共度的時光直到現在讓空太的內心變得更堅強了。因為「負責照顧真白」而展開的兩人關係。在這段期間，空太受到真白的才華吸引，也得以擁有自己的目標，開始想要追上她。這些情感全部融合在一起，被椎名真白這個女孩子所吸引。雖然有時彼此傷害，仍持續累積「喜歡」的情愫。空太相信對真白而言也是如此。他走過了這些能讓人如此深信的時光。

所以才有了今天……因此並不會感到不安。

「只是，會覺得必須確認一下。」

「確認？」

「即使撇開『負責照顧真白』不談，即使離開了『櫻花莊』……我們是不是還能在一起。」

這是讓兩人結合在一起的最大原因。如果失去了這理由也還能在一起，到那時候就可以算是成為真正的情侶了。

從開始交往以來，空太與真白究竟以男女朋友的身分共度了多少時光？尤其是去年年底，從十一月下旬一直到聖誕節的這段期間……如果兩人各自在不同的地方生活，見不到面的日子會更多吧？沒能說話的日子也會更多吧？因為忙於遊戲製作，不知不覺間又恢復到了只是一起生活的狀態。

「之前能把我跟真白勉強連結在一起的，就是『櫻花莊』跟我『負責照顧真白』。」

而且空太已經發現了。如果沒有了這兩項，一定會更早陷入與現在相同的狀況之中。

因為同樣住在櫻花莊這個宿舍才沒能注意到；因為每天見到面是理所當然的事，所以會以為已經扮演好男女朋友的角色；因為已經約好了要忍耐到聖誕節，所以不再深入思考。然而，正如千尋與仁所說的，無法理解在這種情況下為何還要繼續交往、為了什麼原因而交往。

「……所以空太覺得最好暫時保持距離，才贊成把真白交給綾乃嗎？」

原因並不是只有這樣。不過，這也是其中之一。

「就算現在勉強約會、勉強湊出時間相處……只是出於『因為正在交往，不得不這麼做』的義務感，這樣也太令人哀傷了吧……所以就算會被說太愛作夢，我還是希望我跟真白在一起的理由就只有『因為喜歡』。」

「……」

對於空太答非所問的回應，麗塔睜大雙眼眨了眨。

「空太你太愛作夢了。」

「果然是這樣嗎？」

「而且還很有少女情懷。」

「妳的感想真是讓人高興不起來啊……」

空太只能苦笑。

「不過，你的心意非常棒。我覺得就因為是空太與真白，所以這份心意更顯得有意義。」

「能聽到妳這麼說真是得到救贖了。」

「另外，我也了解到了一件事。」

空太以視線詢問麗塔。

「只有空太一個人試圖改變是不行的啊。」

「嗯……」

「真白也得變成大人才行。」

似乎有所頓悟的麗塔聲音聽來很雀躍。

「不能只是要求空太理解，她也必須學會理解空太啊。」

如果彼此都能做到，那就太好了。

空太這麼想著，微微笑了。

5

空太與在校長室前等待的真白會合後，便跟麗塔三人一起回家。

「校長說了什麼嗎？」

「他說他知道了。」

「這樣啊。」

雖然也許還有很多要考慮的事情，但校長判斷還是在形成問題之前先處理比較好。不管怎麼說，三年級生馬上就不再硬性規定要到學校，只要想成是稍微提早就好了。

「久違的英國感覺怎麼樣？」

「我一直都在畫漫畫。」

「……這樣嗎？」

空太向麗塔投以確認的視線，麗塔則是一臉受不了的表情點了點頭。不過，麗塔也沒好到哪裡去，即使在回到英國的期間也不斷上傳已經完成的３Ｄ模型，還傳郵件要空太確認，所以沒資格說別人。

「空太寒假過得怎麼樣？」

「雖然除夕夜就回老家了，不過我也差不多吧。除了製作遊戲，就是陪優子寫功課吧。」

「這樣啊。」

聽不出有沒有興趣的曖昧回應。

「……」

「……」

對話就這樣中斷了。

如果是平常，這並不是會讓人在意的沉默。之所以會感到在意，是因為聖誕節吵架造成的影響。在那之後，空太與真白始終是平行線，距離沒有靠近也沒有離更遠。

麗塔看著這兩人，一臉傷腦筋的表情嘆了口氣。

回到櫻花莊，時間已經來到十一點。

空太準備中餐並在中午前吃完。由於跟綾乃約好了下午一點要來接真白，必須在那之前整理好換洗衣物等行李。

空太吃完中餐的大阪燒後便到真白的房間，迅速地開始著手準備行李。

將咖啡色的行李袋攤開放在床上，開始塞進衣物及內衣褲。有一個星期的分量，應該就沒問題了吧。

飯店裡有洗髮精之類的東西，所以不用帶。綾乃說如果真白用得不習慣，會另外準備給她。

開始動手之後，大約十五分鐘就收拾好行李了。

「真白，妳還有什麼東西要放進去嗎？」

坐在床上的真白凝視著空太。

「空太。」

「啥？」

「把空太裝進去。」

「就物理上來說塞不進去吧。」

真白看起來不像是在開玩笑。況且，她也不是會開玩笑的人。

要是硬塞進去，可愛的行李袋會壞掉。

「那就精神上塞進去。」

「那要怎麼做？」

「由空太去想。」

真白的眼神果然是認真的，沒有可愛的成分，甚至有種莫名的魄力。也許真白想以自己的解決方式來處理聖誕節以來的這種不愉快的氣氛吧。

「我知道了。那麼，妳就精神上帶過去吧。」

「……」

真白以清澈透亮的雙眸表示疑問。

「手機借我一下。」

從書桌上拿起手機，空太也爬上床。

切換成拍照模式，坐到真白身邊。為了讓兩人都能進入畫面，空太攬住真白的肩膀往自己靠近，鏡頭對準兩人。

「空太？」

「來，笑一個。」

快門的聲音響起。

接著確認拍得好不好。

空太的表情拍起來很正常，真白則露出一臉錯愕的表情睜大了雙眼，看起來有點好笑。

設成待機畫面。

「這樣就好了。」

「這張不行。」

真白用手遮住手機螢幕。

「是嗎？我覺得是很難得的表情，很棒啊。」

「刪掉。」

真白鬧脾氣地鼓起臉頰。

「要再拍一次喔，空太。」

「好、好，我知道了。」

空太偷偷把檔案傳到自己的手機，照真白所說的再次把相機鏡頭朝向兩人。

「來，笑一個。」

要按下快門的瞬間，臉頰上傳來一個溫暖柔軟的觸感。

遲了一拍響起快門的聲音。

空太以視線詢問「妳做了什麼」。真白罕見地撇開臉，裝出一副若無其事的樣子。

然而，就算做這種事也沒有意義，因為空太手上握有證據照片。

注意看著手機畫面。

上面顯示出剛拍好的照片。

果不其然，真白親了空太的臉頰，空太驚訝地睜大眼睛，露出一臉呆滯的表情。

「這張不錯。」

「這張不行吧。」

「可是空太的表情很奇怪耶。」

「所以才不行啦！」

況且要是不小心被誰看到了該怎麼辦？這樣完全是笨蛋情侶一族了。

「我要用這張。」

真白從空太手上搶走手機，似乎還記得怎麼操作，把剛拍的照片設為待機畫面。她的臉龐看起來很心滿意足。

「我說啊，真白。」

要說的話只能趁現在了。空太想坦率地將自己的情感傳達給真白……

「什麼事？」

「我喜歡妳。」

「……」

「比剛開始交往的時候，比一個月前、一個星期前，比起昨天，我現在更喜歡妳了。」

「嗯……」

「所以，我想跟妳在一起，也希望像現在這樣的時光能一直持續下去。」

「嗯……」

「不過，我也認為妳的夢想跟這個一樣重要。」

「……」

真白沒有回應。空太感覺到她不想認同的想法。

「同樣的，我自己的目標也很重要。」

「……」

真白還是沒有回應。取而代之的是門鈴聲響起，打斷了兩人。

「抱歉打擾了～～」

樓下傳來綾乃的聲音。

時鐘指針正好指向下午一點。

「……空太不覺得痛苦嗎？」

「……」

「我在空太身邊覺得好痛苦。」

「……這樣啊。」

「要分開也覺得很痛苦……」

「真白……」

「只要一想到空太，這裡就好痛。」

真白緊握著交疊在胸前的雙手。

「明明喜歡，為什麼會這樣？」

這一定正是喜歡對方的緣故。正因為喜歡，才會因為情感沒有獲得滿足而感到痛苦。因為些微的心意不相通而感到胸口疼痛；原本發生在不重要的對象身上時感覺無關痛癢的事，卻會認為是重大事件，會覺得是很嚴重的問題。

不過，相反的情況也一樣。正因為喜歡，所以會因為些微的小事而感到幸福。因為對對方的心意，所以也能滿足彼此。就連兩人之間產生的嫌隙，相信也一定都能克服。

困難的地方在於要讓眼睛看不到的感情化為有形……不管是多微不足道的小事，現在也只能從做得到的部分一件一件去實踐。

「椎名小姐，都準備好了嗎？」

樓下再度傳來綾乃的聲音。

真白用雙手提起行李袋。

「我會打電話給妳。」

空太對著真白的背影輕聲說道。

「我每天都會打電話給妳。」

也許這些真的是很小的事。

「也會傳簡訊給妳。」

然而，在兩人現在所處的狀況之中，這卻是空太認為最好的選擇。

「就算空太很忙也會嗎？」

「我還是會這麼做。」

「就算沒什麼話好說也會嗎？」

「嗯。」

「因為我跟空太正在交往？」

轉過頭來的真白以充滿不安的眼眸探詢。

「不是。」

空太緩緩地搖搖頭。

「不然又是為什麼？」

「因為我喜歡妳。」

空太看著她的雙眼，清楚地傳達心意。

「……」

僅有一瞬間，真白為之語塞。

「我……」

「……」

「我不確定。」

握著行李袋提帶的真白手抓得更緊了，還微微顫抖著。

「有時候會覺得討厭空太。」

「……這樣啊。」

「……嗯。」

「現在呢？」

就算不問也已經知道答案。即使如此，空太的口中還是自然地提出了這樣的疑問。

「我討厭現在的空太。」

決定性的一句話。

雖然已經有心理準備，但聽到她說出口還是覺得眼前一片黑暗。

真白轉身走出房間。

「……」

空太無言以對，只是不發一語地目送她離開。

真白的腳步聲逐漸離去，遠處傳來真白與綾乃講話的聲音。

「不過，就算這樣……」

空太在只剩下自己一個人的真白房間裡喃喃自語。

再次確認了心中的情愫。

「我的心意不會改變。」

沒錯，不會改變……

這樣的想法支持著現在的空太。

這一天，櫻花莊會議紀錄上這樣寫著。

——真白大人將暫時離開櫻花莊，期間未定。書記．女僕

第四章
兩人所描繪的未來色彩

1

「妳從內心深處就是扭曲的吧。」

在櫻花莊的飯廳裡，伊織發出洩氣的聲音。

一月十五日，星期天。今天對考生而言是入學考試中心測驗的第二天，首都圈下起這幾年罕見的大雪。天還沒亮就開始下的雪即使到了早晨仍不見減弱的跡象，甚至到了中午過後的現在，外面的景色仍是一片雪白。

從飯廳的窗戶所看到的櫻花莊庭院裡，立著剛才美咲做的巨大熊型雪人，擺出兩手高舉的恐嚇姿勢。以寫實為創作目標，因而魄力滿分，小朋友看到的話恐怕會嚇得哭出來。

在可看到如此奇特景色的櫻花莊飯廳裡，聚集了幾乎所有的住宿生。栞奈、伊織、龍之介、空太、麗塔及美咲依序圍著圓桌而坐。不在這裡的，只有在大雪中到學校去上班的千尋，以及現在住在出版社附近飯店的真白。

「為什麼妳能為這麼可愛的角色創作出這種錯綜複雜的愛恨交織劇？」

伊織手上拿著遊戲劇情大綱與角色設定表，手指著放在圓桌上用Ａ４紙印出的可愛角色們的

3D模型。每個都是麗塔與美咲的創作，被調整成較具幻想風格的貓、狗、狸貓與熊等，擠在這張紙上。

「動物也是有很多種。」

栞奈一臉不高興的表情回應伊織。

「未免也太多種了吧！像這隻貓，不是還被另一半腳踏兩條船嗎？狗陷入不倫戀，狸貓竟然還是患糖尿病的大叔！」

「不行嗎？」

栞奈無視伊織，轉而詢問空太。

「跟原本想像的劇情不太一樣耶……」

「……這樣啊。」

栞奈沮喪地垂下視線。

「妳看吧。」

不知為何，伊織看起來很得意的樣子。

「不過因為出乎意料，我倒覺得很有個性，感覺很不錯。」

「咦？真的假的！」

伊織原本得意洋洋的臉皺了起來。

「說得好啊，學弟！」

美咲大概很中意這種設定，點頭如搗蒜。

龍之介與麗塔則似乎在等空太說明，投以別有深意的視線。栞奈看來也想問空太的想法。

「雖然我也反對讓故事看起來很嚴肅，不過畫得這麼可愛的角色們正經八百地因為劈腿、不倫等問題產生糾紛，我覺得以正面的意義來說很愚蠢又有趣。結果對看的玩家而言，會變成滑稽的喜劇。」

「既然是這傢伙做的，原本絕對就想讓故事很嚴肅啦！」

伊織毫不客氣地以手指著旁邊的栞奈。

栞奈嫌麻煩似的把他的手撥開。

「才沒那回事。」

栞奈別開臉，若無其事地睜眼說瞎話。

「妳覺得呢，栞奈學妹？能不能讓故事就結果看來像喜劇？」

「……」

栞奈沒有立刻回答，眼睛直盯著自己寫的劇情大綱與角色設定表。

約五秒鐘後……

「我試試看。」

她如此說了。

「剛聽了空太學長說的，稍微有些想像畫面浮現出來了。」

「那就這麼決定了。」

麗塔嫣然微笑。龍之介則是一如往常一副泰然自若的態度點了點頭。

「栞奈學妹，不好意思，再麻煩妳盡快進行劇本創作工作。」

「我知道了。」

「那麼，解散！」

空太啪地拍了手，會議到此結束。

回到自己的房間101號室，空太打開電腦，在等待啟動其間撥了電話。打電話的對象是真白。

自從交給綾乃以來，空太每天都打電話給真白，也傳了簡訊。內容則像是陪麗塔商量如何攻略龍之介、被龍之介要求處理麗塔的事、只穿著一條內褲從浴室出來的伊織被栞奈狠狠訓了一頓……主要都是櫻花莊裡發生的事。

真白對這些總是淡淡地回應，既沒有情侶間飄飄然的氣氛，也沒有甜蜜的氛圍。不僅如此，隨著日子一天一天過去，真白的回應也變得越來越生疏。

然後，這三天連電話都不接了。

現在也是重複著無機質的來電答鈴聲。

「……不接啊。」

原以為接通了，卻傳來電話留言服務的語音聲。

「……」

第一次還能認為她也許只是正在睡覺而已。但接連三天都這樣，即使再不願意也會察覺到她是刻意不接電話。

「真白沒有接電話嗎？」

空太注意到聲音與氣息而轉過頭去，發現麗塔就站在門口。剛剛應該已經關上門，現在卻完全打開了。

「為什麼在櫻花莊裡就只有我沒有隱私？」

「你怎麼還在講這種話啊？」

「我以後也還會繼續講啊。我才不會忍氣吞聲。」

「那種事一點也不重要。手機借我。」

麗塔伸出手來搶走空太的手機。電話還停留在語音信箱。

「真白？確實了解空太的心意之後，真白也要回應才行。」

麗塔說得很沉穩，口氣裡卻帶著責備的意思。

「妳打算全部推給空太，自己什麼都不做嗎？妳之前不是說過嗎？想跟空太成為真正的情侶。那是騙人的嗎？」

「麗塔，好了啦。」

「空太請閉嘴。」

被麗塔不容分說地一口打斷。

「……」

空太反射性噤聲了。

「真白，妳要是一直這樣鬧彆扭，總有一天空太會感到厭煩的！」

麗塔闔上手機，還給空太。

空太乖乖收下。

「請你也向真白明確說清楚。」

「要我怎麼說清楚啊。」

「這次的事情顯然是真白不對。她不想面對問題，一副『都是空太的錯』的態度，這樣是不行的。」

麗塔憤慨得就像是在自己身上發生的事。

對此，空太困擾似的搔搔頭。

「我不希望妳這麼說耶。」

「……？」

大概是搞不懂他說這話是什麼意思，麗塔歪著頭。

「我希望妳無論何時都站在真白那邊。」

「……」

為了不漏聽空太想說的意思，麗塔藍色的眼眸目不轉睛地凝視著他。

「真白不管想什麼都不會表現在臉上，而且也不擅長用言語表達情緒……所以很容易遭受誤解吧？」

「是這樣沒錯，可是……」

麗塔似乎是想說這次的情況不一樣。

空太打斷她的話，繼續說下去：

「除了麗塔，她大概也沒有可以商量的對象……所以拜託妳，妳一定要站在真白那邊。」

「……如果空太希望這樣，那我就這麼做。」

麗塔鼓著臉頰，眼神似乎仍在訴說「就算這樣，我還是覺得這次錯在真白」。

「況且，我也沒有資格責怪真白啦。」

「我認為空太你最有資格了。」

面對麗塔斬釘截鐵的發言，空太露出苦笑。

「也不是這樣啦……因為我覺得現在的狀況對我來說正好。」

空太刻意選擇了讓麗塔感到在意的用字遣詞。

「……」

麗塔散發的氛圍一下子變了，眼神蘊含著想逼問空太真心話的銳利，釋放出「要是回答得不恰當，我可饒不了你」的壓迫感。

「雖然是情非得已，不過自從把真白交給飯田小姐後，遊戲製作的效率確實提升了不少。」

「……」

「我從沒想過把跟真白一起度過的時間全部拿來用在遊戲製作上，竟然會是這麼輕鬆……」

空太也很明白自己的聲音裡帶著沮喪，這是覺得自己不中用所導致的。因為事實上，即使不去面對仍會不禁這麼覺得。

因為真白不在身邊，工作中斷的次數壓倒性減少了，也不再因為她唐突的行動而擾亂自己的專注力。休假不用再花時間約會，也得以從「不得不遵守約定約會」的沉重壓力中獲得解放。空太這才注意到，這些對自己而言都是壓力。

這是千真萬確的事實，因實際感受而理解了。

「當然，我並不是說剛才這些話就是我的真心話，只是想說也有這樣的一面。我每天睡前都在想真白，她不在身邊我就會覺得寂寞，也靜不下來。我會想見她，也想跟她說話……有時還會想猛烈地抱緊她。在這各種情緒當中也會有覺得輕鬆的一瞬間，這也是無可奈何的事。」

感情的強度與向量並不會總是只朝向一定的方向，心情好與心情不好的時候，對事物的感受就截然不同。忙碌與閒暇的時候也是如此。因為空閒的程度不同，感受到的情緒也會不同。

當工作進行得順利時就會很想真白。然而，當遇到挫折或進度延誤時，還要思考遊戲製作以外的事便會嫌麻煩。

空太很重視真白，也希望真白的夢想能夠實現，而且對於自己的目標也不想退讓。因此，空太無法只用好聽的表面話帶過的部分就會不斷冒出來。雖然沒辦法選擇要以哪個為優先，但情感卻會無意識地做出抉擇。而真白就是察覺到了這一點才會躲著空太吧。

「所以我沒辦法責怪真白。」

無力的一段話。現在也只能不置可否地笑了。

空太不能捨棄一切，只把手伸向真白。真白應該不希望空太這樣。不過，空太卻覺得她會想要這樣的一瞬間。嚴重的矛盾。實際上明明並不期望變成這樣，卻又會希望是如此……

「空太，我可以問你一個問題嗎？」

「希望是簡單的問題。」

「非常簡單。」

「什麼?」

「你對真白的感情是不是已經變了?」

「已經變了啊。」

空太毫不猶豫地回答。

「……空太?」

「自從沒辦法每天見面以後,我就變得更常想真白的事,變得更常思考了。」

「……」

「所以已經變了。」

「那就好。」

麗塔放心似的吐了口氣。

「沒錯,已經變了。」

最後,空太彷彿說給自己聽似的再度喃喃自語。

2

大約兩週後的二月三日，星期五，適逢節分。

這一天，因為被美咲撒豆子而醒來的空太上午就出門到主機廠商的辦公大樓，出席「Game Camp」的進度會議。

從前天開始，學校不硬性規定三年級生到校。對月底必須完成遊戲的空太而言，正好適合做最後的衝刺。

理所當然的，與戶塚、早川兩人進行的進度會議，議題也以完成遊戲的內容為主。

「那麼，劇情的導入也很順利，就按照原來的預定計畫，二月底完成、三月一日提交母片，應該沒問題吧。」

「是的。」

戶塚如此確認，空太深深地點了頭。

栞奈的劇本正以高速逐漸成形，大約再過一週就能完成，品質也極佳。彷彿舞台劇般誇張的台詞讓嚴肅的內容讀來很滑稽。

讀了已完成的內容，伊織坦率地稱讚了栞奈。

「妳好厲害喔……」

「還好吧，這種東西任誰都寫得出來。」

冷淡回答的栞奈看起來卻不是那麼漠然無感。

已經先拿到的前半部分劇情透過驅動龍之介所做的引擎工具，已安裝完成。乍看之下像是2D的故事冒險風格畫面，由於角色檔是3D，所以能夠生動地動作。多虧如此，遊戲畫面得以華麗豐富地呈現出來。

「真的變成遊戲了耶。」

看到畫面的栞奈帶著些微驚嘆，看似開心地微微笑了。

「唔喔！空太學長，不妙！這傢伙竟然笑了耶！」

「我沒有笑。」

伊織指出這一點，栞奈立即做出反應。

「不，妳明明就笑了吧。」

「我沒笑。」

「妳有笑啦！」

如果不說話就更能欣賞到栞奈難得的笑容，不過伊織似乎按捺不住。很遺憾，栞奈的笑容就只能欣賞到這裡，相反的，她冰冷的視線刺穿了伊織。

雖然伊織負責的配樂部分日程原本明顯落後，不過已經在這一個月內一口氣追了上來，以絕佳狀態量產曲子。任誰都看得出來，栞奈的加入有了正面的效果。而且音樂遊戲的樂譜設計，由龍之介一邊教導，伊織一邊靠自己完成，讓空太得以專心調整關卡平衡，真是幫了大忙。

還剩下一個月。雖然現在是私毫不得鬆懈的狀況，卻有能就這樣衝刺直到完成的手感。昨天，空太與龍之介聊到了這件事。

「欸，赤坂，我覺得如果照現在這樣繼續做，月底前就會完成吧？」

「那可就傷腦筋了。」

「哪裡傷腦筋了啊？」

「我也這麼認為。沒想到竟然會跟你有一樣的想法……也許我漏看了什麼東西。」

「這種時候應該要稱讚我的進步吧……」

「不過，接下來才是關鍵。」

「說的也是……」

為完成遊戲的辛苦，空太在二年級為了文化祭而製作「銀河貓喵波隆」時已經體驗過了。這次的規模又比當時大，需要調整平衡的部分很多，除錯的確認事項也涉及許多方面。不過也正因為這樣，內心興奮雀躍不已。

「那麼，神田先生。」

「是。」

空太對稍做停頓的戶塚明確地回應。

「如果日程上都沒問題，就要進入排定作品審查的階段了。」

戶塚說出口的詞彙讓空太身體緊繃了起來。終於來到這道巨大關卡了，一決勝負的時刻即將來臨。

坐在戶塚旁邊的早川翻開了深藍色的記事本。

「最快的話，三月八日預定要召開作品審查會。」

是畢業典禮當天。不過，審查會並不需要空太直接出席報告，即使日期重疊也沒問題。

「如果不排這一天，接下來就是三月二十八日了。」

戶塚與早川以視線詢問「你決定怎麼辦」。

答案已經確定了，一開始就已經決定好，根本不打算再研究日期。如果又像上次一樣，有其他音樂遊戲排定在審查會裡，空太認為只要正面迎擊並取得勝利就好了。他對累積至今的作品有自信，甚至還擁有最棒的團隊——龍之介、伊織、麗塔、琹奈，還有提供協助的美咲。集結了這些人，不可能說沒有信心。

空太緩緩深呼吸之後清楚告知：

「請排在三月八日。」

「我知道了。那麼，我會做相關準備工作。」

「麻煩您了。」

就這樣，決戰的日期已經確定。

進度會議結束後，即使離開了辦公大樓，空太也沒有馬上回櫻花莊，搭乘地鐵移動了兩站。下車的車站內有醒目的漫畫雜誌與週刊的廣告看板。這裡是與關照真白的出版社距離最近的車站。

空太循著黃色的車站導覽圖找到了正確的出口，來到地上。左邊可看到目的地飯店的白色建築物。

既然都已經來到附近，空太決定跟真白見面之後再回家。

與真白已經將近一個月沒見到面，也已經有兩週以上沒聽到她的聲音。因為她仍然不接空太的電話。空太只收過她幾次回覆簡訊，但都是「嗯」、「我知道了」之類的簡短內容。雖然她本來就不是會傳冗長簡訊的個性，不過也未免太乏味無趣了，實在看不出來是正在交往的男女所進行的對話。

因為兩人處於這樣的狀態，空太已經事先向綾乃聯絡今天要去拜訪的事。

空太戰戰兢兢地穿過飯店氣派的入口。雖然已經逐漸習慣電玩公司的辦公大樓，但面對初次造訪的這種地方還是會覺得緊張。

櫃檯左邊有一家開放式咖啡廳。綾乃跟他說過：「我們就約在一樓的咖啡廳吧，我會帶椎名小姐過去。」

空太走近店家門前，服務人員便走了過來。空太跟對方說自己跟人約在這裡碰面，大概看了店內一圈，並沒有看到真白與綾乃的身影。看看時鐘，比約定時間早了五分鐘左右。

「請進。」

服務人員帶著空太到空位。那是從外面輕易就能看到的座位，似乎是考量到空太與人有約。在這裡的話，綾乃應該也能馬上發現吧。

空太點了菜單上最上面的調和咖啡，一杯六百圓。雖然覺得很貴，不過在這裡也無可奈何。

他一邊喝著送來的咖啡，一邊傳簡訊給龍之介報告狀況。

——作品審查會已經確定三月八日了。

——了解。

回答簡單得令人覺得害怕。

——沒有其他意見嗎？

——我可以說嗎？

——當然可以。

——那麼，你就處理到沒有後顧之憂以後再回來。

對現在的空太而言，龍之介確切地戳中了最痛處。空太不禁後悔自己傳了無謂的簡訊。

他想要得體地回應，卻什麼也想不出來。接著再次收到龍之介傳來的簡訊。開啟簡訊的同時，空太立刻就知道是女僕寄的。

——要是遲鈍的空太大人沒發現可就傷腦筋了，因此由我來詳細解說龍之介大人剛剛所寄出的簡訊。溫柔體貼的龍之介大人所說的意思，是要您盡快跟真白大人和好。

——難得赤坂講得這麼婉轉，妳幹嘛要赤裸裸地說出來啊！我很清楚了啦！

——哎呀，真教人吃驚（吃驚貌）

——我也是有在成長啦。

——對於已經有所成長的空太大人來說，要跟真白大人和好根本就是易如反掌的事囉？

看來，自己似乎又多說了不該說的話。

——誠心期待聽到成熟的空太大人的好消息。大家的偶像·女僕

竟然有這麼伶牙俐齒的偶像。

「唉……」

空太把手機收到口袋，又喝了一口咖啡。抬起頭的時候，剛好看到一個走進咖啡廳的人影。

是綾乃。白色的女用襯衫搭配深藍色的外套，是上下成套的合身裙裝。肩上背著大型托特包的綾乃一個人走進店裡。

真白會比較晚到嗎？應該不是。綾乃充滿歉意的表情已經說明了一切。

「對不起。」

一到座位上，綾乃便低頭致歉。

送菜單過來的服務人員顯得有些不知所措。

「真白呢？」

「我想給椎名小姐一個驚喜，所以一直瞞著她你要來的事……」

綾乃向服務人員點了「一樣的東西」。服務人員優雅地低頭致意後離開。

「結果卻弄巧成拙，椎名小姐現在正在睡覺……叫也叫不醒。」

「她是說不想見我吧。」

空太隱約知道這是在說謊，也明白綾乃是顧慮到自己才說了謊話……

「！」

綾乃的眉毛抽動了一下。

「果然穿幫了嗎……」

兩人視線對上，綾乃無力地笑了笑。

「對不起。我一直瞞著椎名小姐是事實，因為想讓她嚇一跳……卻沒想到剛剛去房間接她的時候，她卻說不想見你。」

綾乃似乎正猶豫著該怎麼說才好。感覺得出她無法捉摸真白的心情。

「害飯田小姐被捲入莫名的氣氛裡，我才覺得很抱歉。」

綾乃喝著送來的咖啡。

「小孩子就不要顧慮得像個大人一樣。」

被嘲笑了。

「那個，可以請妳帶我到她的房間嗎？」

綾乃的視線從咖啡杯往上移。

「可以是可以……不過看她那個樣子，恐怕很困難。」

從她不甚愉快的表情可以窺知她應該花了許多時間與唇舌試圖說服真白。

正因如此，所以不能再因為自己與真白的事給她添麻煩了。

「就算這樣，還是要拜託妳。」

「我知道了。」

綾乃呼喚服務人員，迅速地結帳。空太正要掏出錢包，又被綾乃笑著說「不用啦」。

兩人搭電梯來到七樓。

在鋪了地毯的走廊上筆直走到最底端。在這期間，空太與綾乃都沒開口。

「就是這裡。」

兩人在701號室門前停下腳步。

空太毫不猶豫地按下房間的門鈴。

房內有人的動靜。聽得到啪噠啪噠的腳步聲。

「綾乃？」

是真白的聲音。雖然隔著一道門聽得不是很清楚，但空太不可能聽錯。她應該就站在門前。

「真白，是我。」

空太輕聲說道。

「……！」

隨著沒發出聲音的驚愕，就在房門前的氣息又逃往房間裡去了。

「這實在讓人很洩氣啊……」

空太背靠著房門，拿出手機。

撥打真白的電話。

在一旁看著的綾乃大概是判斷還會花點時間，便小聲地說「我在樓下等你」。空太不發一語地點點頭，綾乃說完「加油」後便從走廊上折返離開。

在這段期間，空太的注意力還是放在貼著手機的耳朵上。聽得到來電答鈴聲，看來真白至少有開機。

不過大概不會接通。真白應該不會接電話。

「真白，算我拜託妳，快接電話吧。」

空太朝房內喊話。

「只是聽我講話也可以。」

不能太大聲呼喊，會吵到其他人。

「……」

無機質的來電答鈴仍持續著。真白不願接電話。

就在空太打算放棄的瞬間，鈴聲突然中斷了。

「真白？」

空太佯裝平靜地呼喚。

『……』

沒有回應。

不過，聽得到呼吸的聲音。真白在電話另一頭。

大概是感到稍微放心了，空太雙腳放鬆力氣，靠在門上的背往下滑，彎曲膝蓋坐在地板上。

「妳有沒有好好吃飯？」

『……』

「妳有沒有挑食，給飯田小姐添麻煩了？」

沒有特別想說什麼，自然脫口而出這些話。

過了一會，真白回應了：

『……我有好好吃飯。』

鬧彆扭般的聲音搔著空太的鼓膜。

「真的嗎？」

『……綾乃說我稍微變胖了。』

「真的假的！」

『……空太好像很高興。』

節奏比平常稍微慢了一點。大概是因為久違了才有這種感覺吧。

「沒有啦，只是很難想像妳變胖的樣子……超想看的。」

『……在我瘦下來之前不跟空太見面。』

「這就是妳窩在飯店的原因？」

雖然猶豫著該不該探究，不過空太還是刻意踩了進來。既然都來到這裡，不能只講些表面話就算了。如果不能兩人確實面對面就沒辦法繼續向前進。空太與真白已經面臨這樣的局面。

『……不是。』

隔了好一段時間，真白如此說道。

「我剛剛只是開玩笑的，妳不用認真回答我。」

『我不想見到空太。』

就在一時鬆懈的同時，銳利的一箭射了過來，猛力刺中了空太的胸膛。

「這讓我打擊很大耶。」

空太笑著說。如果連這點程度都不能笑著帶過，那根本就沒辦法繼續談下去。

『所以，空太回去吧。』

「妳還在為聖誕節的事生氣嗎？」

原因出在別的地方——空太有這樣的自覺。那只不過是導火線，問題在於更根本的部分。

『不是。』

「我想也是。不然的話……」

空太的背後感覺得到房內一度遠離的氣息又緩緩靠近過來。

『要是現在看到空太，就會變得更想見到空太。』

隔了一道門也聽得到她的聲音。

『要是跟空太講話就會變得更想交談，會希望空太待在我身邊。』

「我想跟真白見面，想要面對面談話，想要緊緊抱著妳。」

『不行。』

「為什麼？」

『我會不想跟空太分開。』

有些害怕聽到她的答案，因為腦海中掠過了說不定會聽到無可挽回的話語這樣的可能性……

「這我超歡迎的。」

『會想要空太待在我身邊直到天亮。』

『會希望空太明天也一直待在我身邊。』

「……」

「這個……恐怕有點困難耶。」

空太老實地回答。

遊戲完成的期限就在月底的這個關鍵時期，而且剛剛才連作品審查會的日程都確定了……

『只要想到空太，就會變得越來越不明白。』

「不明白什麼……」

『不明白我自己。』

真白的聲音很沉穩。

『我明明只有一個人，現在卻好像有很多個我一樣。』

並沒有抽抽搭搭地哭著訴說……

『喜歡空太的我……』

聲音也沒有變激動……

『討厭空太的我……』

不是只任憑情緒吐露心意……

『希望空太實現夢想的我……』

也不是在生氣……

『還有希望空太的夢想最好不要實現的我。』

更不是深切地感嘆。

真白一定是從住在飯店以來就不斷地思考，與空太分隔兩地之後才得以重新檢視自己的感情。就像空太一樣……

正因如此，真白自始至終都沉著冷靜。明白自己的不明白，認知了有幾個不同自我的存在。

只有聲音微微顫抖，因為內心被不搭調的情緒攪弄……

『如果在一起的時間沒有了，我會沒辦法支持空太追求夢想……』

「……」

聽到她明確地說出口，空太為之語塞，幾乎要窒息了。

心跳加速，突然變得口乾舌燥，眼前彷彿逐漸被染成一片漆黑。

『所以，我不能跟空太見面。』

究竟有沒有能夠解決眼前這個問題的方法呢？

從開始交往以來，一起度過的時間不斷遞減。真白的漫畫評價與銷售量都順利攀升，空太也開始正式進入「Game Camp」的遊戲製作，因此約會的次數越來越少，就連說好了絕對要一起度過的聖誕節之約也沒能履行。

說來諷刺，彼此越是朝夢想邁進，心意無法相通的情況就越來越多……越是把手伸向夢想，彼此就漸行漸遠。如同聖誕節那天一樣，無法一起歡度特別日子的狀況未來也還會發生吧。也許會是更嚴重的錯身而過。

這樣的事實擺在眼前，兩人還沒辦法成為能夠說出「為了彼此的夢想，所以無所謂」這種話的聰明大人。有時還是必須透過像情侶一樣的生活，才得以維持情侶關係。因為就在身邊而能感受到對方的體溫，所以感到安心；因為每天都在見得到面的距離，所以能確認兩人正在交往。少了這些，只靠心意未免也太不安定了。空太與真白並沒有堅強到可以只靠感情就能完全信任彼此，沒辦法談只靠彼此相愛就能感到滿足的戀愛。

『我不想讓空太困擾，卻還是造成空太的困擾了。』

「我早就習慣被妳耍得團團轉了。」

「我不要這樣。我不想讓空太看到這樣的我！」

空太透過房門直接聽到了這句吶喊。房門發出了撞擊聲。真白正因為應付不了的情緒而感到痛苦……

「真白，只有一件事妳一定要記住。」

『……』

真白沒有給予肯定的回應。

空太深深吸了口氣，重新振作。

把手機拿離開耳朵，抬起頭來。

「就算這樣，我還是喜歡真白。不管是什麼樣的真白，我都一定會喜歡上。」

集結了全身的溫柔，空太直接訴說。

『……』

房間裡沒有回應。

「我會一直等妳，在櫻花莊等妳。不管是什麼樣的真白回來都沒關係。」

『……』

就算空太繼續待在這裡，也只是讓真白感到痛苦。

「我會再打電話給妳。」

空太如此說完後站起身，離開房門前。

回到飯店大廳的空太向在咖啡廳裡等待的綾乃打招呼。綾乃還請空太吃午餐，兩人一邊討論真白的事一邊吃了義大利麵。

趁這時候，空太向綾乃問了一直很在意的問題。

「那個，飯田小姐。」

「什麼事？」

「看真白那樣，原稿方面沒問題嗎？」

「這一點倒是沒問題。反而隨著連載次數增加，她在情感表現的部分也變得越來越好，也就是椎名小姐原本的弱點……尤其是登場人物煩惱或思考的地方。分鏡稿也比以往花費更多時間，甚至還主動說想增加連載頁數……她現在真的很厲害喔。」

在空太面前，綾乃還如此補充：「雖然沒辦法讓人坦率地開心起來就是了。」

「漫畫進行得順利就好。我放心了。」

真白的重心並沒有歪掉，她很清楚什麼是重要的。這才是真白。

「那麼，如果有什麼情況我會再跟你聯絡。神田同學也是，想到什麼就告訴我。」

「好的。」

在飯店前與綾乃道別的空太來到地鐵月台。

轉搭電車回到已經住慣的藝大前站。

走出驗票閘口時拿出手機確認時間。下午兩點。回來的時間意外地早，是因為「Game Camp」的討論會議從上午十點就開始了。

空太的腳步走向紅磚商店街。

腳步好沉重。既然有了自覺，便無法從見不到真白的打擊中跳脫出來。真白所說的話重重壓在空太的胸口上。

——如果在一起的時間沒有了，我會沒辦法支持空太追求夢想……

緊黏在耳邊甩不開。

想成為遊戲開發者的夢想是拜真白所賜。然而，這個夢想不被真白期望的事實未免太令人難過了。

「……怎麼會這樣？」

沮喪化為喃喃自語，不禁脫口而出。

空太低著頭穿過商店街的拱門，這時……

「大叔，活跳跳的傢伙全都給我吧！」

傳來如此有魄力的聲音。

個子明明很嬌小，比手畫腳的動作卻很大，所以空太馬上就發現了那個身影。

美咲正在魚販前手舞足蹈地轉圈圈。

不論何時總是朝氣十足，就連周圍看起來都閃閃發光，真是不可思議。

放在腳邊的購物籃裡塞滿了肉類與蔬菜，不管怎麼看都不像是丈夫獨自住在外地的三鷹家所能處理的分量。

「美咲學姊。」

空太出聲向她打招呼，她便轉動全身回過頭來。

「喔喔，學弟！在這裡遇到你，你就休想逃跑啦！來，這個給你拿！」

她把從魚販手上接過來的塑膠袋不容分說地交給空太。沉甸甸的袋子裡頭有一隻大比目魚，還有約五、六人份的鱈魚切片。

「這些妳打算一個人吃嗎？」

美咲很可能會幹這種事。

「今天要在櫻花莊開火鍋派對喔～～！」

「我沒聽說耶。而且，到底要慶祝什麼？」

「為了迎接遊戲完成的那一天！活力滿滿一起加油的派對喔！」

美咲對自己的發言擁有絕對的自信，從來不認為也絲毫不懷疑自己是不是說了什麼有點古怪的話。

「這樣啊。」

由於是值得感謝的事，空太便老實地接受了。隨著遊戲製作進入關鍵時期，因為忙碌，空太連做料理或吃飯的時間都嫌浪費。今年以來這種情況尤其顯著，可以簡易料理、快速食用的輕鬆菜單變多了。

空太與結完帳的美咲並肩而行。

採買就下次再說了。

「唉……」

邁出腳步之後的嘆息聲完全是無意識發出來的。

「怎麼啦怎麼啦，學弟！你很沒精神喔！完全不夠喔！」

「那種事……」

倒也不是沒那回事。

「你不是去補充小真白能量了嗎！」

櫻花莊的所有成員都知道今天空太去見真白，就連鄰居人妻女大學生都知道。

「沒見到她啦。」

空太以有些鬧彆扭的口氣回答。

「咦～～為什麼啊！」

「她說不想見我。」

「這樣啊！」

美咲似乎覺得很可惜。

「不過，稍微聊了一下。」

「小真白說了什麼？」

「她說不明白自己；有好多個自己。一想到我，就會出現各種自我……雖然想跟我在一起，卻又不想跟我在一起，也沒辦法支持我製作遊戲……這最傷人了。」

「原來如此啊～～」

美咲「嗯嗯」地猛點頭。

「學姊聽得懂我剛剛說的話嗎？」

空太沒有自信能確實說明。

「小真白正在談戀愛呢。」

美咲發出了極為開朗的聲音。

「咦？」

空太忍不住發出痴呆的聲音。

「我也是喔。有好多好多個我呢！」

空太不太能理解她所說的意思。

「因為太難應付了，希望美咲學姊有一個就好了耶。」

空太露出苦笑。

美咲不以為意，繼續說下去：

「想待在仁身邊的我；不想給仁添麻煩的我；不想因為添了麻煩而被討厭的我。不過，還有偶爾會跑去大阪見仁的我，也都是我喔。」

美咲從購物籃裡抽出長蔥。

「……」

她似乎真的聽懂剛才空太的說明。老實說，確實讓空太感到驚訝。

「我因為喜歡上仁，所以認識了好多個我所不認識的我喔。」

美咲像在指揮一般揮舞著長蔥。

「所以，談戀愛會接連不斷地遇到新的自我喔！」

她用長蔥指著空太的鼻子。

多虧如此，好好的一段佳話全泡湯了。不過，空太打從心底認同美咲說的話。

「說的也是啊。」

回顧起來，空太也是如此。現在也是。

對真白感到憧憬，嫉妒她的才能，被迫認識悽慘的自己。然後遇見了想改變這樣的自己、想要克服而不斷挑戰的自己。

追逐著遙不可及的背影，感到焦躁慌張……也曾有過只能靠遷怒別人才得以保護自己的瞬間。空太見識到了許多難看的自己。

確實就如同美咲所說的。

與真白相遇讓空太學到了許多關於空太自身的事；有許多因為戀愛而產生的感情，使空太得以認識數不清的自己。這些絕非都是好事，也有許多令人慘不忍睹的部分。

然而，透過面對這些感情而得以跨出下一步也是事實；能認識嶄新的自己，這也是事實。

包含好的一面與不好的那一面的自我。

現在這一瞬間，空太能夠這麼認為。

沒有什麼是沒用或多餘的。

「沒問題的，學弟。」

「什麼事沒問題？」

「小真白可是超不服輸，絕對會追上學弟的。」

「啥？」

空太聽到出乎意料的話，忍不住發出怪聲。

總是在後頭追的人是空太。然而，美咲卻說出相反的話。

空太向美咲投以疑問的視線，希望她告訴自己這是什麼意思。

「學弟，你可要好好接住衝刺過來的小真白喔！」

然而，美咲卻說了更令人搞不懂的話。

「好的。」

即使如此，空太還是清楚地回應。

還沒能完全理解美咲說的話，也許只是覺得似乎理解了。不過，空太感覺已經接收到了某種很重要的心意。

並肩走在身旁的美咲露出滿臉笑容。

所以，空太覺得這樣就好了。

3

二月的時間真的如梭似箭地過去了。

正式進入大學考試的這個時期，三年級生要不要到校就交給自己決定。由於空太與考試沒有關係，得以盡情活用這個機會，專注在完成「RHYTHM BATTLERS」最終階段的製作工作。

空太、龍之介與麗塔三人過著在已經化身為開發室的櫻花莊裡埋首工作的日子，沒有其他更應該優先進行的事。

在這之中，唯獨龍之介在二月十二日出門到水明藝術大學。他活用程式設計的技能，去參加了媒體學系的術科入學考試。

「會通過嗎？」

龍之介傍晚回家後，麗塔如此問道。

「我已經拿到合格通知了。」

龍之介從口袋裡拿出來的紙張確實是證明合格的文件。

事到如今也不覺得驚訝了。對於表面上看來泰然自若，卻總是做些破天荒行徑的龍之介，只能感到傻眼。

就在龍之介的升學也順利確定之際，遊戲製作終於進入最後的完成階段。

繪圖、配樂、劇本已經全部備齊，做為素材資料先暫緩進行。關卡設計也已完成，剩下的就是同時進行調整與除錯。

麗塔、伊織、栞奈與美咲是試玩及除錯的主要成員，發現問題便寫進共有的可閱覽錯誤管理工具，再分為應該由空太在遊戲引擎上處理，或者由龍之介以程式等級對應的類別。細分來說，難易度或關卡設計上的失誤就送到空太這裡，動作不流暢方面的錯誤就會到龍之介那裡。

空太與龍之介先從優先順位較高的部分開始修正。接著，關於修正過的部分就會以錯誤管理工具更新為「已修正」，再由報告者重新確認一次，沒有問題的話就會被視為「修正完成」。

如果不這麼做，根本無法管理以數百件計的案件。如果只是口頭上說，就會因為數量過多而記不住。

「啊～～可惡，就在我處理一件的同時，竟然又增加了十件！」

「別唉唉叫了，神田。這次因為是小規模的計畫，所以數量還算少的。」

「真是奇怪了。為什麼我眼中看到了三百這個數字？」

「如果是稍有規模的RPG，數字會有兩千至三千，這種算少的了。況且數字這樣攀升，你應該要覺得感激，這表示我們做了這麼精密的確認。」

「是要我變成被虐狂的意思嗎！」

「別光動嘴，趕快動手吧。」

過了二十日之後，為了減少對話往來，龍之介把機材搬到了空太房間裡。礙事的東西都移到走廊上，將作業用的桌子跟空太的書桌排在一起。希望對方直接調整的部分就直接用說的，然後當場修正，相互確認。

雖然對與不管怎麼做都不見減少的錯誤明細的格鬥也逐漸感到厭煩了，然而同時又有現在正確實逐漸完成遊戲的手感。

雖然在完成的三天前發現了畫面停止的重大錯誤時，讓人不禁打了冷顫……

而且還花了整整兩天的時間，龍之介才解決了這個問題。

「原因是什麼？」

「儲存重玩用檔案的記憶體初始化不完全。」

「……」

完全聽不懂他在說什麼。

「也就是不要的垃圾囤積到滿出來了的意思。」

龍之介嫌麻煩似的說明。即使如此，搞不懂的還是搞不懂，所以只要交給很了解的龍之介就好了。

「反正是已經修好了吧。」

「嗯。修好了。」

空太等人也度過了這樣的危機，終於迎接這一天的到來。

二月的最後一天。

夕陽西下之際，空太的房間裡聚集了空太、龍之介、麗塔、伊織以及栞奈等人。眾人專注地凝視著電腦畫面，盯著逐漸增加的燒錄軟體的進度。

終於，燒錄進度跑完了。結束了將近一分鐘的終結處理之後，出現了通知光碟燒錄完成的對話框。

光碟機的托盤自動打開，吐出了金黃色的ＲＯＭ。

空太以顫抖的手抓起光碟，收進塑膠盒裡，用麥克筆在上頭寫下「RHYTHM BATTLERS 提交用母片」。

麗塔、伊織與栞奈都在一旁屏氣凝神地盯著空太的動作。雖然只有龍之介看起來跟平常沒兩樣，不過從他撫摸著貓咪的頭看來，心情或許非常好。

「這樣就完成了嗎？」

率先發聲的人是麗塔。

「嗯，完成了。」

「太棒了～～！」

伊織跳了起來。

「呼～～結束了啊。」

栞奈癱坐在地板上。大概是在看不見終點的試玩及除錯期間所累積的疲勞，一下子全宣洩出來了吧。

終於露出了鬆一口氣的表情。

空太有種彷彿巨型驚濤駭浪從體內深處湧上來的感覺，即使想克制也克制不了。那是一種爆發性又暴力，更是無與倫比的享受過程的感覺，無法忍耐也沒有忍耐的必要。

「啊啊～～！結束了～～！」

雙手高高舉起，空太就這樣往後倒在床上。

「只要動手做就會完成呢……」

並深切地說出感想。

「你在說什麼理所當然的事。」

龍之介態度冷淡。

「話是這麼說沒錯啦。」

老實說，隨著作業不斷進行，也越來越不確定是否能夠完成。不管怎麼做都不見錯誤明細減少的跡象，反而繼續增加……然而只有月曆上的日期一天一天確實地逐漸縮減。眾人經歷了時間減少、作業量卻增加的恐怖體驗。

「在完成三天前出現停止錯誤的時候，連我都焦急了起來。」

龍之介「哼」地嗤之以鼻。難得看到他露出笑容。

「這麼一來，就可以跟除錯的日子說再見了呢。」

麗塔對著龍之介綻開了燦爛的笑臉。

「龍之介，既然還有時間，明天請跟我約會吧。」

「妳在說什麼蠢話？」

「哪裡蠢了？」

不滿的麗塔把臉朝龍之介靠近。龍之介立刻拉開距離。

「雖然已經完成了，但還有工作要做喔。」

「咦？是這樣嗎！」

伊織感到錯愕；栞奈的表情為之凝結。這也難怪，原以為終於獲得解放，沒想到竟然被告知還要繼續。

「神田也是，要發呆就只能趁今天。」

「我知道啦。」

「你是真的知道吧？」

「你應該是想說到發售前還有一段時間，所以要繼續除錯，盡可能降低錯誤吧？不能只是等待作品審查會的結果。」

空太維持仰躺的姿勢，朝天花板說道。

「既然你知道，那就沒問題了。」

「咦～～真的假的？稍微玩一下嘛！」

「就是說啊，龍之介，消除疲勞、重新振作也是很重要的。」

琹奈不發一語地點點頭。

「駁回。」

龍之介果斷地駁回了。

「欸，赤坂。」

空太呼喚龍之介後，緩緩地吐了口氣。

即使不用看，只憑氣息也知道四人的視線都集中到自己身上。

「至少明天休息一下吧？畢竟我們都努力撐到今天了。我覺得伊織跟麗塔說的也很對。」

接著，所有人把視線移到龍之介身上。

「既然神田都這麼說了，休息個一天也無妨。」

「太棒了～～！不愧是空太學長，我愛你！」

擺出萬歲姿勢的伊織就這樣往空太的方向撲了過去。

「嗚喔！放開我啦，伊織！」

空太推開伊織的臉，把他滾到床旁邊，變成兩人並排躺著。

「既然這樣，龍之介，明天還是來約會吧。」

「神田說的是休息。妳要正確理解別人說的話。」

「如果龍之介跟我約會，我的疲勞就會獲得紓解喔。」

「我會累積精神上的壓力，所以駁回。」

龍之介逃也似的離開房間。當然，麗塔也鍥而不捨地跟上去。

「請等一下，龍之介～～！」

啪噠啪噠的腳步聲逃往隔壁房間去了。

「約會啊～～真不錯呢。我也想約會啊。」

「我明天要好好睡一覺。」

栞奈先打了預防針。

更重要的是，兩個一年級生明天還有平常的課要上。

「那麼，至少慰勞一下努力到現在的我，讓我摸摸胸部吧！」

伊織鏗鏘有力地說出讓人無法置信的話。記得他以前說過覺得栞奈的大腿很不錯，那個跟這個是兩碼子事嗎？實在搞不懂伊織的思考模式。

栞奈拿起跟電話簿差不多厚的開發機材說明書……

「去死。」

說完便在伊織的臉上方放開手。

「嗚啊啊啊啊！」

千鈞一髮之際，伊織空手接白刃擋了下來。要是被直接命中，恐怕不是悶哼個兩聲就能了事的吧。

「妳怎麼可以做這種事！」

坐起身的伊織正準備抱怨時，栞奈已經走出房間。

「只要一下下也好嘛。」

伊織絲毫不沮喪地追著栞奈離開房間。

「……」

留下來的只剩躺在床上的空太與十隻貓咪。有的貓靠過來磨蹭空太，有的直接坐在他身上，陸續聚集到空太身邊。空太感受著體溫，自然地閉上眼睛。

意識逐漸遠離身體。說不定自己比感覺到的更加疲累——這樣的思考也很快就中斷，空太彷彿受到拉扯，陷入深沉的睡眠之中。

這一天，櫻花莊會議紀錄上這樣寫著。

——恭喜各位完成了遊戲。大家辛苦了！書記．女僕

4

隔天，空太醒來時已經過了下午兩點。

推開在自己肚子上睡覺的小不點白貓小櫻後坐起身，揉著還傾訴著睡得不夠的沉重眼皮來到飯廳。

「……咦？」

有一股不協調的感覺，空太環顧四周。太安靜了。他還仰望天花板搜尋二樓的氣息，卻也沒有一點聲音。

空太馬上就理解了其中的原因。餐桌上有張便條紙。

——完成的ＲＯＭ已經請宅急便送過去了。我跟美咲、伊織、栞奈還有龍之介一起去老鼠國遊樂園玩了。麗塔

上頭如此寫著。先不管伊織，沒想到連栞奈都蹺課了……雖然不是值得稱許的事，不過總覺得對栞奈而言是好現象。

下方還有小字寫了備註。

——空太也去邀真白吧。

並不是要空太一起去遊樂園，麗塔所說的是要空太與真白趕快和好。不，不只麗塔，櫻花莊的每個人大概都有同樣的想法吧。

伊織平常就會直截了當地問：「空太學長，你不會跟椎名學姊分手吧？」而栞奈在前幾天討論劇本之後，也說了：「學長要是再不振作一點，我也很難乾脆地放棄喔。」

龍之介也以他的方式經常向空太投以別有深意的視線。

美咲幾乎每天都到空太的房間玩，而仁也會定期用電話或簡訊報告一些並沒有問他的近況。那是「有什麼事隨時都可以找我商量」的意思。

再加上經過商店街的時候……

「跟真白還在吵架嗎？不行喔，要趕快和好喔。」

「就是說啊，神田家的小夥子，這種時候就是先道歉的人先贏。」

像這樣，空太不知被成瀨肉鋪肉販大嬸以及魚販大叔關切過多少次了。

大家都很關心。如果能回應他們的期待，空太早就做了。空太想讓大家放心，他自己也不想一直持續這種跟真白錯身而過的狀態。

「……話是這麼說沒錯啦。」

如果能輕易解決早就已經處理好了。就是因為沒辦法解決，所以這種沉重的氣氛才會拖拖拉拉了兩個月。

「……」

空太的雙腳自然而然走向二樓。

202號室。空太佇立在真白房門前。

微微深呼吸之後，敲了兩次門。

「……」

沒有回應。這是當然的。真白現在也還住在飯店裡。網路上的討論盛況在這個月逐漸趨於緩和，綾乃也說「回櫻花莊應該沒問題了」。然而，據說真白回應「不想回去」，理由是因為空太在櫻花莊裡……

「我要開門囉。」

空太無謂地如此告知後，打開房門。

整理得乾淨清潔的房間，無論是書桌或床，雖然有生活過的痕跡卻感受不到體溫。感覺不到真白。

看著空虛的房間，空太不禁難過了起來，很快地關上房門。

回到一樓，在飯廳吃過晚的早餐。一個人孤零零的早餐花了大約十分鐘吃完後，洗把臉又回到房間裡。時間已經過了兩點半。

沒有特別要做的事。

「……去學校拿東西吧。」

距離畢業還有一週的時間。如果從明天起又要回到遊戲製作工作上，那麼能悠閒度過的就只剩下今天了。在畢業典禮當天才要把放在抽屜裡的課本全部帶回家會很難看。

「我出門了。」

空太換上制服後如此說完，便走出櫻花莊。

緩緩地走在前往學校的路上。

總覺得心情靜不下來。

是因為走在這條路上的機會僅剩畢業典禮當天了嗎？

或者是因為事到如今才注意到，自己只剩下一次穿水高制服的機會呢？

「……」

恐怕兩者皆非。

是因為不習慣自己一個人走在從櫻花莊通往學校的這條路上。

以往身旁總是有真白的存在。沒錯，總是如此……

剛開始相遇的時候，讓人覺得言行舉止亂七八糟的真白……她的存在經過了兩年的歲月，已經成為空太的日常生活，在身邊變得理所當然。一旦她不在了，竟然連總是安心走慣了的上學路上都變得寸步難行。

空太面對這樣的自己，在心裡笑了。

「只剩下一個星期就要畢業，這個樣子不行吧……」

朝天空說出的這段話，比想像中更加迴盪在空太的心中。

抵達學校的時候，已經是一、二年級生放學前的班會時間結束後的三點多。與準備放學的低年級生人潮相反方向穿過校門，在放學後吵雜的校舍門口換上室內鞋。

走向樓梯的途中，與急著前往社團活動的棒球社集團擦身而過。白色練習用的制服，在胸口、膝蓋以及臀部的地方顯得髒汙。一直到他們畢業前，這些髒汙一定會變得更加醒目。空太一邊望著他們逐漸遠去的背影一邊想著這樣的事。

走廊上，拿著拖把的學生們忙碌奔走，到處都熱鬧而充滿活力，因為現在正值打掃時間。

不過，這也只到二樓為止。上到三年級教室所在的三樓，校內氣氛就截然不同了，有種溫度急遽下降的感覺。幾乎沒有人的氣息，就連剛才聽到的喧鬧聲都顯得遙遠。這樣的距離感，讓無人的走廊更顯淒涼。

一走進三年一班的教室裡，這樣的印象更加強烈了。開門的聲音聽來格外響亮。

三十幾張桌子和椅子，沒有人坐在上面。明明該是已經看慣的教室，卻有種不知道自己身處何處的感覺。

然而，這裡卻是升上三年級以後度過了一年時光的教室……

往裡面走進去，朝靠窗邊倒數第二個位子靠近。

那裡就是空太的座位。

他有些顧慮地坐下，感覺好像不是自己的座位。明明還記得桌上的髒汙，就連抽屜裡塞滿滿的課本也確實是自己的東西……

空太原本打算拿走東西就馬上回家，卻沒能立刻站起身來。他茫然望著黑板，上頭沒寫任何東西。

外面傳來社團活動的吆喝聲。

空太閉上眼睛，深深吸了口氣。緩緩吐氣的同時，開門的聲音震動鼓膜。

「啊。」

有人的聲音。似乎是注意到了空太。

腳步聲靜靜地走近，在空太身旁停了下來。

「神田同學。」

空太知道這個聲音。是讓人覺得舒服且聽慣了的聲音，現在則是會讓空太稍微做好心理準備的音色。

心想是七海在身邊，空太睜開了眼睛。

「咦！」

先是發出了錯愕的聲音。站在桌子旁探頭看著空太表情的人，的確是七海沒錯。然而，卻不是空太所熟悉的七海。

「妳是誰？」

「我是青山七海啦。」

七海微眯著眼，一臉不高興地瞪著空太。

「啊、呃……對、對啦，是青山。青山？」

「你內心動搖得太厲害了吧。」

「呃、那個，因、因為……那個！」

要空太別震驚反而辦不到。

眼前的七海與記憶中的她有個決定性的差異。

頭髮是短的。

象徵七海的馬尾不見了。

變短了一大截。

「看起來有那麼奇怪嗎？」

七海以雙手摸著變短的髮絲。大概是還不習慣，本人也一副靜不下來的樣子。

「不、不是那樣啦……只是第一次看到短頭髮的青山。」

「沒什麼其他想說的話嗎？」

七海彷彿尋求什麼一般問道。答案立刻就被導引出來了。

「……很適合妳。」

「這種話最好不要對真白以外的人說。」

「剛剛顯然是青山妳要我說的吧。」

明明是七海誘導空太說出來的。

「就算這樣，你也不能說。」

「以後我會小心的。」

「很好。」

七海將雙手扠在腰上並笑了。

「不過，為什麼突然剪短？」

「對我來說倒不是突然。」

「是這樣嗎？」

「去年決定是否隸屬事務所的甄選落選之後，我就一直想剪短頭髮轉換心情……」

游移的視線最後落在空太身上。

「正當我煩惱著要不要剪的時候，就被神田同學給甩了。」

「……」

老實說，真不知該怎麼回應才好。

「如果在那個時候剪掉，會被以為是因為失戀了才剪，所以不想那麼做。」

「所以就撐了一陣子才剪嗎？」

「不是什麼值得特地問的理由吧？」

「沒那回事啦……」

空太視線被變短的髮絲吸引。

看這樣子，可能還得花上一些時間才能習慣。

「不要一直盯著我看啦。害我覺得很難為情。」

「抱歉。」

「倒也無所謂啦。」

「到底是可以還是不可以啊……」

不置可否地笑了的七海在自己的座位上坐下。是空太右邊的座位。她筆直地看著黑板，空太也直盯著黑板，並且把從這個座位可見的景色都收進眼裡。

「等我的頭髮留到原來的長度時，要是我們也能回到像那個時候那樣就好了。」

七海喃喃說著。能什麼都不多想，只是開心地在一起的那個時候……還能天真無邪的那個時候……將自己的感情藏在心中、還沒察覺到那份情愫的那個時候……

「我想，那大概是不可能的事吧。」

「……」

「一定已經回不去了吧。」

隔壁傳來無聲的緊張感。

「……這樣啊。」

「回不去，已經回不去了。就像一個星期之後，我們就要從水高畢業，再也沒辦法恢復成高中生一樣。」

「……嗯。」

「因為回不去了，所以必須往前。不是遺忘，不是跨越，也不是就這樣變成回憶……雖然我不知道該怎麼做，也不知道那該叫做什麼……就算跟那個時候不同，在不斷前進的未來中，一定會有不輸給那個時候的美好時光──只能如此堅信。」

空太在意七海的反應而瞥了她一眼，發現她正拚了命忍住不笑。

「這才是神田同學嘛。」

「妳說這話是什麼意思啊？」

「不懂得放棄。」

「……原來如此。」

「還能一臉若無其事地說著有點讓人喘不過氣又難為情的話。」

七海拭去眼角的淚水。自己說了那麼好笑的話嗎？

「能不能不要這麼冷靜地說出妳的感想？」

「不過，因為這樣才能堅信不疑。」

「這是在稱讚我嗎？」

「算嗎？」

「不算啊……」

「不過也許就是因為這樣，神田同學的周遭才會有人聚集過來吧。雖然大部分都是些怪人。反正神田同學也很怪，所以無所謂吧。」

「我覺得自己可是相當普通。」

七海笑著當耳邊風，一臉完全不認為空太很普通的表情；一臉如此確信的表情。

「先不說這些了，神田同學在學校裡一個人寂寞地在做什麼？」

「我來拿一直放在這裡的課本……其他只是無意間做的舉動。」

「因為快畢業了，所以在這裡感傷？」

「嗯，算是吧……」

「還有就是，有關真白的事？」

「！」

七海出奇不意的攻擊讓空太喉嚨哽住，忍不住咳個不停。

「不是還在網路上造成了話題？」

「喔喔，妳指的是那個啊。」

「還有，學校裡有她跟神田同學交往得不順利的傳聞，還聽說已經瀕臨分手了。」

「傳聞原來還挺可靠的……」

「發生什麼事了嗎？」

「……妳要跟我聊這個話題嗎？」

「可以的話，我也不想聊啊。」

有一半是開玩笑，另一半則是認真的眼神。

「……抱歉。」

「沒什麼好道歉的啦。」

「竟然連妳都擔心我了……」

「連我？」

「最近大家都對我好溫柔。」

「什麼跟什麼啊。」

七海嘻嘻笑了。

「雖然還刻意什麼都沒說，不過美咲學姊每天都會來玩，仁學長也會跟我聯絡……赤坂也常若無其事地問我『不要緊吧』。就連伊織還有栞奈學妹都很在意，甚至在商店街也被催促要趕快跟真白和好。」

「大家都沒辦法放著你跟真白不管吧。因為你不會放著大家不管，所以大家也沒辦法棄你於不顧啊。」

「……如果是這樣，我會很開心。」

這樣會覺得彼此是連繫在一起的，因為空太明白那不是擔心或顧慮……而是還包含了其他的心意。

無償的心意。因為喜歡那個人、珍惜那個人……光是因為這樣，感情與身體便會跟著動起來。那是不存在計較得失的單純情感。

「為什麼會吵架？」

「那是……」

空太原本幾乎要順著七海的詢問脫口而出，途中卻吞了回去。

「……」

「……神田同學？」

身體略往前傾的七海覺得奇怪似的探頭看著空太的表情。

「還是不應該找妳商量吧……」

「……」

「神經太大條了。」

「你有所成長了呢。」

七海一臉吃驚地看著空太。

「能不能不要真的那麼驚訝啊。」

「不過如果是這樣，那你一開始就不要讓我說出真白的話題啊。」

語氣夾雜著嘆息。

「唔！嗯，是這樣沒錯……」

「要是細心顧慮到這種程度，那就不是神田同學了耶。」

「說得真過分啊。」

「跟真白不要緊吧？」

沒辦法果斷地說不要緊。大概算是岌岌可危吧。不過，這更不是該跟七海聊的話題。

「我正在努力想辦法。」

「具體來說？」

試圖敷衍過去的回應卻被尖銳的追問刺中要害。

「……」

一時之間想不出什麼好方法。如果這種時候想得出來，問題早就已經解決了。

「毫無計畫啊。」

「我無話可說。」

「唉……」

七海只能搖頭嘆息。真令人傻眼。即使如此，再度轉向面對空太的七海卻一臉開朗的表情。

「我就幫你這一次喔。」

「咦？」

「今天真白去哪裡了？」

面對空太的疑惑，七海回應的卻是問句。

「我想應該是在飯店裡畫原稿吧？」

七海不理會空太的疑問，從書包裡拿出手機。才剛點出電話簿就立刻撥了電話。

究竟是打給誰呢？從剛才的對話研判，只想得到一個人。

「啊，真白嗎？」

漂亮地猜中了。

「喂、喂，青山！」

空太小聲地呼喚。然而，七海不予理會。

「我現在啊，正在學校的教室裡跟神田同學在一起，兩個人獨處。」

她別有深意地如此告知。空太的心臟激烈狂跳。她到底在說些什麼？

「我說啊，真白。」

電話的那一頭，真白究竟有什麼樣的反應？

現在只能默默觀察情勢發展。

「如果真白不要了，那神田同學就由我收下囉。」

「！」

七海把手機拿離開耳朵，結束通話後收回書包裡。

「呼～～好緊張呢。」

七海將手撫在胸口深呼吸。

「真不該做不習慣的事啊。」

也許是扮演壞人很難為情，七海打哈哈帶過。

「真白如果來了，要跟她好好談談喔。」

「那傢伙會來嗎？」

沒有自信。今天應該也還在畫漫畫。況且，她曾明白說過不想見到空太，也拒絕回櫻花莊。

「她會來的。」

相對於空太，七海的話裡充滿了力道。

「絕對會來。」

並強調般重複。

「為什麼妳能說得這麼肯定？」

「如果我站在相反的立場，被真白說了那樣的話……我一定會擔心得不得了，變得只能思考神田同學的事。」

七海露出溫柔卻又帶著些許感傷的笑容。

「青山……」

「所以，她會來的。」

「嗯……」

「好了……壞人也該消失了。」

七海從座位上起身，把書包背在肩上。

「啊，對了。」

「嗯？」

「就算神田同學跟真白分手了，我也不會跟神田同學交往喔。」

那是空太不曾見過的成熟笑容。

「喔、喔。」

面對七海的表情，空太顯得驚慌失措。

「所以囉，神田同學……」

剩下的話即使沒說出口空太也很清楚。因此，不能讓七海說出那些話。

「我會牢牢抓住真白的。」

七海僅有一瞬間睜大了雙眼，不過立刻又露出了溫柔的表情。

「你知道了就好。那麼，再見囉。」

「嗯，再見。」

七海踩著有些急促的腳步走出教室。

西邊的天空已經開始染紅。

空太從教室的窗戶有意無意地望著夕陽。

「她真的會來嗎……」

雖然七海說了真白絕對會來，但空太仍沒有把握。

「而且，她有辦法一個人來到這裡嗎？」

面對自己喃喃的疑問，內心回答：「恐怕是不可能吧……」

隨著時間一分一秒過去，再等下去大概也是徒勞無功──這樣的想法就變得越來越強烈。

已經超過四點半了。在講完電話之後立刻離開飯店、搭計程車衝過來的話，應該也要到了。

然而，空太就連不顧一切拚命的真白的樣子都無法想像。

空太思考著這些事的時候，走廊方向似乎傳來了聲音。

「……」

豎起耳朵仔細聆聽。

是人的腳步聲。

往空太所在的三年一班方向跑了過來。

連上氣不接下氣的喘息聲都聽得見。

不可能是真白。空太無法想像氣喘吁吁地奔跑的真白的樣子。

因此，空太告訴自己靠近的腳步聲不會是她。如果有所期待，接下來受到的打擊就會更大。

即使如此，隨著腳步聲逐漸接近，期待也不斷膨脹。即使認為不是那樣，空太卻仍認真地聆聽不斷傳來的喘息聲。總覺得是很熟悉的聲音。

而這聲音即將抵達這裡。

腳步聲在教室門前停了下來。

接下來的這一瞬間……

「空太！」

隨著呼喚聲，教室門被用力地打開了。

彷彿受到吸引一般，空太望向走廊的方向。

「呼……呼……」

真白就站在門口。

「呼……呼……呼……」

一頭亂髮，很痛苦似的不斷喘息。

「呼……」

大概是連撐起身體都覺得痛苦，只見她雙手撐著膝蓋，肩膀上下起伏地喘息。

「真白……」

空太呼喚她的名字，她便抬起頭來。雙眸確認了空太的身影，不過視線又立刻環視教室內。

「……」

真白露出一臉不解的表情。

「七海呢？」

「回去了。」

「怎麼會……」

真白發出絕望的呢喃，當場癱坐在地。

「喂、喂，妳沒事吧？」

從座位上起身的空太跑向位於門口的真白，伸出自己的手，真白卻沒有要抓住的意思。

相反的，她以泫然欲泣的雙眸仰望著空太。

「空太已經被七海搶走了嗎？」

還以為她要說什麼，原來是指這件事。

「沒被搶走。」

「真的嗎？」

她的身子往前探了出來。

「真的。」

「不是在騙我？」

身子繼續往前傾，一副拚了命的樣子……

「我沒騙妳。我怎麼這麼不被信任啊。」

「因為從聖誕節以來……在更之前也是，我都沒能做好空太的女朋友……」

「沒那回事。」

彷彿不想聽一般，真白以雙手摀住耳朵搖著頭。

空太將雙手疊在她的手上。

真白的身體抖了一下，抬起頭來。

「真白。」

「……什麼事？」

警戒般的眼神染上了不安的色彩。

「我們現在去約會吧。」

對於突如其來的提案，真白露出茫然的表情。

儘管如此……

「我也想約會！」

她在眨了幾次眼睛之後這麼說了。

「啊，可是我……」

也許是覺得害羞，真白在意起散亂的頭髮。仔細一看，衣服也慘不忍睹，只在睡衣上頭披了一件大衣而已。

空太不想讓其他人看見真白毫無防備的樣子，便把她的大衣鈕釦全部扣上。這樣一來，就看不出來大衣底下是睡衣了。因為下半身是長褲，勉強算是還能在外出時穿吧。至少到附近的便利商店沒有問題。

「真是的，妳怎麼會這種打扮就出門了？」

空太用手整理好真白凌亂的頭髮。

「因為，我以為空太會被搶走。」

「我還真是不被信任啊。」

空太握住真白的手，「嘿咻」地吆喝一聲讓她站起身。接著，空太依然握著真白的手，把她帶到走廊上。

「空太，要去哪裡？」

空太沒有回答，牽著真白的手邁開腳步。

由三年一班筆直延伸的走廊最深處……位於走廊底部的，就是真白所屬的美術科的教室。

「自從真白來到櫻花莊以後，我每天放學後都會穿過這道長長的走廊。」

「……」

「為了去接真白。」

「有幾次是我去接空太。」

「五次左右吧？」

「我去了六次。」

「這是該堅持的地方嗎？」

「這是很重要的事。」

來到美術科教室門口，從門外探頭往裡面看。

「不過，妳大部分的時間都不在。」

下午的課幾乎都是實習，常會留在別棟的美術教室裡，也許是整理工具或是還在畫畫……

空太沒有走進教室，接著又走向連接別棟的長廊。

「剛開始，我連走在這裡都覺得很緊張。」

真白的眼神看來正等著接下來的話語。

「因為我們普通科學生不太會到這裡來。」

別棟主要是讓藝術科的實習課程使用的教室。二樓是一整排音樂科的鋼琴練習教室，而三樓則是寬敞的美術教室，也就是真白所屬的美術科的據點。

「在藝術科的熟人也只有美咲學姊，所以擔心是不是會被認為『普通科的傢伙幹嘛跑到這裡來啊』。」

水高的音樂科與美術科的報考及格率極低，在入學之際就已經都是突破窄門的各分野的精英，所以會覺得他們是與普通科不同世界的人種而擅自築起高牆吧。

就在談話的途中，兩人來到了美術教室。

打開門走進教室。

夕陽把教室染得通紅。

跟那天一樣。被真白告白的那天……

「真白總是在畫布的前面啊。」

「這裡是畫畫的地方。」

空太看著立在畫架上的某人的畫作繼續說著：

「專注於眼前的畫，聚精會神的樣子。」

「倒也不是那樣。」

「不是嗎？」

「我在想空太。」

「……」

「等空太過來。」

「這樣啊。」

「我很喜歡那樣的時間。」

心裡溫暖了起來。聽到從不知道的真白的心意，空太的心感覺暖和了起來。然而，空太察覺到她的話中同時帶有「現在就不確定了」的意思。儘管如此，內心仍然覺得暖呼呼的。

離開美術教室的空太牽著真白的手來到一樓。在鞋櫃換好鞋子後走向校門，兩人的手始終牽在一起。即使被努力參加社團活動的學弟妹們看到了，空太也毫不在意。

「空太。」

「嗯？」

「大家都在看。」

真白的視線投向兩人緊握著的手上。

「反正我們馬上就要畢業了，就算有點流言也無所謂吧。」

下次空太再到學校來，就是畢業典禮當天了。

真白的肩膀靠了過來，算是一種回應吧。

「嗯？」

「馬上就要畢業了。有流言也沒問題。」

「是啊。」

空太笑著穿過校門，發現有一輛計程車停在門口，計程車司機正傷腦筋似的來回踱步……這時，他一看到空太就跑了過來。

「啊啊，太好了，幸好妳回來了。」

正確來說，似乎是在找真白。

詳情不用問也知道。只要想到真白能這麼快又確實地來到水高的理由，自然就有解答了。

「請問多少錢？」

空太掏出錢包問道。

車內的計費跳表上顯示出約一萬五千圓。

當然，空太的錢包裡沒有這樣的巨款。看來只能請他一起到櫻花莊一趟了。

「我有錢。」

真白從大衣的口袋裡拿出三張一萬圓的鈔票。

「這是怎麼回事！」

「為了應急……之前綾乃給我的。」

「我不是問這個。既然妳有錢，直接付不就好了嗎！」

計程車司機也點了點頭表示同意。

「之前空太說過，不可以一個人去買東西。」

「付車錢不算是買東西，而且為什麼特別選在這種時候遵守約定呢……」

真白把兩萬圓交給司機，立刻拿到找回來的錢。

「那麼，我先告辭了。」

司機點頭致意後便把車開走了。空太不經意地目送車子離開直到看不見為止。

就在這個時候，手機響了起來。空太從口袋裡拿出手機。

是綾乃。

「您好，我是神……」

『神田同學！』

空太正要報上名字，緊張的綾乃立刻打斷他，聲音刺激著他的鼓膜。

『椎名小姐有沒有到你那邊去？我現在剛到飯店，卻沒看到她的人影……我聽櫃台說，她大概一個小時前出門了。』

「我們現在在一起。我請她跟妳講電話。」

空太把手機遞給真白。

「綾乃……嗯，沒錯。對不起。嗯……嗯……嗯……」

講了大約三分鐘後，真白掛掉了電話。

「被罵了。」

「因為妳擅自跑出來，當然會挨罵啊。」

空太收下手機，以傻眼的聲音回應。

「不過，她說我可以不用回去了。」

「飯田小姐這麼說？」

「她要我跟空太在一起。」

「……這樣啊。」

網路上的討論盛況也大致平息了。比起討論真白個人，最近有關作品內容的意見增加了。

況且，一個星期後就要畢業了。

現在不硬性規定到校，所以也不用再去學校了。

原本在上個月中，綾乃就已經覺得真白可以回櫻花莊。也許她認為這正是個好機會吧。

太陽即將下山。在夜晚來臨之前，空太與真白來到車站前。藝大前站，是個不符合站名、到大學徒步需要花費十分鐘以上的車站……

有許多準備回家以及回到這一站的學生，提著購物袋的主婦也很顯眼。大概是回家後就要準備晚餐了吧。

空太走向空無一人的候車圓環前的長椅。

他只讓真白坐在長椅上，正面接收她往上看過來的視線。

兩人的手還牽在一起。空太也握住了真白另一隻伸過來的手。

「真白，妳還記得嗎？」

「這是我跟空太第一次見面的地方。」

那一天被千尋強硬拜託跑腿。說是表妹要來，所以叫空太去接她……因為拿到的是十年前的照片，空太一直誤以為要來的是個小女孩。

「我還以為妳絕對會搭電車過來。」

真白從停在圓環的計程車中現身。

「計程車很方便。」

見到她的那一瞬間，彷彿電流通過全身。

「那個時候，我什麼都還不知道。」

不知道也是理所當然，因為千尋什麼也沒說。

「像是真白是天才畫家；是超乎想像的生活白痴；就連妳把成為漫畫家當作目標……我什麼都不知道，只覺得是個好漂亮的女孩子，看得出神了。」

「……」

「我一定是在那個時候就已經喜歡上妳了吧。」

這對許多同世代的男孩子而言是種共通的情感。對可愛的女孩子傾心。很單純的故事。

然而，對空太來說卻不是就這樣結束了。在同一個屋簷下生活的幸運降臨，狀況完全改變。

「欸，空太。」

「什麼事？」

「我喜歡空太。」

「嗯……」

「空太對我很重要。」

「嗯……」

「漫畫也很重要。」

「這我很清楚。」

空太一直在她身邊看著。明明比任何人都更有畫畫的才能，卻付出比任何人都更多的努力

——空太一直追逐著真白這樣的背影。

「畫畫就是我。」

「這我也知道。」

畫畫就代表了活著。對真白而言，這完全不是誇大的表現。空太認為確實就是如此。

「我也希望空太的夢想實現……」

真白的語調變得有些低落。

「可是，不希望它從我身邊搶走空太。」

「嗯……」

「這樣的心情是沒辦法改變的。」

緊握住的手加重了力道。

「這我都知道。」

「全部都是空太給我的東西。」

「……」

「全部都是因為喜歡空太而得到的東西……我不知道要怎麼放棄。」

「嗯嗯。」

「任何一個都沒辦法放棄。」

「那麼，就全部帶走吧。」

空太抓住真白的雙手，讓她站起身。

「空太？」

「既然沒辦法捨棄……沒辦法選擇……沒辦法放棄，現在就只能全部都帶走了吧。」

「即使無法全部帶走？」

「即使無法全部帶走……總有一天，會全部都能一起帶走的。」

「總有一天……」

彷彿自問自答的呢喃。真白先是閉上眼睛後又睜開，筆直地凝視著空太。接著……

「說的也是。」

如此說完便笑了。

三月一日。

這一天，櫻花莊會議紀錄上這樣寫著。

——與龍之介約會玩得非常開心。書記・麗塔・愛因茲渥司

——不是約會。追加・赤坂龍之介

——生氣～～！竟然在老鼠國遊樂園跟龍之介大人約會，不可原諒！追加・女僕

——我都說了，不是約會。追加・赤坂龍之介

——平日遊客比較少呢。真慶幸蹺了學校的課去玩。追加・姬宮伊織

——玩得還算開心。追加・長谷栞奈

——那樣叫做『還算』嗎？妳不是還戴了附有耳朵的帽子，玩得超起勁的嗎！追加・姬宮伊織

——帽子是美咲學姊硬幫我戴上的，我也是逼不得已。追加・長谷栞奈

——那麼，我們就來檢視證據照片吧。我要放上在城堡前拍的照片喔。追加・麗塔・愛因茲渥司

——栞奈玩得很起勁耶。我也想去。追加・椎名真白

——好～那麼，明天我們就前往老鼠的海邊遊樂園囉！Let's go～～！還有，小真白，歡迎妳回來囉！追加・三鷹美咲

——我回來了。追加・椎名真白

——最近會議紀錄日記化的程度也太嚴重了吧！追加・神田空太

5

接著，一直到畢業典禮前的一週都過得很平穩。

回到櫻花莊202號室的真白跟以前一樣，靜靜地燃燒熱情在畫漫畫上，空太則穩定地持續試玩「RHYTHM BATTLERS」完成版，看看有沒有不順暢的地方。

雖說已經和好了，卻也沒有突然熱衷於約會或是一直在房間裡談情說愛。

只是一起度過平凡的時光。每天一起吃飯、睡前互道晚安、早上帶著笑容打招呼。真白有時會帶著素描簿到空太的房間，默默地畫著分鏡稿。其他就是兩人僅有一次一起到商店街去買東西而已。

並不是有誰提議，也不是誰這麼期望，只是自然地維持這樣的距離。對現在的空太與真白來說，這是最舒服自在的交往模式。

這是跟兩人開始交往前相同的距離。

能夠不勉強地做自己。

「空太。」

「嗯？什麼事？」

「只是想叫叫看而已。」

「什麼跟什麼啊。」

雖然沒有意義，卻不是無謂的互動，幾乎每天都會重複這樣的情況，很奇妙地讓人滿溢著笑容。這段期間，恐怕是與真白成為男女朋友以來最常笑的時候吧。

就這樣……在微小的幸福包圍之中，高中生活最後一個星期過去了。

三月八日，畢業典禮當天。

天氣還有些涼意，包含空太與真白在內的三年級生畢業典禮如期展開了。

集合在體育館內，全校約一千名學生以及許多教職員與學校相關人員屏氣凝神的關注下，宣布典禮開始的聲音撼動了嚴肅的空氣。

畢業典禮的流程在安靜的氣氛中順利進行，與去年相比簡直是天壤之別。沒有發生預定外的學生致答詞意外插曲，這才正常。

然而，似乎因為是櫻花莊學生所以備受警戒，在典禮當中，有一部分老師不時偷看空太的方向。就連周遭的學生也投以「今年沒有要做什麼嗎？」這種充滿期待的視線。

這些空太全都假裝沒發現。

姑且讓空太辯解一下，去年引起騷動的罪魁禍首是美咲跟仁。

因為直到當天的那一瞬間為止，連空太跟其他人都不知道美咲要致答詞。空太等人也覺得很驚訝，或者該說正因為一起住在櫻花莊，所以更是錯愕得不得了。

致答詞順利結束後，教師們傳來鬆了口氣的氛圍。似乎是去年的事造成了不小的心理創傷。空太不禁覺得有些對不起他們。

完成了致贈紀念品，畢業典禮也終於來到尾聲。等齊唱完畢業歌曲後，接著就是宣布禮成，空太等畢業生將會退場。

音樂科的學生做好了演奏的準備。

在學生群裡，空太發現了熟悉的鳥窩頭。是伊織。只有他一個人來到鋼琴前面，深呼吸一口氣後便坐到椅子上，把手擺在琴鍵上。

會場隱約騷動了起來。因為所有人都知道，有個音樂科一年級生入學不到三個月就發生了重要的手臂骨折事件……同時也知道這對演奏家而言是致命的嚴重傷害……因此才會如此動搖。

指揮彷彿要蓋過騷動一般高舉起指揮棒。在一瞬間的寂靜之後響起了伴奏聲，全校學生開始跟著音樂合唱。

剛開始還擔心伊織會不會彈錯。

隨著聆聽演奏的音色，這樣的不安便逐漸消失了。看著生氣勃勃地彈著鋼琴的伊織，空太甚至有種安心的感覺。

就技術上而言，其他音樂科學生一定會彈得更好吧。

如果由音樂專家來聽，說不定會認為是還不成熟的演奏。

然而對空太而言，這卻是來自學弟最令人開心的禮物了。

畢業歌曲合唱結束後，會場響起如雷的掌聲。

那是對完成鋼琴演奏的伊織表示的讚賞，是祝福他復活的掌聲。

雖然未來才要真正開始辛苦，不過如果是伊織就一定沒問題。空太比任何人都更加用力地拍著手。

得意忘形的伊織高舉雙手回應。之後，立刻被音樂科的老師教訓「少得寸進尺」，還被掐住了脖子。

「咕嗚！」

窩囊的聲音被旁邊的麥克風收了進去。

會場響起爆笑聲。

空太也放聲大笑。龍之介露出苦笑；七海含淚露出微笑；麗塔對伊織揮手；真白則向伊織投以溫柔的眼神。

除此之外，並沒有發生什麼引人注目的事件，畢業典禮順利落幕。

畢業典禮結束後回到教室的空太等人，置身於真正最後一次的班會。

導師白山小春話還沒說完，就已經因為哭了而口齒不清，幾乎有一半的內容都聽不懂在說什麼。

即使如此……

「恭喜各位畢業了！」

最後還是露出了笑容。有好幾位女同學也跟著哭了，隔壁的七海也是其中之一，從畢業典禮結束後就不斷抽抽噎噎地吸著鼻涕。

「那麼，青山同學，麻煩妳了。」

「好的。起立……敬禮！」

座號一號的七海以清晰的聲音發號口令，所有人自然地異口同聲說著「謝謝老師」。

有些同學圍著小春開始拍紀念照片，也有些人與好友在畢業紀念冊上集體簽名留念。

甚至還有在黑板上寫下道別話語的同學；也有對高中生活的感謝，也寫了給春天時即將來到這間教室的學弟妹們的留言；還有就是對某人未能傳達的情意……

沒有人立刻回家，大家都離情依依。只要互相聯絡，未來還能再相會，手機裡應該也都輸入了朋友的電話號碼與信箱。然而，一直以來「只要來到學校，朋友們就會在」的理所當然卻已經不存在了。說不定大家就是因為明白這一點，所以始終走不出教室。

「神田，差不多該走了。」

空太雖然也沉浸在畢業的餘韻裡好一會，但聽到龍之介的叫喚便從座位上起身。

「嗯……」

今天還有個重要的大事尚未解決。

那就是「RHYTHM BATTLERS」挑戰作品審查會的結果。

結果應該快出來了。

與龍之介兩人前往的地方是校舍屋頂。

打開門走到外面，真白、麗塔、伊織、栞奈都已經聚集在此。

眾人自然而然圍著圓圈坐下，順序與櫻花莊飯廳的座位一樣，順時針數來是栞奈、伊織、龍之介、空太、真白及麗塔。

空太在正中央放上手機。

時間即將來到十一點。聽戶塚說審查會是從十點開始，所以結果差不多要出來了……

「手機沒響耶。」

靜不下來的伊織如此開口的同一瞬間……

手機畫面亮了。上面所顯示的，是戶塚平常聯絡的公司固定電話號碼。

「……」

所有人緊張了起來。

空太保持平常心，將手伸向手機。靜靜地深吸口氣，按下通話鍵後，把手機壓在耳朵上。

「您好，我是神田。」

『審查會通過了！恭喜你！』

手機另一頭傳來戶塚興奮的聲音。

不但忘了報上姓名，就連基本的招呼也忘了。

遲了一拍，名為喜悅的閃電貫穿空太全身，讓他忍不住打顫，爆發性能量逐漸在體內累積。

想要吶喊卻發不出聲音，從張開的嘴裡只吐出些微的氣息。想趕快向大家傳達這樣的心情，才如此意識到的同時，全身毛孔彷彿要將熱能釋放出去一般大大張開。

卻什麼也說不出口。

因此，空太對於集中在自己身上的視線……龍之介、麗塔、伊織、栞奈以及真白，只是張大了眼猛力點頭。

「太好了，成功了～～！」

伊織朝天空跳了起來，用全身表現出他的喜悅。

在他身邊，栞奈放心似的大大呼了口氣。

麗塔在鼓掌之後企圖趁亂擁抱龍之介。而被視為目標的龍之介則事先就察覺到危險，躲到空太背後。

「恭喜你。」

真白以細微的聲音如此說道。

空太再次……這次只對著真白點了點頭。

『神田先生？』

「啊，是的，我有在聽。對不起，因為團隊成員就在旁邊……總之，非常感謝您。」

『那麼，不好意思，可以請你明天下午三點過來討論嗎？我們來決定商品化的方式吧。』

「我、我知道了。沒問題。」

事到如今聲音才開始發抖。空太渾身劇烈顫抖，還害怕萬一這只是一場夢境該怎麼辦。

『會變得越來越忙喔。』

「我會努力的。」

『還有，會變得比之前更開心喔。』

戶塚的聲音聽來很輕快。

「是的！」

空太的內心已經充滿喜悅與快樂。

『接下來還要繼續麻煩你們了。』

「我們才是，敬請不吝指教！」

空太掛掉電話，用力地吸了口氣後緩緩吐了出來，並收好手機。

「神田。」

空太抬起頭來，看到龍之介有些顧慮地伸出手。

隨著湧上心頭的情緒，空太用力地拍了他的手。手心發麻。不過這個發麻的感覺清楚地讓空太理解了這是現實。

爽朗的禮砲聲在空中擴散開來，令人覺得舒暢……

「那麼，為了慶祝學弟、小真白、DRAGON跟小麗塔畢業，還有『RHYTHM BATTLERS』通過作品審查會，乾杯～～！」

「乾杯～～！」

這天夜裡，櫻花莊的餐桌上理所當然般擺著火鍋，牆壁上貼著寫了「祝賀・畢業」的豎幅標語，以及不知為何寫著「常勝」的床單。就連擺在餐桌上的料理也全都是美咲準備的。

共有九個人圍繞著餐桌，包含櫻花莊的現任住宿生空太、真白、龍之介、麗塔、伊織、栞奈還有舍監千尋，以及住在隔壁的美咲，就連空太的妹妹優子都來湊一腳。

「哎呀～～真是可喜可賀耶～～鯛魚真好吃啊！」

美咲心情似乎比平常更好。

可以深刻地感受到，她是打從心底為空太等人畢業以及通過作品審查會而感到高興。

「伊織的鋼琴演奏很令人感動呢。」

麗塔一邊剝著螃蟹一邊提到這個話題。

「手臂已經完全恢復了吧。」

「只要稍微練習，那種程度算是很輕鬆啦。」

伊織害羞地笑了。

「自從學長姊們自由到校以後，不知道是誰都在學校裡偷偷卯起來練習呢。」

栞奈若無其事地說出口。

「我應該有要妳幫忙保密吧？」

「我以為你其實是希望我說出來。」

栞奈一臉假裝不知情的表情如此說道。她絕對是故意的。

「我說妳喔……」

不理會恨恨地埋怨的伊織，栞奈繼續說：

「就連鋼琴伴奏也是，不斷拜託老師才讓他彈奏，剛開始還看了不少老師的臉色。」

「唔。」

大概是不想被知道，伊織專心地吃著螃蟹想蒙混過去。

「啊，對了對了，神田妹。」

千尋喝著罐裝啤酒，像是突然想起般提起。

「什麼事？」

優子咬著螃蟹回應。

「妳從四月開始就要搬到櫻花莊來住了。」

千尋乾脆地說出令人難以置信的話，讓空太一陣錯愕。栞奈也張著嘴一臉茫然。

「太棒了～～！」

只有優子高舉雙手，表現出開心的樣子。

「舍監對我哭訴妳在一般宿舍貼奇怪的塗鴉，造成別人的困擾。」

在還沒問之前，千尋已經先說明了。

「……妳怎麼還在做那種幼稚的行為啊。」

「因為優子有不屈不撓的鬥志啊！」

大概是沒搞懂意思就說出口了吧。

「不過四月以後，空太學長就不在了喔。」

栞奈冷靜地指出這一點。

「啊！大受打擊～～！」

優子後知後覺地受到了打擊。她的頭腦到底差到什麼程度呢？

「那樣太過分了，哥哥！」

「太過分的是妳腦袋的內容物吧。」

「怎麼會有這種蠢事！」

「怎麼會有這種蠢蛋。」

空太說著在優子的碗裡放入熬湯用的昆布。

「海帶芽！」

優子大口吃著的是昆布。空太決定不去在意。優子的愚蠢是無止境的。

「空太學長的妹妹真是個笨蛋耶。」

伊織一臉認真的表情，深切地喃喃自語。

「她至少比你會念書，從來沒有不及格過。」

「怎麼會有這種蠢事！」

「怎麼會有這種蠢蛋。」

栞奈以同情的目光看著伊織。

「那是多虧了栞奈學妹在考試前教她念書的結果吧。」

關於這一點，空太真的很感謝她。就連空太忙於製作遊戲的時期也是，優子在考試前來訪，老實說只會覺得她很礙事。因為栞奈陪她做功課，幫了空太很大的忙。

「只要有我跟栞奈之間友情的力量，考試根本輕而易舉。」

「主要都是優子給她添麻煩而已吧。」

「哥哥，你看這個！是前一陣子我們去拍的喔。」

優子驕傲地展示手機背面，上面貼了大頭貼——優子從旁摟住表情看似有些嫌麻煩的栞奈，磨蹭她的臉頰。

「還有，這個也給你看看！」

優子接下來則是秀出手機拍的照片。

第一張拍了在ＫＴＶ裡面手上拿著麥克風正在唱歌的栞奈。大概是中途發現了，感覺像在說「不能拍」，用手心擋在鏡頭前。第二張則是在遊樂場的夾娃娃機前，與戰利品布偶合照的紀念照。

空太看完照片抬起頭時，與栞奈視線對上了。

「因為神田同學死纏爛打地約我，沒辦法只好陪她去了。」

嘴上雖然這麼說，看起來卻很開心的樣子。把布偶娃娃抱在胸前的照片，甚至可以說是滿臉笑容。

「我說那個啊，要跟我一起去的約定呢？」

從旁邊探頭看照片的伊織喃喃說著。

這麼說來，之前伊織與栞奈似乎有約好要一起去ＫＴＶ及遊樂場。

「如果神田同學會陪我一起去，就不需要你了。」

「……怎麼這樣，我超期待的耶。」

「誰管你啊。」

伊織手撐在餐桌上垂頭喪氣，似乎真的受到了打擊。

「不如下次你們就三個人一起去吧？」

空太不經意地出手搭救伊織。

「我才不要。」

沒能發揮作用，遭到栞奈斷然拒絕。

「因為我的負擔太重了。」

在還沒被問之前就先說出了原因。同時要面對優子跟伊織，確實會相當辛苦。

「啊～～我一直很期待耶～～一直很期待耶～～」

在椅子上抱著膝蓋的伊織整個人縮成一團。在這之後也不斷碎碎唸地抱怨給栞奈聽。

栞奈假裝沒聽到，俐落地剝開螃蟹的螯。

「學弟，你想做的事全都辦到了嗎！」

美咲突然高高舉起湯勺。

回想起去年的畢業典禮。當時，空太在先從水高畢業的美咲面前發誓，沒能與美咲和仁做的事、還未完成的事，要在剩下的這一年內全部做到……

「我想想……」

空太回想著，並思考般嘀咕。

這一年發生了許多事。

春天時，新生伊織很快就來到了櫻花莊。接著，就連原本以為是好學生的栞奈，也立刻因為難以置信的理由而被流放到櫻花莊。

櫻花莊的房間再度被住滿，又開始了熱鬧的日子。

在這樣的日子當中，空太為了成為遊戲開發者而持續學習，不斷挑戰。

也有過被真白與七海表露心意而面臨人生中最大煩惱的時期。

甚至還跟龍之介吵過架。

並不是只有開心的一年，也曾為了尋求答案而感到痛苦，也經歷過好幾次覺得厭惡的瞬間。

然而……

「我不確定那天所想的事是不是全都做到了。」

「……」

「不過，現在的我完全不會想讓高中生活重新來過，而且還更想要趕快往前進……雀躍得靜不下來。」

內心沒有絲毫懊悔的成分。

「所以，我覺得這樣就好了。」

空太挺起胸膛對美咲說了。

「嗯，這才是學弟！」

美咲難得把蟹腳分給空太，大概是當成獎勵。平常她總是只會強取豪奪而已……

「話說回來，真白去哪裡了？」

麗塔不解地問道。

真白的固定座位，也就是空太的左邊是空的。

「她剛剛追著貓跑到院子去了。」

栞奈如此說明。她正在敷衍現在也還碎碎唸個不停的伊織。

視線轉向窗外。從飯廳可以走到緣側走廊，不過從這裡看不到真白的身影。

空太站起身，隨意踩著涼鞋走到外面。

佇立在櫻花莊庭院的一棵櫻花樹。空太在樹下發現了真白的背影。

「……」

空太走過去，不發一語地站在她身邊。

仔細一看，真白把小不點白貓小櫻抱在懷裡，視線則仰望著櫻花樹。

「還沒開花呢。」

花苞看起來還小且硬。根據往年的經驗，應該在三月下旬才會開花吧。

「還要再兩個星期左右才會開吧。」

到那時候，空太與真白都已經離開櫻花莊了。

「真可惜。」

「是啊。」

兩人並肩眺望著櫻花花苞好一陣子。

從飯廳傳來喧鬧的聲音。似乎是以美咲為中心展開了遊戲大會。伊織對於輸了就要脫衣服的規則開心得不得了，而栞奈則似乎拒絕參加。

「空太。」

「嗯？」

空太與微微仰望的真白視線對上。

「我有事要拜託空太。」

透明的眼眸映出空太的身影。

「幹嘛這麼正式？」

「把瑞穗、小燕跟小櫻給我。」

被抱在真白胸前的小櫻「喵～～」地叫了一聲。

「……」

「……」

空太聽到完全意想不到的話，停止了思考。在眨了好幾次眼睛之後，空太還是問了一下：

「……妳要做什麼？」

「我要養。」

「當真？」

「當真。」

「真的假的！」

「真的。」

「……」

看來似乎不是自己聽錯了，當然也不是在開玩笑，真白的眼神是認真的。不過正因為是這樣，所以才覺得很有問題……

「不行嗎？」

就有人提出請求這點而言是值得慶幸。現在橘貓小翼、深咖啡虎斑貓小町將由美咲領養照顧，似乎是因為丈夫獨自住在外地，一個人在寬敞的家中會覺得寂寞。

其他像是暹羅貓青葉與類似美國短毛貓的朝日，栞奈與伊織說想領養照顧，也已經獲得千尋的許可。

小光、希望、木靈、瑞穗、小燕與小櫻六隻貓則預定留在空太身邊，因此他正煩惱著該怎麼辦。如果真白要領養三隻，問題就一口氣解決了。

不過這麼一來又有其他問題，也就是「飼主真白真的沒問題嗎」這個大問題。

「一下子養三隻會不會負擔太重了？剛開始先來個一隻如何？」

空太委婉地問道。

「只有一隻太可憐了。」

確實如此。

「妳跟麗塔商量過了嗎？」

養貓還是需要預定一起住的麗塔同意才行。

「『如果能確實照顧好就沒問題。』」

真白挺起胸膛，大概是想模仿麗塔，然而一點也不像。

「該不會結果像都是媽媽在照顧那樣吧……」

「我會好好照顧的。」

「撿了流浪貓回家的小朋友，每個都是這麼說的。」

「……」

真白凝視著空太的目光蘊含著徹底抗戰的意志，絲毫沒有要放棄的意思。

「話說回來，妳為什麼突然想這麼做？」

「我要獨立了。」

「……」

「我要成為能照顧貓咪的成熟女性。」

不難想像這種心情是從哪裡來的。與空太有密切的關係。

「……妳真的能好好照顧嗎？」

「麗塔也在啊。」

「竟然一開始就拜託麗塔嗎！」

「我會好好疼愛牠們。」

真白溫柔地撫摸小櫻的頭。小櫻很舒服似的閉上了眼睛。

「……我知道了。」

「空太？」

「瑞穗、小燕與小櫻就交給真白。」

「嗯……謝謝。」

在真白懷中的小櫻再度「喵～～」地叫了。

「欸，空太。」

「還有什麼事嗎？」

「嗯……」

真白繃起剛剛還很溫和的表情。

「有很重要的事。」

聲音似乎也微微緊張了起來。

空太瞬間理解了這代表什麼意思。

「……我知道。」

因此，他靜靜地回答了。

「……」

他沒有迎向真白驚訝的視線，轉而面對櫻花樹。

「我知道……所以，希望妳先聽我說重要的事。」

「嗯……」

簡短回應的真白與空太同樣仰望著櫻花樹。

「真白。」

空太輕聲呼喚。

「什麼事？」

空太與真白都沒有將視線從櫻花樹移開。

空太在心中僅深呼吸了一次，接著毫不猶豫地告訴真白現在的想法。

「我們分手吧。」

緩緩吐出的話語隨著尚有寒意的春風飄盪。

「……」

真白沉默地接受這句話。

在這一個星期當中學到了。沒有出門快樂地約會，也沒有時間像濃情密意的情侶一樣在房間裡談情說愛。每天早上叫醒在桌子底下熟睡的真白，幫她準備換穿的衣服，幫她順好睡翹的髮絲，並且一起吃早餐。一整天專注於彼此該做的事。空太是製作遊戲；真白則是畫漫畫。有時肚子餓了的真白會來到空太房間吃年輪蛋糕當點心，晚上洗完澡後，空太還會幫她把頭髮吹乾。

除此之外，彼此沒有更進一步的期望，沒有更進一步的需求。

這樣就好。這樣就夠了。

這樣自在舒服的日子讓空太明白了。在成為情侶之前，空太比較能享受與真白共度的時光……比較能毫不矯飾地做自己……這樣對彼此都好……空太學會了這些事。

要平等重視所有的一切是非常困難的事。

支持真白追求夢想，珍視自己的目標，也不想忽視兩人的關係。然而，有些瞬間仍不得不排列優先順序，兩人都為此感到痛苦。越是專心致力於追求夢想，兩人在一起的時間就越少……想待在對方身邊的瞬間漸行漸遠……在無可奈何的現實面前傷害著彼此。

明明沒有做錯任何事，心意卻交錯而過。未來這一點也一定不會有所改變。只要兩人還是情侶關係，即使想支持彼此的夢想也會越來越做不到。因為有想要實現的夢想……因為有想要達成的目標……對於想要重視的兩人共處的時間，也將逐漸無法珍惜對待。接著，曾經溫暖地填滿胸口的「喜歡」這樣的心意，總有一天會染黑而轉變為「討厭」。

那樣就太令人悲傷了……所以，趁著還喜歡對方的時候分手比較好。

「說的也是。」

溫柔的聲音如此回應。

「這樣比較好。」

空太最喜歡的嗓音。

春風吹撫而來。

還帶著寒意的空氣滲入鼻腔深處。

「這麼一來……」

「……」

「這麼一來，我就能支持空太追求夢想了。」

真白的臉龐帶著微微的感傷。

「漫畫要好好加油。」

空太吐露出由衷支持的心情。

「嗯。空太也要加油。」

真白露出了至今所見最溫柔的笑容。

她教會了我許多事。
與她相遇。
受她吸引。
被她所震懾……忌妒她。
對她感到憧憬。
以她為目標，追上她。
然後，愛上她……
溫暖的情感現在也還藏在心中。

最終章
櫻花樹下
寵物女孩

走出水明藝術大學的大禮堂，溫暖的春風吹撫而過。

身穿西裝的空太稍微鬆開了領帶，眩目般仰望天空。

清澄的藍天。

彷彿棉花糖般流動的雲。

溫和的陽光。

受到舒適天氣的影響，首都圈比往年更早一週迎接櫻花盛開。

就連畢業典禮會場大禮堂前，壯觀的染井吉野櫻也盛開了。

簡直是絕佳的畢業好天氣。

到處都看得到正在拍紀念照的同學們。男孩子著西裝，女孩子的袴裙很顯眼。完全是大學畢業典禮的光景。

自水高畢業以來經過了四年……二十二歲的空太順利迎接即將踏入社會的這一天。

「空太學長～～！」

聽到呼喚的聲音，空太在人群中尋找聲音的主人。伊織從綠蔭大道的方向揮著手跑了過來的身影映入眼簾。他身穿很有春天氣息的白色襯衫搭配黑色丹寧褲，襯衫下襬露在外面。他來到空太面前，把原來戴在耳朵上的耳機掛到脖子上。

「你還專程來為我祝賀嗎？」

「我終於尋求到了一個真理，實在忍不住很想跟學長說。」

看來似乎不是。

「比起遠處的大胸部，還是就近的小胸部比較好啊。」

在滿是水明藝術大學畢業生而鬧哄哄的大禮堂前，伊織到底在說些什麼？連空太都遭受到異樣的眼光，真希望他別這樣。一旁的短髮女孩還一臉露骨的厭惡表情，逐漸遠去。

「真是的……你在說什麼蠢話啊。」

一隻小手伸向伊織的臉頰，用力擰了下去。

「痛痛痛痛，妳在幹什麼啦！」

走過來的人正是栞奈。她身穿輕盈的女用襯衫以及短裙，在穿著黑色絲襪的腳上踩著低跟踝靴。栞奈透過眼鏡鏡片對伊織投以不高興的視線。

即使如此，與空太視線對上時，她還是說了：

「恭喜學長畢業了。」

「謝謝。伊織跟栞奈學妹好像還是老樣子耶。」

兩人現在都是水明藝術大學的學生，下個月四月就要升上三年級了。栞奈就讀文藝學系，現在也以小說家的身分持續創作。伊織沒念音樂學系，而是在媒體學系專攻配樂，一邊彈奏樂器一邊磨練電腦音樂軟體。

「還是老樣子是什麼意思？」

栞奈冰冷的視線矛頭轉向了空太。

「是指你們感情很好的意思。」

「我們感情才不好。」

栞奈斬釘截鐵地說道。

「不不，明明就很好吧。好得不得了。」

伊織抱持完全相反的意見。

「根本不好啦。」

雖然看起來這樣，不過兩人正在交往。

開始交往是在兩人高三的時候。

似乎是栞奈對兩年期間心意都不曾改變的伊織提出了條件。

——如果你能在全日本鋼琴大賽中得獎，我就跟你交往。

還記得在空太也有去觀賞的比賽會場，伊織演奏完響起了如雷的掌聲。那真的是一場很精彩的表演。

空太在會場上還巧遇伊織的姊姊沙織。

「我都沒受過那麼熱烈的鼓掌呢。」

她還如此引以為傲地說了。似乎是從留學地點奧地利暫時回國。

這樣的沙織還被一起去的前學生會長……館林總一郎揶揄：「其實妳很不甘心吧？」從她不發一語地狠瞪回去的樣子看來，總一郎說的應該沒錯。

「我並不認為只有拿到第一名才是目的。因為擁有優秀的才能並不見得就能吸引人。」

在聽完伊織演奏後所獲得的掌聲，便能充分理解這番話的道理。

在手臂骨折之後宣示要再挑戰比賽的伊織漂亮地達成目標，不是以「姬宮弟弟」的身分，而是將自己的演奏傳達給了觀眾，並且受到溫暖掌聲的包圍。

而結果……卻遺憾地未能得獎……

失意的落選。

「我的青春結束了……」

沒能把握與栞奈交往的機會，伊織墜入了絕望的深淵。

「我什麼都不想做了。現在地球立刻毀滅算了……」

伊織已燃燒殆盡。

看不下去的栞奈帶著「唉……我知道了。我就跟你交往吧」的感覺，開始了兩人的關係。

回過神來，從那之後已經過了兩年半以上……

「看你們交往得好像很順利，我很高興呢。」

口吻中稍微帶著揶揄地調侃。

「只是因為身邊沒有什麼好男人，所以現在就暫時湊合湊合。」

栞奈不坦率的地方依然沒變。

「什麼嘛，我還不是在忍耐妳的小胸部。」

「伊織剛剛不是才說比起遠處的什麼，還是就近的什麼比較好嗎？」

「能不能不要繼續那種沒水準的對話？」

栞奈以極凍的眼神瞪了過來。

「啊，話說回來，DRAGON學長沒跟你在一起嗎？」

伊織露骨地轉移話題。大概是怕惹栞奈生氣吧。

「嗯？赤坂不是說他不參加畢業典禮嗎？」

「今天早上空太學長出門後，麗塔小姐過來找DRAGON學長，然後就硬把他帶出去了。」

「這樣啊？」

現在空太、龍之介與伊織三個人住在一起。水高畢業後，空太便與龍之介在大學附近租了一間舊式獨棟建築做為住家兼開發室使用，位於與櫻花莊隔著大學校地的相反側。雖然在同一個城鎮上，景色卻完全不同。對於全新生活的開始，這樣正好。

決定進水明藝術大學就讀的伊織也在之後住了進來。

即使遊戲製作有許多試煉，但都能順利地繼續下去。在伊織搬進來的兩年前，也創立了水高時期就開始抱持的夢想——遊戲公司，成員是空太、龍之介、伊織三人。至於不足的繪圖成員，會依據企劃內容拜託美咲、麗塔，或者邀請在大學專攻ＣＧ的深谷志穗參加。

「我去找DRAGON學長！」

「啊！等一下！」

伊織快步消失在畢業生人群中。栞奈也向空太行禮致意後，追著他的背影而去。

「打電話就好了啊。」

空太在看不見兩人的身影後如此喃喃說著，然後從口袋裡掏出手機。

「……」

不過，什麼都沒做又把手機放回去了。仔細想想，並沒有理由要特意跟每天都會見到面的龍之介會合。

就算不是這樣，等一下也跟大家約了見面，要與曾經一起生活的夥伴們在櫻花莊開同學會。

空太、龍之介、伊織、栞奈、麗塔、美咲、仁、七海、千尋，還有真白……

有許多是常見得到面的夥伴。只要念同一所大學，僅管學科學系不同，也會在餐廳或某處偶然碰上。不過相反的，好幾個月都沒聯絡的情況倒也不少見。

空太與真白在這四年當中，一次也沒見過面。

頂多就是偶爾從跟真白一起住在櫻花莊附近的麗塔那邊聽說她的近況而已。

「……」

一想到久違了即將碰面，腹部便竄過一陣緊張感。空太為了忘卻這陣緊張，在大禮堂前邁出腳步。

避開擁擠的人潮走在綠蔭大道上。從正門走出去，準備前往櫻花莊。

接著在稍前方的櫸樹下看到了一群人。

空太好奇是什麼事，視線飄了過去。似乎是一對男女被周圍看熱鬧的人給團團圍住了。

空太正準備直接走過去的時候，卻發現沒辦法這麼做。人群當中是認識的臉孔……龍之介與麗塔。

空太無可奈何，只好混在看熱鬧的人群中一窺究竟。

穿西裝的龍之介可是難得一見的景象。偏瘦的身材更突顯出纖細的身形，因為中性的五官與一頭黑長髮，看起來也像是身著男裝的女孩子……

光是龍之介就已經夠引人注意了，站在他正前方的麗塔更是醒目。一頭閃亮金髮的女孩子，身穿藍色袴裙與淡粉紅色和服上衣。

「我下星期就要回英國了。」

麗塔一臉嚴肅地告訴龍之介。

「我知道。從幾個月以前就不知道聽妳說過幾次了。」

「接下來就沒辦法像以往那樣頻繁地見面了。」

「對我而言值得慶幸。」

「我真的要回英國了喔？」

「那又怎麼樣？」

龍之介的反應很冷淡。

「無論如何，你都不願意跟我交往吧。」

「沒錯。妳還要我講幾次？」

聽到這句話，麗塔垂下視線。

「……我知道了。我願意放棄龍之介。」

聲音聽來悲痛欲絕。

「所以，請聽我最後一個任性的請求。」

「我拒絕。」

「如果你現在在這裡吻我，我就放棄。」

「斷然拒絕。」

「為什麼？」

「妳到底打算向我要求多少次最後的請求啊！在這四年當中，這已經是第四十八次了！」

上了大學之後，麗塔以每個月一次的頻率提出請求。

每次龍之介都是被麗塔強押著被迫陪她去買東西、被要求送生日禮物，還一起去了動物園、美術館……

這些在學生之間是很有名的故事，大致上都認為兩人實際上已經在交往了。

「今天真的是最後一次了。」

「就算這樣，我也駁回。」

「為什麼？」

「在、在這樣的眾人面前，能、能接吻才有鬼啦！」

「如果是在沒有人的地方就沒問題了吧！」

麗塔做了很正面的解釋。

「不是那樣的意思！」

「那麼，我們去錄音室吧。現在應該沒有人在用，隔音設備也做得非常完善！」

麗塔心情大好的樣子，牢牢地挽住龍之介的手臂，以雙手環抱在自己胸前。

「嗚哇，放、放開我！」

龍之介慌張地想往後退也已經太遲了。就在這時，空太與龍之介視線對上。

「啊，神田！別光顧著看，快來救我！」

「我真心覺得你跟麗塔交往就好了。」

空太打從心底這麼認為。這樣的心情其來有自，也只有空太知道龍之介的真心話。以前他們曾經聊過這個話題。

「欸，赤坂……老實說，你覺得麗塔怎麼樣？」

那是在剛創立公司後沒多久的事。

「沒覺得怎麼樣。」

「被這樣熱情地追求，應該不覺得討厭吧？她長得又漂亮，雖然有稍微比較強勢的地方，不過我覺得她的個性也很不錯。」

「你今天還真是難纏耶。」

「到底怎麼樣？」

「……現在正值剛設立公司的重要時期，遊戲製作以外的事，我都沒辦法重視。如果有能夠同時用心珍惜兩種東西的方法，你倒是教教我。」

「……」

之所以說不出話來，是因為這正是空太與真白分手的理由……

不過空太在那個時候就已經清楚了解了龍之介的心意。

發展至此，剩下的就是時間的問題了。感覺麗塔遲早能突破他的心防。

「你看，空太也這麼說了，我們就交往吧。」

「少說蠢話了！嗚啊啊，快放開我啦！」

龍之介死命掙扎。不過，麗塔仍緊抓著不放。

「啊嗯……龍之介也真是的，大家都在看耶，不要摸奇怪的地方。」

「噫！」

大概是意識到了手臂上的胸部觸感，龍之介滿臉通紅地僵住了，臉上幾乎要冒出蒸氣。

「啊，對了，空太。」

麗塔突然想起似的轉向空太。

「嗯？」

「那個，雖然很難以啟齒……」

「什麼事？」

麗塔的語調明顯變得低沉。

「真白……今天沒辦法來了。」

「……」

空太瞬間張著嘴，什麼話都說不出來。

「……這樣啊。」

好不容易擠出聲音。

「好像是忙著畫漫畫的原稿……」

「因為下次就是最終回了嘛。」

現在的真白已經是當紅的漫畫家。從那時候就開始連載的漫畫，在水高畢業的隔年便獲得有名的漫畫獎項，甚至還改編成動畫、連續劇以及真人電影，不管哪一方面都大賣。在上週發行的第十集書腰上，還寫著單行本的累積銷售數量已經突破了一千萬冊。以少女漫畫而言，是相當驚人的數字。

而這部極暢銷的作品歷經了五年半的連載，即將在下個月四月發行的雜誌迎接完結篇。所以不可能有空閒，她也應該正專注在工作上。

「雖然我已經請她至少露個臉了……」

「沒關係啦，麗塔，謝謝妳。」

並非特別意識到而刻意不在這四年當中見面。專注於眼前的事物，結果四年一下子就過了。只是如此而已……

即使住在同一個城鎮也不曾偶然相遇，頂多只有一次在商店街看到了她與麗塔一起買東西的背影……當時因為距離有點遠，加上空太也因為工作正在與藤澤和希通電話，因此錯失了打招呼的時機。

「那麼，空太，待會見了。」

麗塔拖著龍之介準備離開。

「夠了，快放開我！」

「不這樣的話會因為人潮而走散。」

「就算走散了，妳那頭金髮馬上就找得到啦！」

之後龍之介也發出慘叫聲，就這樣被麗塔拖走了。

目送他們離開時，空太背後傳來一道聲音。

「赤坂同學跟麗塔小姐還真是不膩耶。」

「嗯？」

空太回過頭去，看到了七海的身影。深藍色的袴裙加上水藍色和服上衣，櫻花圖樣彷彿悠然漂蕩在潺潺流水般點綴在上面。

「喔喔。」

空太忍不住發出感動的聲音。

「幹、幹嘛？」

面對空太的反應，七海不禁有所警戒。

「說到袴裙，還是應該這樣呢。」

「什麼跟什麼？」

「我只能在這裡偷偷說，麗塔的看起來完全就像在Cosplay。」

碧眼金髮與和服的印象不搭調。

空太的視線自然落在七海紮起來的頭髮上。即將從水高畢業時一口氣剪短的頭髮，在這四年當中已經完全留長了。

「頭髮留長了耶。」

「神田同學，每次見到面你都會提這件事耶。」

也許是因為與七海讀不同學系，幾個月只會見到一次面的關係吧。

「是這樣嗎？」

「就是這樣。」

難道就沒有其他話好說了嗎——七海不滿似的鼓起臉頰。

兩人自然地並肩邁出腳步。到處都開始展開紀念照拍攝大會，站在路上似乎會妨礙到別人。

「聲優的工作怎麼樣了？」

「慢慢在進行了。」

「慢慢進行嗎？」

「加入事務所以來這兩年……雖然參加了各種動畫甄選，不過始終拿不到有名字的角色。」

「競爭很激烈啊。」

「只有一個角色，卻來了幾十個人想爭取嘛。」

雖然進入事務所之前很辛苦，不過看這樣子，加入之後似乎更辛苦了。

「不過，我不會放棄。」

七海看似很開心的樣子。

「明天我會先從女學生A的角色開始努力。」

「因為這也是很重要的工作嘛。」

「嗯……神田同學呢？公司還順利嗎？」

「嗯，好歹還能持續下去啦。雖然每次一遇到開發費用的問題都覺得很頭痛。」

只要押錯一部作品就難保不會倒閉的小公司，理所當然很注重預算管理，不能只是因為覺得有趣就不分青紅皂白地製作，幾乎每天都要與日程和預算敵眼對峙。

「不過包含這些事在內，神田同學都樂在其中吧。」

「咦？」

「你露出了喜不自勝的表情。」

被七海指出這一點，空太繃緊了表情。七海覺得很滑稽地笑了。

「公司已經創立兩年了吧？」

「嗯。」

「時間過得好快呢。一下子就兩年了。」

話語中蘊含著真實的感受，是因為這兩年對七海而言也是特別的兩年。進入事務所，並兼顧工作和大學課業。

「有點難以置信自己已經二十二歲了呢。」

「就是說啊。高中的時候還一直以為過了二十歲就會變得比較成熟。一旦真的超過二十歲，卻覺得好像沒什麼變化。」

「我覺得神田同學變得比較成熟了。」

「有嗎？」

「也許我倒沒什麼變化就是了。」

「青山才是，真的變得比較成熟了。」

「是嗎？」

七海斜眼瞥了空太。捲翹的睫毛與工整的眉毛。水高時代的她並沒有化妝，是上了大學之後才開始化的。

她開始會穿有跟的鞋子，腿似乎也變瘦了。可惜的是今天因為身穿袴裙，所以無法確認……其他還有一些不同的地方。曾幾何時，即使兩人獨處也已經能自然地談話了。應該是時間紓解了情感。

就麗塔的情報指出，七海也會跟真白見面。似乎是大約每個月一次，會跟美咲以及栞奈一起舉辦只有女孩子的火鍋派對。

雖然不可能跟在櫻花莊時完全一樣，然而歲月的指針已經開始刻劃新的時間。

「啊，我去跟千尋老師借櫻花莊的鑰匙。」

來到接近大學正門的地方，七海轉身前往水高校舍所在的方向。

「我也跟妳一起去。反正我閒著沒事。」

「神田同學先過去跟三鷹學長還有美咲學姊打聲招呼吧……或者應該說，希望你盯著美咲學姊，別讓她做奇怪的事。上個星期遇到她的時候，她還說了想放煙火這種危險的事。」

美咲確實有可能幹這種事。可能性極高。

「我知道了。如果我阻止得了，我會阻止她的。」

回想起來，過去從來沒能擋下美咲……

「待會見了。」

空太與揮著手的七海暫時分開。

「那麼，就過去看看吧。」

走在上學的路上前往櫻花莊。明明應該已經走慣的這條路，在從水高畢業了四年後的今天，看起來卻與記憶中有所不同。

以前凹凸不平的路面已經重新鋪設，原本是空地的地方蓋了新的房子，也有不曾看過的公寓大樓。

應該沒有改變的景色也讓空太產生了莫名的生疏感。

在經過兒童公園時，空太與自前方迎面走過來的一對熟悉的男女視線對上了。隨興穿著外套的人是仁，而身穿短褲、上半身披著寬大連帽毛線外套的人則是美咲。

「喔～～學弟！」

「咦？兩位怎麼了嗎？」

接下來應該預定要在櫻花莊集合，但兩人的腳步卻是朝反方向。

「我們要去商店街買東西。千尋提出了要求，所以就想說去把酒買齊。」

「畢竟連伊織他們也都滿二十歲了嘛。」

比空太早一年從大阪的大學畢業後，仁在去年便回到這個城鎮，現在就住在蓋在櫻花莊旁空地上的豪華獨棟房子裡，與妻子美咲以及從空太那邊領養的兩隻貓咪和睦地生活著。

至於美咲，則在大學畢業後毫不猶豫地進了研究所。

「我是永遠的女大學生喔！」

記得她在去年的這個時期曾說過這種莫名其妙的話。

外星人似乎沒有畢業這回事。

美咲的動畫製作勢如破竹，大致以每年一部的速度持續發表長度能在小劇場上映的原創作品，而且每次都受到相當的矚目。

最近更把觸角伸向知名藝人的新歌宣傳影片，以及零食的電視廣告等，造成了轟動。

「啊，對了，仁學長。」

「嗯？」

「有工作的事想跟你商量……五月下旬之後你有空檔嗎？」

「新遊戲的劇本嗎？」

「是的。」

「因為手邊只有一部電視動畫各集腳本的工作，只要不是長篇故事應該沒問題……還得先聽過企劃內容才知道。」

「那麼，我再把資料交給學長。」

「……」

仁在這時輕輕嘆了口氣，一副真受不了的表情看著空太。

「怎、怎麼了嗎？」

「難得的燦爛美好大學生活，四年當中卻都沒交女朋友，就在製作遊戲之中度過了。總覺得你這樣不太對吧。」

「我不是不交女朋友，而是交不到。」

「喔，這樣啊。所以你有喜歡的對象嗎？是哪裡的誰啊？」

「這個……」

空太逞強地想試著列舉出名字，卻什麼也擠不出來。

「就是因為這樣，才會有你跟DRAGON是不是根本就有一腿的傳聞喔！」

「是誰在散布這種謠言啊？」

「是小志穗一邊蠕動身體一邊說的喔！」

美咲稱為小志穗的人正是深谷志穗，她將會參與接下來的遊戲製作。下次一定要跟她抱怨個幾句。

「那就先這樣了，待會見。」

仁與美咲準備離開。

「如果是要買東西，我也一起去吧。」

「嗯？這樣嗎？還承蒙你特意打擾我們夫妻兩人的時間，真是不好意思呢。」

口氣酸溜溜的。

「我知道了。請兩位自己去吧。」

仁笑著離開，走在他身旁的美咲對空太猛揮手，空太便揮手回應。直到看不見手牽手的兩人的背影，空太再度跨出腳步。

很快便來到延伸至櫻花莊的緩坡。不知已經走過多少次的這條道路，現在令人覺得十分懷念。空太彷彿在確認每一步似的緩緩前進。

空氣一點一點逐漸改變。身體開始感受到熟悉的氣息。

接著終於看到了木造兩層樓老舊公寓的身影。

門旁掛著寫有「櫻花莊」的褪色門牌。

空太深吸口氣，仰望著建築物。

這裡是度過了高中三年大部分的時光，充滿回憶的地方。

由於現在沒有人住，所以沒有生活的氣息。屋子老舊，已經決定要拆除了。最後的住宿生就是在空太三年級時入住的伊織、栞奈，以及與空太擦身而過住進宿舍的妹妹優子。在他們畢業之後便沒有人住了。

空太將手伸向大門。生鏽的聲音刺激耳朵。

踩著彷彿深呼吸般的緩慢步伐一步步靠近玄關。

空太把手伸向門想進去裡面，卻因為門上了鎖而打不開。他現在才想起剛剛七海已經去借鑰匙了。

空太不禁露出苦笑。

因為曾經是每天都會回來的地方，所以感覺隨時都能進去，剛剛也還覺得自己可以進去。

「……」

在這裡等也不是辦法，空太決定繞到庭院的方向。

一走出建築物後方，視野便豁然開朗。

高大的櫻花樹迎接著空太的到來。

櫻花盛開，偶爾會有翩翩飄落的花瓣飛舞。

空太的視野一下子全染上了櫻花的顏色。

即使如此，他並沒有因為這美麗的景象而恍神。

有人站在櫻花樹下。

背對著空太佇立著。

「……」

空太嚥了口水，身體竄過一陣緊張。

眼前是自己曾不斷追逐的纖瘦背影。

春風吹撫而過，細滑的長髮絲隨之搖曳。

女孩有些嫌麻煩似的用手壓住頭髮，緩緩回過頭。空太的心臟激烈地跳動起來。

她就在那裡。

清澈的雙眸、凜然的眼神；跟雪一樣白的肌膚；夢幻飄渺而如玻璃製品般易碎的纖細氣質。然而，從她的站姿卻不可思議地感覺到堅強的意志。與四年前完全相同的神祕存在感圍繞著她。

「真白……」

空太自然地叫喚她的名字。

「好久不見了，空太。」

滲進胸口的聲調讓空太背脊一陣顫抖。

「我聽麗塔說妳沒辦法來了。」

「為什麼？」

真白微微歪著頭感到不解。

「提問的人應該是我耶。」

「空太好奇怪。」

「那是我要說的話……妳都沒變耶。」

「……」

真白一副不明白的表情。

「漫畫的分鏡稿還好吧？」

「不好。」

「不好還跑來啊。」

對話莫名地牛頭不對馬嘴。不過，空太卻對這種感覺樂在其中，心情開始感到飄飄然。真白就在自己面前，完全壓抑不住喜悅的心情。

「瑞穗、小燕跟小櫻過得還好嗎？」

「都過得很好。」

「真白過得還好嗎？」

「我很好。空太呢？」

「這麼說來，我在這四年當中從來沒感冒耶。」

根本就沒時間感冒……或許這麼說比較正確。上大學之後，空太立刻就埋首於決定上市的「RHYTHM BATTLERS」最終除錯及宣傳行銷的討論，同時還得擬定第二部作品的企劃。

為了創立公司，空太做這些工作同時開始學習。需要什麼、必須做什麼，多虧和希願意提供意見，所以幫了很大的忙……

接著在三年級的春天，以兩部作品銷售所得的錢做為資金，空太終於創立了遊戲公司。

沒有喘息的時間，接下來也持續過著兼顧大學課業與遊戲製作的日子。這是當然的。空太就是為此才創立了公司，一切都是一心期望而獲得的東西，都是想要而去追求的東西，最後終於得以用這雙手抓住了。沒有一絲後悔，每天都快樂得不得了。現在也很開心，過得很充實。

「空太是笨蛋。」

「竟然這麼說，那妳自己又是怎樣？」

「沒有感冒。」

「妳沒資格說別人吧。」

「說的也是。」

真白覺得很好笑似的露出微笑。

那是空太所不知道的成熟表情。

就連用手壓著隨風飛揚的髮絲，都因為年紀而顯得沉穩。

「……」

實在很難不看得入迷。

「空太，怎麼了？」

「咦？」

「一直盯著我看。」

「因為覺得妳變漂亮（註：原文「きれい」也有乾淨的意思）了。」

真白擁有讓人老實說出口的魅力，一點也不會覺得難為情。

「因為我洗了澡才出門。」

「不是這個意思，我是說妳比四年前更漂亮了。」

「四年前的我很髒嗎？」

「我是在稱讚妳那個時候很漂亮，但現在變得更漂亮了。」

「太好了。」

真白嘴角洋溢著靦腆的笑容。

「什麼嘛。」

「在來這裡之前一直覺得很不安。」

「……」

「因為要跟空太見面所以很不安。聽到你稱讚我變漂亮，覺得很開心。」

彷彿覺得難為情似的，真白微微別開了視線。

羞澀的感覺也傳染給了空太。

「我可以到妳旁邊嗎？」

空太為了掩飾滾燙的臉，開口如此說道。

「嗯。」

等她回應後，空太走到她身邊。兩人仰望盛開的櫻花。櫻花綻放得美不勝收，卻也有些飄渺無常。

「空太長大了？」

真白轉動視線看了過來。

「我上大學以後就沒再長高了喔。」

空太用手壓住頭頂像在測量身高似的。

「不過，確實是長大了。」

「嗯，就其他意義上來說也許有所成長。現在還當了公司社長。」

「看不出來是大人物。」

「我也這麼覺得。」

要變得符合公司社長的頭銜需要多少年呢？

「欸，空太。」

真白再度把視線轉向櫻花。

「什麼事？」

空太也跟著移動視線。櫻花真是越看越美。

「你認為睽違四年再度見面的前男女朋友應該怎麼做？」

「什麼該怎麼做……」

真白仍眩目似的看著櫻花。

「最終回的分鏡稿還沒畫好。」

「喔……妳在說漫畫啊。」

原本就是以櫻花莊為雛形發展的故事。故事中心的一對男女雖然曾經成為男女朋友，卻因為不斷錯身而過，中途便分手了。接著，彼此走向各自的道路，幾年來都不曾再見過面。

這樣的兩人在最終回之前終於再度見面。在充滿兩人回憶的地方……

到這裡為止是在五天前發行的本月號當中連載的內容。兩人四目相交的瞬間告一段落，將接續到下月號。空太也對最終回的內容感到很在意。

「雖然我不知道漫畫裡的登場人物會怎麼做……」

空太以與先前同樣的語氣做了開場白。

「真白。」

他一邊呼喚著一邊轉向真白。

「什麼事？」

真白也把身體轉向空太。

「我在這四年當中一直喜歡著妳。」

「……」

真白驚訝地睜大了眼睛。

「比四年前更喜歡妳。」

空太輕輕伸出手。

「說不定我們還會吵架。」

真白把自己的手握在胸前。

「是啊。」

確實如此。

「說不定又會覺得不開心。」

「是啊。」

這一點也如同真白所說。

「說不定又會受傷。」

「是啊。」

確實就像她說的。

「不過啊……」

心情如櫻花綻放般積極向前。

「什麼?」

「我覺得這一次,我們可以兩個人一起克服。」

回顧過往,四年一眨眼就過去了,確實感覺到這段歲月讓自己多少變成熟了。

現在站在真白面前還會想從這裡重新開始,正是不可動搖的證據。空太想相信這份心情,也希望真白能夠明白與她再度相遇所帶給自己的這份心情,並希望兩人能共有這份感情。

真白微微垂下視線。

「……」

不發一語。

只是緩緩伸出手抓住空太的手。

「說的也是。」

接著抬起頭。兩人四目相交。

「兩個人一起。」

真白如此說完,露出了笑容。

一陣風吹撫而過。

櫻花花瓣翩翩飛落。

彷彿在祝福兩人一般……

空太把手伸向落在真白頭上的花瓣。

「妳看這個。」

他讓真白看了手指捏著的粉紅色花瓣。

「空太也有。」

「咦？」

「我幫你拿。」

真白說完踮起腳尖。

下一瞬間，嘴唇被柔軟的觸感包覆。

只是輕微碰觸的短暫親吻。

往後退一步的真白露出有些壞心眼的笑容，似乎是對惡作劇成功感到滿足。這四年讓真白也變得會露出這樣的表情了。

驚訝不過是短暫的一瞬間，接著背後傳來窸窣聲響。

「等、等一下！不要推啦，美咲學姊！嗚哇～～！」

「不、不要亂摸奇怪的地方啦！」

「美咲學姊，要是被發現怎麼辦！」

「別黏著我，留學女！」

同時也傳來了幾道熟悉的聲音。

轉過頭去，果然不出所料，幾個熟悉的臉孔全都到齊了。

最底下的人是伊織，上面是栞奈，還有七海跟美咲也壓在上面。

仁在距離一步的地方竊笑，身旁的千尋很無趣似的打起呵欠。另一方面，龍之介則被麗塔緊抱著。

「哥、哥哥！優子可不准哥哥跟真白姊舊情復燃喔！」

一個人獨自在一旁憤慨不已的人則是妹妹優子。不知道是什麼陰錯陽差，優子以直升推薦錄取了水明藝術大學，現在與栞奈同樣就讀於文藝學系。高中時期實在不應該每次考試都讓栞奈教她念書……

「本來就不用優子許可吧。」

空太嫌煩地說著。

「是啊。」

真白也點點頭。

「大受打擊！」

「哎呀～～可真是讓人感動的場面耶！」

率先起身的美咲眼睛閃耀著光芒。

「『我在這四年當中一直喜歡著妳。』」

仁忠實重現了空太令人難為情的台詞。

「人家也是！噫！」

美咲抱住了仁，像演歌劇一樣轉起圈圈。總覺得被嚴重地加油添醋了。是自己多心了嗎？

「你們從什麼時候開始偷看的？」

「不用問也知道吧？」

七海調皮地笑了。

「從一開始就在了嗎……」

「為了讓空太跟真白獨處，大家通力合作演了一場戲。」

作戰成功，麗塔似乎心滿意足。空太把視線移向站在麗塔身旁的龍之介。

「連赤坂也有幫忙嗎……」

「因為沒有理由拒絕。」

「這樣啊……」

空太不經意也將相同的視線轉向栞奈。

「我也是因為沒有理由拒絕。」

「我想也是……」

「我一直堅信空太學長一定辦得到！」

一臉興奮的伊織高興得像是在自己身上發生的事。

看來空太似乎是在不知不覺間讓大家為他乾著急了。

「算了，雖然不知道這次能撐多久，還是恭喜你一聲。」

千尋還是老樣子。

「那我就向老師表達一下感謝。」

「好～～那麼，來拍紀念照吧～～！來、來，大家到櫻花樹下集合！櫻花莊的快樂夥伴們大集合！」

仁架設好數位相機，大家都集合到空太與真白身邊。

空太被美咲推擠，因而與真白撞到了肩膀。兩人視線交錯。真白清透的眼眸洋溢著開心的色彩。空太輕輕握住她的手。

曾經一度放開的真白的手。

空太心想這次不會再放開，稍微用力握緊了手。真白也以同樣的力道回握他的手。

終於，自動倒數計時的快門按下。
在櫻花莊綻放出笑容的花朵，不輸給盛開的櫻花。

後記

未來也一定還有許多事情在等著他們。
因為不順遂的現實而受傷，因為微不足道的小事而吵架。
彼此分享喜悅，大家圍著火鍋鬧翻天。
哭泣、歡笑、生氣……以在櫻花莊度過的日子做為糧食，他們也將很有櫻花莊作風地繼續生存下去。
成長之後的他們已經不再需要嚮導。

謹致透過本書而相遇的相關人員。
由衷致上最深的謝意。
最後得以順利地迎接作品的完結篇。

謹致給予支持的各位讀者。

僅以一句話包含感謝之意送給各位。
真的無比感謝大家。

鴨志田一

Kadokawa Light Novels

我們就愛肉麻放閃耍甜蜜 1~3（完）

作者：風見周　插畫：高品有桂

甜蜜蜜黏答答的時代已經來臨！
加倍肉麻青春愛情喜劇登場！

每天都過著肉麻甜蜜生活的我們，這次碰上了獅堂吹雪的曾祖母冰雨女士。她的外表看來就是一名國中生，個性自由奔放。她的一個提議讓我、獅堂、佐寺同學和六連兄被捲入肉麻甜蜜（？）的風暴之中，我和獅堂以及愛火三人的關係也隨之慢慢改變——

各 **NT$180/HK$50~55**

Kadokawa Light Novels

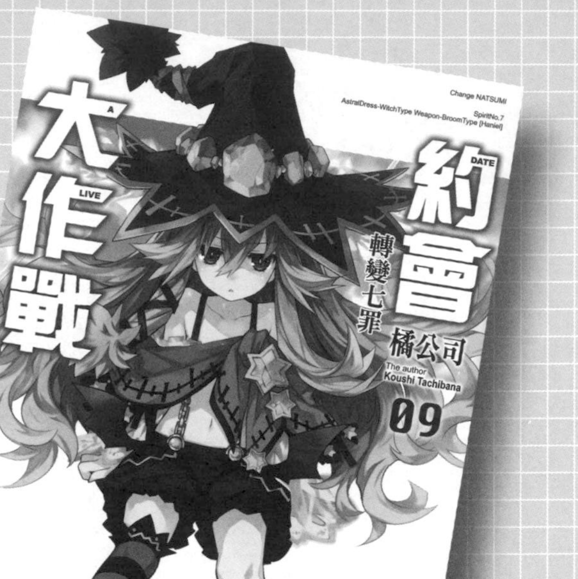

約會大作戰DATE A LIVE 1~9 待續

Kadokawa Fantastic Novels

作者：橘公司　插畫：つなこ

十香等人幻化成小孩的模樣，
士道該怎麼做才能讓她們恢復原貌？

士道順利找出七罪化身而成的人物，贏得了勝利。然而天使的力量卻將十香等人幻化成小孩的模樣。七罪由於自身存在被世界漠視，內心愈來愈自卑，於是變身成虛假的模樣。為了引發不斷否定自我的精靈的魅力，士道必須與她約會，令她迷戀上自己!?

各 **NT$200~220/HK$55~68**

台灣角川

Kadokawa Light Novels

不起眼女主角培育法 5

丸戸史明
插畫／深崎暮人

Kadokawa Fantastic Novels

不起眼女主角培育法 1~5 待續

作者：丸戸史明　插畫：深崎暮人

「blessing software」的完整團隊總算到齊了！
但是，接下來的進展有可能一帆風順嗎……？

詩羽學姊費盡心血的劇本終於完成了！為了慶祝，我以及學姊（外加跟在後頭的兩人）出門逛街，結果她卻將一個天大的選擇拋給我——而且，前好友兼現任宿敵的伊織，也用意想不到的形式向我們社團發出戰帖！

各**NT$180/HK$50~55**

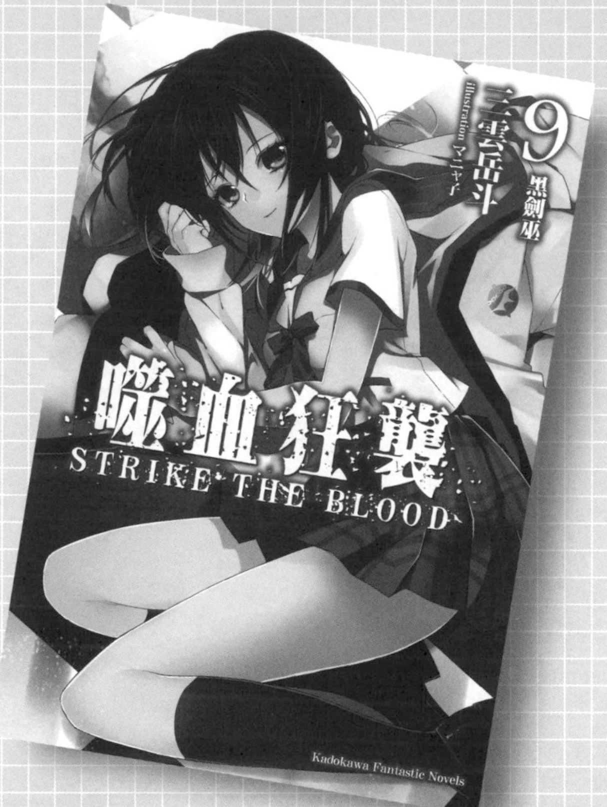

Kadokawa Light Novels

打工吧★魔王大人 9
和ヶ原聡司
插畫■029
Satoshi Wagahara
Illustration■Oniku
Kadokawa Fantastic Novels

打工吧！魔王大人 1~9 待續

作者：和ヶ原聡司　插畫：029

為了挪開排班表而傷透腦筋的魔王
將請假前往異世界營救勇者與惡魔大元帥！

為了拯救遲遲未從安特．伊蘇拉歸來的惠美和被加百列擄走的蘆屋，魔王與鈴乃一同衝進了通往異世界的「門」。而回到故鄉的惠美在父親諾爾德留下的記錄中，發現與自己的母親和世界的起源有關的情報？在異世界依然走平民路線的最新刊登場！

各 **NT$200~240/HK$55~75**

國家圖書館出版品預行編目資料

櫻花莊的寵物女孩 / 鴨志田一作 ; 一二三譯 . -- 初版 . -- 臺北市 : 臺灣角川 , 2014.02-
冊 ;　公分

譯自 : さくら荘のペットな彼女
ISBN 978-986-325-787-5(第 9 冊 : 平裝). --
ISBN 978-986-366-050-7(第 10 冊 : 平裝)

861.57　　102026276

Kadokawa Fantastic Novels

櫻花莊的寵物女孩 10

（原著名：さくら荘のペットな彼女 10）

2014年8月7日 初版第1刷發行
2023年9月13日 初版第12刷發行

作　者：鴨志田 一
插　畫：溝口ケージ
日版設計：T
譯　者：一二三

發行人：岩崎剛人
總編輯：蔡佩芬
編　輯：孫千棻
美術設計：吳佳昫
印　務：李明修（主任）、張加恩（主任）、張凱棋

發行所：台灣角川股份有限公司
地　址：104台北市中山區松江路223號3樓
電　話：（02）2515-3000
傳　真：（02）2515-0033
網　址：www.kadokawa.com.tw
劃撥帳戶：台灣角川股份有限公司
劃撥帳號：19487412
法律顧問：有澤法律事務所
製　版：巨茂科技印刷有限公司
ISBN：978-986-366-050-7
